でいごの花の下に

池永　陽

集英社文庫

でいごの花の下に

1

巨大な市場だった。

燿子《ようこ》はもう一時間以上も雑踏のなかをうろうろして、路地から路地へ彷徨《さまよ》っていた。何度も目当ての場所を人に訊《き》いてみたのだが、さっぱりわからなかった。

肩を押されるように燿子は前にのめる。

店の数も多かったが、歩いている人の数も多い。数人で連れ立って笑いながら歩いている、Tシャツに短パン姿の外国人は勤務あけの米兵に違いなかった。

肉屋の店先に無造作に置かれた豚《チラガー》の頭が、燿子の顔を眺めている。こんな光景にもここ一時間ほどですっかり慣れた。

巨大な市場のなかには海蛇《イラブー》もいれば毒蛇《ハブ》もいる。膨大な数の品物がひしめき合っていた。食材はもちろん、衣類から電化製品、ファーストフードの店から大衆食堂、骨董店《こっとうてん》から民芸品の店まで……人の営みに関《かか》わる、ありとあらゆるものがこの地域にはあふれていた。店の数など見当もつかない。

燿子は雑踏のなかを押されて歩きながら胸の奥で呟《つぶや》く。

「ここは異国だ」

押しよせてくるにおいからして異質だった。皮膚全体をじっとりと塗りこめていく、密度のあるにおいだ。あらゆる食べ物から立ちのぼる臭気に、人間の汗と息、それにすべての体から発散される精気のようなものが混じったにおい。濃すぎるにおいだった。むき出しにされた命のにおい……。

そう感じた瞬間、燿子は肩にかけたバッグに思わず手をやり、見つめた。

バッグのなかには半月ほど前、死を暗示するメモを残して失踪《しっそう》した、嘉手川《かでかわ》重吾《じゅうご》のカメラが大切にしまいこまれていた。どこででも手に入る使いきりカメラだった。

『何とか精一杯生きてきたつもりだった

でも、もう限界を超えたようだ

楽になりたい

ささくれた命が悲鳴をあげている

御嶽《うたき》に戻って眠りたい

悪かった…………岩下《いわした》燿子様』

こう書かれたメモの上に、安っぽいカメラはぽつんと置かれてあった。

ふいの出来事だった。燿子の頭は混乱した。自分と嘉手川との関係はいったい何だったのか。その答えがカメラのなかに残されているような気がした。燿子はカメラを現像に出せなかった。出すのが怖かった。何が写っているのか、見るのがとてつもなく怖かった。

嘉手川の仕事はプロのカメラマンだ。使いきりカメラとは対極の位置にいる男だった。それだけに、安っぽいカメラがよけいに気になった。貴重なものに思えた。

吐息をもらしてバッグから顔をあげた燿子の目が、すぐ正面のみやげ物屋のなかにいる老婆《ろうば》をとらえた。視線があった。

「いらっしゃいませー」

と老婆は顔中を皺《しわ》だらけにして声を張りあげた。

「いくつ、欲しいのかねえ。一つだけでも結構さあ」

何のことかとっさには理解できなかったが、老婆の手許《てもと》を見てようやくわかった。店先に鉄鍋《てつなべ》を置き、老婆はサーターアンダギーを揚げていたのだ。

「……じゃあ一つ」

声をあげると同時に、老婆は傍らの新聞紙をくるりと器用に巻いて袋にし、揚げたてをぽんと放《ほう》りこんだ。

耀子に手渡しながら、

「沖縄《ウチナー》は初めてかねえ。何もかもにびっくりしたと顔に描いてあるさあ……マブイを落したんじゃないかねえ」

「マブイ？」

「魂のことをウチナーでは、そう呼ぶさあ。ウチナーにはいろんな神様がいるからねえ。何がおきても不思議じゃないさあ」

ぽかんとする耀子に、

「マブヤー、マブヤー、ウーティクーヨー」

と老婆は歌うようにとなえ、ひょいと腰をかがめて手を伸ばし、地面から何かをひろう仕草をした。

「これでもう大丈夫さあ。落したマブイはちゃんと戻ったからねえ。心配ないからねえ」

また顔中を皺だらけにして笑った。心を和ませる笑いだった。沖縄の笑顔だった。

この老婆ならわかりやすく教えてくれるかもしれない。耀子はブラウスの胸ポケットから、目当ての場所の住所を書いたメモを取り出した。

「ああ、これは市場《マチグワー》の東の外れだね。といってもここから十分くらいのところだけど、路地《スージ》が細かくいりくんでわかりにくいところさあ。公園のすぐそばなんだけどねえ……ちょっと待ってなさいねえ」

メモを見せられた老婆はこういって店の奥に消えた。

老婆はなかなか戻ってこなかった。

一人残された燿子はじれた。沖縄の人たちは、何をするにもゆっくりだと聞いてはいたが。手にした紙袋のなかからアンダギーをつまんで頰張《ほおば》った。

溶いた小麦粉に砂糖と卵とラードを混ぜあわせ、からっと揚げた菓子だ。口のなかに荒っぽいが滑らかな甘さが広がった。油っこさを感じさせなかった。おいしいと思った。

十分ほどして、ようやく老婆が戻ってきた。アンダギーの最後の一片を燿子が飲みこんだときだ。燿子はあわてて親指と人差指をぺろりとなめた。

「待たせて悪かったねえ。地図を描いてきたからねえ、これなら内地《ヤマト》の人でも迷わずに行けるさあ」

新聞のチラシの裏に鉛筆で描かれたものだったが、詳細な地図だった。何度も描き直したらしく消しゴムの跡があちこちに残っていた。

「すみません、お手数かけて。ありがとうございます」

燿子は恐縮した表情を浮べて頭を下げた。

「ウチナーのおばあは、みんな世話焼きだからねえ。気にしなくてもいいさあ」

目を細めて燿子の手にしている袋のなかを覗《のぞ》きこみ、

「おばあの揚げたお菓子はおいしかったねえ。昔ながらの作り方だからねえ。はいっ、おまけさあ」

ぽいともう一つ投げこんだ。

正確な地図だった。十分後、燿子は迷うことなく目的の建物の前に立っていた。

アーケード街からは外れた一画で『模合《もあい》プロ』と看板のあがった小さな事務所は沖縄特有の木造赤瓦《あかがわら》の建物だった。かなり年代を経ているようで、太平洋戦争での米軍の砲撃を免れて、奇跡的に焼け残ったものかもしれなかった。屋根の上には魔除《まよ》けのシーサーがちょこんと座っている。

「電話でも話したように、嘉手川さんのことは、ほとんどわからないというのが実状なんですねえ」

山里《やまさと》という、まだ二十代後半に見える模合プロの代表はこういって燿子に椅子《いす》をすすめた。

「僕がここの代表ということになっていますが、これも便宜上のことで、もともとここは独立採算の事務所なんですよ」

「…………」

「フリーのデザイナーやら、コピーライターやら、イラストレーターやらが集まっているだけで、会社というものでもないんです。人が多ければ頭割りで家賃の払いも少なくてすみますからねえ。みんな貧乏ですから」

年寄りたちと違って、若者たちはほとんど共通語に近い言葉で話す。

「それは嘉手川さんから聞いてますが……」

「模合プロの模合というのは沖縄言葉《ウチナーグチ》で無尽講《むじんこう》のことなんですよ。つまり庶民が助け合うという。だからここも同じで、仕事を回し合ったり紹介し合ったり、苦しいときはお金を融通し合ったりして」

「はい」

といって燿子はわずかにうつむいた。そんなことはわかっていた。

「もともと知り合ったのは国際《こくさい》通りの裏の飲み屋なんです。ちょうどカウンターで隣同士になって、お互いの仕事の話になったとき、これこれこういうシステムで事務所を借りてみんなでやっているといったら、自分も仲間にいれてくれないかと。僕たちも身近にカメラマンがいれば何かと便利ですし、それで模合プロに来ることになったんです。去年の正月ごろでしたかねえ」

「飲み屋さんで知り合ったんですか」

「ええ。で一緒に仕事をしてみると、けっこういい写真を撮るからありがたかったんですけど……二週間ほど前に、急に自分はこの仕事をやめるからって、荷物をまとめてさっと消えちゃったんです」

「さっと消えた……」

独り言のようにいう燿子に、

「そう。文字通り、さっと。もともとあの人はアウトドア専門でカメラも三五ミリ一本《いっぽん》槍《やり》でしたから。荷物もカメラケース一つと三脚だけで手間はかかりませんから」

「そうですね」

と燿子は呟き、

「あの……ここにいる間に、別れた奥さんのことを何かいってなかったでしょうか。三年前に離婚しているはずなんですけど」

消えいりそうな声を出して視線を落とした。

「あの人、結婚したことがあったのか。僕はそういう話は一度も聞いたことがなかったけど」

山里はこういってから後ろを振り向き、

「誰《だれ》か、嘉手川さんの別れた奥さんの話を聞いた人はいるかなあ」

部屋のなかには山里のほかに二人の人間がいたが、両方とも首を横に振った。

「嘉手川さん、プライベートなことなんてほとんど喋《しゃべ》ったことなかったものねえ。それに過去のこともこれからに対する希望も。あの人はつねに現在進行形の人、それもあたりさわりのない話題ばっかりさあ……まあ、モノを作る人間なんて多かれ少なかれそういう傾向はあるけど。学歴よりも実力、努力より才能がものをいう世界だからねえ。それにしても今考えてみると、嘉手川さんの現在進行形主義は度が過ぎてたと思うけどさ……過去によほど辛《つら》いことがあったかねえ」

ケント紙に筆を走らせていた二十二、三歳の女性が口を開いたが、言葉の端々にはウチナーグチが混じっていた。のびのびした口調に感じられた。描いている絵は猫をモチーフにしたキャラクターだ。

「そういえば、俺《おれ》たちの知ってることといえば嘉手川重吾という名前と、年が三十三歳だったということぐらいじゃないか。改めて考えてみると、まったく不思議な人だったな。現在進行形主義という言葉は、嘉手川さんに対してぴったりのキャッチだな」

パソコンに向かって文章を打ちこんでいた、山里と同じほどの年齢の男が口をはさんだ。多分、コピーライターなのだろう。

現在進行形主義……その通りだと燿子も思った。あの人にあるのは現在だけ、過去もなければ未来もない。もし、あの人が過去も未来も放棄して、現在の快楽だけのために私を抱いたとしたら、何らかの癒《いや》しのためだけで私を抱いたとしたら、いったいこの一年間は……そして私は。

耀子は胸のなかで大きく首を振る。首を振りながら、またバッグのなかの使いきりカメラに思いが走るのを感じる。何があのなかに写っているのか。

「プロのカメラマンは、使いきりカメラなんて使いませんよね」

思わず口走る耀子に、山里はきょとんとした目をして、

「使いませんが……多分ご存知でしょうけど、カメラマンの使うフィルムは使いきりカメラに入っているネガフィルムと違ってほとんどがポジフィルムですし、調子を見るためにポラを切ることはあっても、使いきりカメラはまず使いませんね。もっとも、今はフィルムを使わないデジタルカメラを使うカメラマンも増えていますが」

知っていた。百も承知だった。耀子も同じ業界の人間なのだ。知ってはいたが口に出さずにはいられなかった。

「アパートのほうも当然、調べたんですよね」

「はい。壺屋《つぼや》小学校の裏のアパートには十日ほど前にまっ先に電話しましたが、すでに引き払ったあとで、管理人さんもどこへ行ったかわからないと。昨日念のためにもう一度電話をいれたんですが、新しい人が入っているといわれました」

「あそこは、ボロアパートで家賃がとびっきり安いから」

山里は呟くようにいってから、

「そうなると、嘉手川さんがどこへ消えたかは、まったくわからないということになり

ますね。困りましたね」

「あの」

　と燿子はかすれた声を出して山里を見つめた。

「手がかりはひとつだけあるんです。置き手紙に、御嶽に戻るという言葉があったんです。だから」

「御嶽ですか」

　と唸《うな》って山里は腕をくんだ。

「御嶽といってもウチナーには無数にありますから」

「無数に」

「そう。いちばん有名なのは世界遺産にもなった知念村《ちねんそん》の斎場《セーファ》御嶽なんですが、嘉手川さんがわざわざそんな人に知られた場所に行くとは思えないし。それに戻るという言葉を使っているところをみると、故里《ふるさと》にある御嶽と考えるのが自然なんだけど……あいにく誰も嘉手川さんの生まれた場所は知らないし」

　燿子でさえも嘉手川の生まれた場所は知らなかった。何回か訊いたことはあったはずだったが、返ってくるのはいつも沖縄の小さな村という言葉だけだった。それだけで妙に納得してしまった自分が迂闊《うかつ》ともいえたが、それ以上追及したとしても多分、嘉手川は喋らなかったに違いない。

「ちょっと待って」

キャラクターの絵を描いていた女性が叫んだ。

「確か、酔っぱらった嘉手川さんがぽつんと呟いたのを聞いた覚えがあるさあ。あれは確か」

燿子の胸がざわっと騒ぐ。

「ヤンバルさヤンバル。俺が育ったのはヤンバルだ、それだけいってから嘉手川さん、ぷいと横を向いて黙りこんだことがあったさあ」

「ヤンバル」

思わず復唱する燿子の頭に『ちゅらうみ』という言葉がすぐに浮んだ。

嘉手川の口からたまにぽろりと飛び出した、ヤンバルの近くにあるペンションの名前だった。若いころからよく訪れている所らしく、宿の家族とも親しいようで嘉手川がその名前を口にするときは、ほんの少しだったけれど暗い表情に明りが灯《とも》った。嘉手川にとっては唯一心の安まる場所らしく、燿子はその名前にときおり嫉妬《しっと》を覚えることさえあったが、ちゅらうみは今夜からの燿子の宿泊先でもあった。

「しかし、ヤンバルといっても」

山里は同情するような視線を向け、

「山原《ヤンバル》というのはウチナーの北部地域の広大な森で、いまだに原始の姿をとどめているところなんです。ヤンバルクイナなどの珍しい生き物もいますし、ハブもいます。一言でいえば照葉樹林のジャングルなんですよ。米軍の北部演習場もありますし、あんまり人は立ちよることのない場所なんです。しかも広い。そんななかから、たったひとつの御嶽を探し出すのは――」

「探し出します、絶対に」

耀子は山里を睨《にら》みつけるような目をした。

沈黙が流れた。破ったのは山里だ。

「岩下さんは、嘉手川さんの友達だといってましたけど本当は……」

好奇心に満ちた表情を向けてきた。

「恋人です」

瞬間的に口から飛び出した。口に出してから耀子は心持ち胸を張った。とたんに悲しさが襲った。すとんと肩を落して視線を足下に向けた。

そうなのだ、私は嘉手川重吾の恋人なのだ。大声で叫びたかった。理不尽だと思った。なぜこんな仕打ちを受けなければいけないのか。唇をかんだ。ふいに悲しみの感情が反転した。裏返った。耀子の胸の奥に何かが巣くい始めた。刺々《とげとげ》しいものだった。

「嘉手川さんって幸せさあねえ。岩下さんみたいな女の人にそこまで思われてさあ」

絵筆を持った女性が羨《うらやま》しげな口調でいった。

「でも、嘉手川さんてアメラジアンなんだろう。得だよなアメラジアンは。格好いいもんな。もてるもんなあ。勝てねえよな」

皮肉っぽい調子で、キーボードに向かっていた男がいって溜息《ためいき》をついた。

そう、嘉手川はアメラジアンだった。基地に勤務する米兵と沖縄の女性との間に生まれた混血児。燿子の脳裏に嘉手川の端整な横顔が鮮やかに浮びあがった。嘉手川は自分がアメラジアンであることを嫌いぬいていた。徹底的に……。

「ヤンバル……」

心の奥で小さく呟き、燿子はドアを押して表に出た。さえぎるもののない空から七月の太陽が容赦なく照りつけた。髪のなかが一気に燃えあがるような熱だ。見上げると真青な綺麗《きれい》な空だった。澄み切った空だけを見ていれば爽《さわ》やかすぎて、この暑さが嘘《うそ》のようだった。隠された毒のように思えた。

コピーライターらしき男がいっていた言葉が胸をよぎった。

「……得だよなアメラジアンは。格好いいもんな……」

あの言葉には確かに毒があった。綺麗につつみこまれていたが尖《とが》った毒が。肩甲骨のくぼみを汗が一気に伝って流れた。嫌な汗だった。

腕時計を見ると三時半を少し回ったところだ。那覇《なは》空港に着いてからまだ三時間ほどしかたっていない。模合プロのすぐ裏手に広がる公園に行ってみようと思った。名前は確か……燿子は老婆の描いた地図をもう一度見た。希望《きぼう》ヶ丘《おか》公園だ。

「事務所の裏にある公園には野良猫がいっぱい棲《す》みついてて、一年中、草の上でごろごろ寝転がっていて気持がよさそうなんだ。俺も野良猫のようなものだけど、あんな気持のよさそうな顔はしたことがないな」

以前、嘉手川が、こんなことをいっていたのを思い出したのだ。このとき嘉手川は心底羨しそうな表情をしていた。

公園は小高い丘のような地形をしていた。古い家が立ち並ぶごみごみした細い路地を抜けると、コンクリート製の階段があった。上るとすぐに、生い茂った木に日差しを遮られた小さな草原《くさはら》が目に入った。

本当に猫がいた。

それも一匹や二匹ではない。ざっと視界に入るだけでも二十匹近い猫が草のなかで手足を投げ出して横になっていた。壮観だった。野良猫のたまり場だ。

燿子も短いスカートにスニーカーばきの足を草の上に投げ出した。草がひんやりと両足に心地よい。

なるほどみんな気持がよさそうだ。燿子が腰をおろしてもぴくりとも動かず、両肢《りょうあし》を伸ばして目を閉じている。汚れてはいるが痩《や》せた猫は一匹もいない。毛のつやもよさそうだ。痩せていつも暗い目をしていた嘉手川とはまったく異種の生き物だった。

ふいに近くにいた白い猫があくびをした。大きなあくびだった。開けた目を細めた。横になったまま、背中を丸めて手足を突っ張らせて体を震わせた。耀子のほうをちらりと眺めて、またことりと目を閉じた。

耀子の体の奥に凶暴なものが突然湧《わ》きおこった。腹が立った。

耀子はその場に立ちあがって、草の上を足でどんと踏んだ。猫たちは気にもとめなかった。寝ている猫に向かって乱暴に突き進んだ。ようやく猫たちは起きあがり、のそのそと遠ざかった。ゆっくりとした動きだった。鳴き声もあげなかった。

耀子の体から一気に力が抜けていった。草の上にぺたりと腰を落した。気がつくと両の手をしっかり握りしめていた。拳《こぶし》で草の生《は》えた地面を思いきり叩《たた》いた。皮膚が破れるのがわかった。痛みが走った。また腹が立った。

「絶対に探し出してやる」

しぼり出すような声をあげた。

のろのろと耀子は立ちあがった。今日中に沖縄本島の北部、ちょうどヤンバルにつづく位置にある本部《もとぶ》半島にまで行かなければならない。ペンション『ちゅらうみ』はこの半島の先端にあった。そこまで行けば嘉手川の足どりはある程度わかるはずだった。

あれから半月が過ぎていた。嘉手川はこの世にはいないと耀子は確信していた。死のにおいを常に漂わせていた男だった。いつ死んでも不思議ではない男だった。そんな男

に心の底から惚《ほ》れた自分が悪いのだ。だが、

「ふいうちは酷《ひど》いんじゃないか」

燿子は胸の奥で叫ぶ。

「本当に好きだったんだから」

声に出していった。

嘉手川に逢《あ》いたかった。むしょうに逢いたかった。生きていようが死んでいようが
……燿子は嘉手川の体を自分の両手でしっかり抱きしめたかった。

さっき、あくびをしていた白猫が草の上にちょこんと座って、燿子を眺めているのに気がついた。

猫は燿子の視線を受けると、ころんと草の上にまた寝転がって目を閉じた。気持よさそうだった。嘉手川の姿が猫の体に重なった。安らかな寝顔だった。燿子はそっと視線を自分の腹部に移した。生理がなくなって二カ月が過ぎていた。

バスとタクシーを乗り継いで、本部半島にある小さなペンションに燿子が着いたのは六時を回っていたが、まだ明るかった。

ちゅらうみは、海から百メートルほど陸地に入ったところに立つ、真白なペンキ塗りの建物だった。遠くから見ると南欧風でかなりしゃれた外観に感じられたが、近くによ

ってみると相当年季の入った建物だった。周囲は砂糖きび畑で丈は二メートル近くに育っている。

「めんそーれ。内地《ヤマト》のねーねー」

建物を眺めていた燿子はいきなり後ろから声をかけられ、驚いて振り向いた。

「あっ……こんにちは」

小麦色に日焼けした中学生くらいの麦藁《むぎわら》帽子をかぶった少女と、Tシャツに短パン姿の少年が立っていた。

「予約の入っている岩下燿子さんですね。よくいらっしゃいました。照屋《てるや》祐月《ゆづき》です。このペンションをやっている、おじいの孫です」

小麦色の肌にくりくりとした大きな目と、真白な歯が陽《ひ》の光に映えて眩《まぶ》しいほどの娘だった。

「こっちは」

といって、祐月と名乗った少女は隣の少年を肘《ひじ》でこづいた。

「……上原圭《うえはらけい》です。こんにちは」

軽く頭を下げる少年の顔を見て、燿子の胸がざわっと音をたてた。

嘉手川に雰囲気がそっくりだった。上背はまだないものの、明らかに白人の血が混じっている。彫りが深くて目鼻立ちがくっきりと爽やかだった。

「二人とも中学二年だけど、こいつは登校拒否で学校いってないし。プータローやってるから、忙しいときはうちのペンションを手伝ってもらってるさあ」

「登校拒否……」

また燿子の胸がざわっと騒いだ。

「こいつ、アメリカーとウチナーの混血なわけさ。おとうはアメリカに帰って、おばあと二人暮しなんだけど、それでこいついじけちゃって。よく考えてみればどうってことないのにさあ」

あっけらかんという祐月に、

「お前なあ」

と圭がかすれた声をあげた。

「どうってことないのに、どうしてそんなこと気にするかなあ。男ならもっとびしっと堂々としないと」

「お前なあ。そんなこと、初対面のヤマトのねーねーにいわなくてもいいだろう」

「最初に教えといたほうが、妙な穿鑿《せんさく》されなくていいさあ。それにこの人は特別だからさ、いろんな意味でさ」

横を向いてしまった圭に、まだ祐月はまくしたてようとするが、

「あらそうなの、私は特別なの、なぜかしら？　でも、二人は仲がいいんだ。幼馴染《おさなな》《じ》み

なのかな。ひょっとして恋人同士」

耀子はその場をとりなすように割って入った。

「うん。幼馴染みで恋人同士。将来は結婚するつもりなんだ」

祐月は何でもないようにいうが、圭の顔がほんの少し赤みをおびた。耀子の胸がまた音を立てた。

結婚……嘉手川の口からは一度も聞いたことのない言葉だった。嘘でもいいからいってほしかった言葉だ。それがこんな中学生同士で簡単に口に出していえるとは。耀子の胸の芯《しん》に、嫉妬じみた感情がぬらりと頭をもたげた。嫌な兆候だった。

「なかに入ろうよ」

祐月は口を尖らせていい、

「炎天下で長話をするなんて、ウチナーでは絶対にしちゃいけないことなんだから……よけいに色黒《イルクルー》になっちゃう」

祐月は圭をうながしてさっさと玄関に向かう。耀子もそのあとにしたがう。

玄関脇《わき》の車止めの向こうに、たった一本だが鬱蒼《うっそう》という表現にぴったりの巨木が生えていた。がじゅまるの木だった。瘤《こぶ》だらけで幹がよじれて曲がりくねり、不気味な雰囲気をかもし出している。

「この建物が立つ前からここにあったって、おじいがいってたよ。夜になるとキジムナーが出るんだよ」

「キジムナー？」

「がじゅまるの木の精で、子供ぐらいの背をしてて、とってもいたずら好きなお化けのことさあ」

「お化けなの。沖縄にはまだそんな迷信が残っているの」

「迷信と違うさあ。キジムナーは本当にいるってば」

圭が思いがけず大声を出した。

「そう。圭は小さいころからみんなに仲間外れにされて、友達は私とキジムナーぐらいのもんだったんだ。中学生になってからは、もう見ないらしいけどね」

「でも本当にいるんだ。オカッパ頭で体中が真赤なんだよねえ」

「うん。私は信じるよ」

祐月は素直にうなずいた。

「……ウチナーにはいろんな神様がいるからねえ。何がおきても不思議じゃないさあ」

燿子は市場《マチグワー》で老婆がいった言葉を思い出した。そして沖縄の子供は早熟な割りに純朴なんだと思った。

建物のなかは冷房がきいていて、背中を流れていた汗がすっと引いていくのがわかった。燿子はぶるっと身震いをした。

板敷のエントランスホールは二十畳ほどの広さで、大きなテーブルが置いてあるところを見ると食堂も兼ねているらしい。壁と天井はここも白いペンキ塗りだ。天井には空気をかきまぜる大きな羽根が取りつけられて、ゆっくりと回っていた。

「じゃあ、岩下さん。ここに住所と電話番号と名前を書いてもらえますか」

小さなフロントカウンターの向こうに回った祐月が、大人《おとな》びた声を出して宿泊者カードを差し出した。

「ええと、宿泊日数は」

「予約した通り、いちおう二週間ということで」

「大丈夫なんですか、そんな長い間休んで仕事のほうは」

「仕事のほうは整理してきたから」

とカードに記入した燿子はきっぱりいい、

「それより、私の他に沢山、人は泊っているのかしら」

「心配しなくていいよ。夏休み前の暇なときだから、泊っているのはお年寄りのご夫婦と若いカップルが一組だけさあ。若いカップルはスキューバが目当てなんだろうけど、うちの海は海水浴向きでいいポイントがないから、すぐに帰っちゃうんじゃないかなあ。お年寄りの夫婦は何だかわけありのようだし……」

といってから祐月はペロリと舌を出し、

「いけない。お客さんのプライバシーを喋っちゃあ駄目なんだ」

「そうさあ。お前はいつも一言多いんだよ」

すかさず圭が祐月をなじった。

「圭は言葉が足りなさすぎるんだよ」

また二人の痴話喧嘩《ちわげんか》が始まりそうな雰囲気だ。燿子にはその前に質《ただ》しておかなければいけないことがある。

「あのう」

と遠慮気味に言葉を出した。

「……嘉手川さんのことですか」

祐月のほうから嘉手川の名前を口にした。

「岩下さん、嘉手川さんを探しに来たんでしょ。おじいから聞いて知ってます。嘉手川さん、なぜだかおじいと気が合って十年ぐらい前からの常連なんです。圭とも仲がよかったし……」

「…………」

「ねーねーは、嘉手川さんを探しにきたのか」

驚いたような声をあげる圭に、

「そう。だから、この人は特別なの」

祐月はすぱっといい切り、

「確かに嘉手川さん、十二日前にここに来て一泊してますけど、次の日にはチェックアウトしています。それからどこに行ったのかは……おじいならひょっとしたら知ってるかもしれないけど。でも」

「でも、何なの」

疳高《かんだか》い声が燿子の咽《のど》から飛び出した。

「……あの日の嘉手川さん、ちょっと変だったからさ。口数が妙に少なくてふさぎこんでいたし、そのくせ、朝方までおじいと二人で古酒《クース》をあびるほど飲んで騒いでいたようだったし、絶対普通じゃなかったさあ。なあ、圭」

「うん。次の日出て行くとき、ちょうど僕とこの前で会って。そのとき嘉手川さん、圭、お前はちゃんと生きていけよって……」

「ねーねーには悪いけど、嘉手川さんは多分」

「多分、何なの」

冷静な声だった。祐月の次の言葉はわかっていた。燿子の結論と同じはずだった。

「嘉手川さんはもうこの世にはいないと思う。天国《グソー》に行ってしまったんだ。だから私は、そっとしておいたほうがいいと思う。ねーねーは嘉手川さんを探しに来たんだろうけど、グソーに行った人は探すことなんてできないさあ。一泊してこのままヤマトへ帰ったほうがいいと思う」

「いやよ」

燿子は声を荒らげた。

「私は探すわ。もうこの世にいないのなら、せめて、あの人の死んだ場所ぐらいは見つけ出すわ。遺体でもいいから探し出すわ」

怒鳴った。それから急に肩を落とし、

「ごめんなさい。どうかしてるわ、私。でもあの人は絶対に探し出す。どんな状態であっても」

「探し出して、ねーねーはどうするの」

どうするのだろう、私は。泣くのか、罵《ののし》るのか、それとも蹴《け》りつけるのか。どうするのかはわからなかったが、燿子はとにかく探し出したかった。

気まずい沈黙が流れた。

「おじい、お帰り」

突然、祐月が明るすぎる声をあげた。

「ああ、いらっしゃい。岩下さんですねえ。この宿をやっとります、照屋昌賢《しょうけん》といいます。嘉手川さんのことで、わざわざヤマトからやっておいでになられたんですねえ」

真白な髪を短く刈った、頑健そうだが小柄な老人だった。顔に笑みは浮べていたが目は沈んだままだった。暗い目だった。嘉手川と同じ種類の目だと燿子は感じた。

「これから夕食の仕度をしなければいかんからさ、申しわけないが話は夕食が終って一段落してからということにしてくれますかねえ。わがままいってごめんなさいねえ」

照屋は愛想よく燿子に頭を下げてからカウンターの向こうの厨房《ちゅうぼう》に消えた。何かを掘っていたらしく手には泥のついたスコップを提《さ》げていたが、左足が不自由なようで歩くたびに体が大きく傾いた。

燿子は吐き出すように溜息をついた。

2

燿子が嘉手川を初めて知ったのは去年の春のことだった。

燿子は東京でフリーのライターをしていて、関《かか》わっている若者向けの総合雑誌の編集長から嘉手川の撮った写真を見せられたのだ。

那覇市にある出版社から出されている『沖縄ふりいく』という月刊のミニコミ誌だった。

「これをどう思う」

編集部のすみに置かれたソファに座りながら、編集長の小谷《こたに》はミニコミ誌を広げてグラビアページを燿子に見せた。

見開き二ページにわたって、観光客で賑《にぎ》わう那覇市の国際通りの一画を撮った写真が載っていた。『ウチナー自慢』というタイトルが印刷され、その下にライターの書いた文章が添えられている。

仕事柄、燿子は最初文章のことかと思い、ていねいに文字を目で追ってみたのだが、どことい って特にひかれるものはない。

不審そうな表情を浮べる燿子に、

「これが何か？」

「文章じゃない、写真だよ」

小谷は面白そうに頰《ほお》をゆるめた。

改めて写真に見入った。どこにでもあるような写真に見えた。が、しばらくして燿子は胸のなかであっと声をあげた。音が聴こえてこない。繁華街を撮っているのに賑やかさが伝わってこなかった。画面のなかの人も車も沈んでいた。しんとしていた。

「死んでますよ、この写真。紙質のせいかもしれませんけど……」

ミニコミ誌はマット紙に印刷されていた。つやのないマット紙に写真を載せれば、どうしても沈みがちになってしまう。

「紙質のせいじゃないだろう」

と小谷はいって両腕をくんだ。

「じゃあ、意図された純然たるテクニックなんでしょうか」

「そういうこともあるかもしれないが……そうかお前さんには、この写真が死んでいるように見えるのか」

「………」

「俺《おれ》はこの写真の雰囲気は、これを撮ったカメラマンの持って生まれた資質だと思う」

「資質」

と燿子は訝《いぶか》しげな声をあげ、

「ということは、作為的なものじゃなくて無意識のうちに、つまりごく自然に撮った写真だというんですか」

「そういうことだ」

小谷はいってテーブルの下から四冊の雑誌を取り出した。すべて『沖縄ふりいく』だった。

「この最新号は、うちの社の女の子が沖縄旅行に行った際、買ってきたのを俺が偶然見つけたものだ。こっちの四冊は、この雑誌を出している出版社に連絡をとって送ってもらった」

「わざわざ、ですか」

「そう、わざわざだ。その写真が気になって仕方がなかったからな」

小谷はあとの雑誌を見てみろと目顔で燿子をうながした。

燿子は四冊の雑誌の『ウチナー自慢』が載っているページのすべてに目を通した。

被写体は様々だった。青空の下で『キビ刈《ウージトーシ》りをする人々』、若者たちが集まる『北谷《チャタン》のショッピング街』、それに年寄りたちが陽気に踊る『民謡酒場』と中城湾《なかぐすくわん》が一望できる『勝連城《かつれんじょう》跡』とつづいていた。

このなかで勝連城跡の写真は城《グスク》の石垣と海だけで人は写っていなかったが、雰囲気は四枚ともすべて同じだった。沈んでいた。燿子にいわせれば死んだ写真だった。

魅力といえば不思議な魅力をたたえた写真といえなくもなかったが、それにしてもいかにも雰囲気が暗すぎる。沖縄のあっけらかんとした、明るい風景を台無しにしていると燿子は思った。そうはいっても燿子はまだ一度も沖縄には行ったことがなかったが。

「観光写真としては、この暗さはまずいんじゃないですか」

率直な意見を口にした。

「まあ考え方はそれぞれだが、あの強烈な太陽の下ではこれぐらい画面が沈んでいたほうが、目に優しいというとらえ方もできる」

「そうでしょうか。私はやはり、沖縄は沖縄らしくといった写真のほうが好きですが」

「らしくか」

小谷はぽつりといい、

「ひょっとしたら、この沈んだ写真のほうが沖縄らしさを表現しているともいえる。何といっても沖縄は太平洋戦争の最後の激戦地で、おびただしい数の人間が死んでいるからな。本土のすて石として」

「…………」

「誰《だれ》かが何かに書いてたな。沖縄は骨の島だって……砂糖きび畑を掘り返すと、今でも白骨がごろごろ出てくるって。砂糖きびは死者の養分を吸って大きく甘く育っているんだってな」

「………………」

「まあ、そういう話は別として、俺はとにかくこの写真が気になってな。お前さんは暗すぎるというが、俺はこの沈んだ雰囲気に日溜《ひだま》りのなかの静けさを感じるんだ」

「日溜りのなかの静けさ？」

「そうだ。強烈な太陽の下で動くものはすべて蒸発してしまって、残っているのは無機質な物体だけ。つまり廃墟《はいきょ》だな」

「廃墟、ですか」

ぽかんとした表情を燿子は浮べた。

「もっとわかりやすくいえば、夏の日ざかりのいっとき。みんなが暑さを嫌って家に引っこんでしまって、通りには人っ子一人いなくなるというようなことが地方の町ではあるじゃないか。そんな雰囲気を俺はこの写真から感じるんだ」

そういって小谷は短く刈りあげた胡麻塩《ごましお》の頭を右手で強くかいた。小谷はあと数年で六十歳の定年を迎えるはずだった。

「青くさい意見だと思うか」

ちょっと照れたような笑いを、小谷は皺《しわ》の刻まれた目尻《めじり》に滲《にじ》ませた。

「いえ、そんな」

と燿子は口では否定したが、実際は小谷のいう通りで青くさい意見だと思った。

「もっともお前さんのいった、死んでいる写真という表現も当たっているかもしれない。ひょっとしたらこの写真を撮ったカメラマンは、常に死というものと隣合わせで生きているのかもしれないな。その気持が指の先から敏感にシャッターに伝わって、こんな奇妙な画面を創《つく》りあげているとも考えられなくはない」

意味がよくわからなかった。黙りこんだまま小谷を見つめた。

「つまり、このカメラマンは死にたがっているんじゃないかということさ」

簡単明瞭《めいりよう》にいって、小谷は口を引き結んだ。

「死にたがっている……」

燿子はその言葉を何度も胸のなかで転がした。

「その気持が、如実に写真に現れているんじゃないかと俺は睨《にら》んでいる。体にたまっている負のエネルギーがシャッターを押す指先に伝わって、それでこんな沈みこんだ写真ができるんじゃないかと思う」

「そんなこと、信じられないわ」

思わず口から飛び出した。

「絵描きを例にとればよくわかるじゃないか。どんな明るい風景を描いても、描き手が暗い精神の持主なら、できあがる絵は必ず暗さを滲ませているものなんだ。詩人にしたってそうだし、作家だってそうだ。物を創る人間は、必ず作品にその創り手の精神が投影される。だから見るものの心を打つんだ」

「それはわかるけど、でも画家にしろ、詩人にしろ、作家にしろ、使っているのは自分の手と頭だけだから。作品を支配しているのは自分の五感のみで、カメラマンのように機械を使ってないから」

「機械を使うと感情はこめられないかな」

小谷は口許《くちもと》に笑みを浮べて燿子を見た。

「もちろん、感情をこめることは充分に可能です。でも、それはあくまでもテクニックを駆使してという条件つきですけど」

「やっぱり、テクニックオンリーか」

と小谷は呟《つぶや》くようにいって机の上の写真をちらっと眺め、

「何だか現実論と精神論とのぶつかり合いのようで、どうも俺のほうが分が悪いな」

「そんな、ぶつかり合いだなんて……」

「まあ、すぐにわかることだから」

小谷は顔中をくしゃりと崩した。

「…………」

「このカメラマン、嘉手川重吾という名前だそうだが、明日ここにくるから」

「えっ」

「沖縄に連絡して東京にくるように頼んだ。今度うちの雑誌の新企画で『東京のなかの昔』というのをやることになったんだが、その写真を彼に撮ってもらおうと思ってな。カラーグラビア四ページで、写真にそえる文章を書くのはお前さんだ」

「私と、その人が……」

燿子は素頓狂《すっとんきょう》な声をあげた。

「そうだ。死に急いでいるカメラマンと組んで仕事ができるなんて、そうめったにあることじゃない。ライター冥利《みょうり》につきると思っていい仕事をしてくれ」

燿子の肩を小谷はぽんと叩《たた》いた。


そんないきさつで燿子は嘉手川と知り合い、一緒に組んで仕事をするようになった。

実際に嘉手川に会ってみて、燿子がいちばん驚いたのは容姿の良さだった。長身で彫りの深い端整な顔立ちは、はっとするほど目立っていた。日本人離れしていた。

「嘉手川さんは、ハーフなんですか」

神楽坂《かぐらざか》の黒塀にはさまれた路地で、カメラを構える嘉手川に燿子は訊《き》いたことがある。

「ハーフか、しゃれた言葉だな」

ファインダーを覗《のぞ》きこんだまま、低い声で嘉手川はいい、黒塀の奥を睨みつけるようにしてゆっくりシャッターを切った。東京のスタジオに勤めながらカメラの勉強をしたというだけあって、嘉手川の言葉はほとんど共通語に近かった。

「ヒージャーミー」

ぼそっといった。

「ヒージャーミー？」

「そう。ウチナーでは駐屯している米兵との混血児を差別して、そういったんだ。今ではアメラジアンといってるけど」

「……………」

「ヤギの目、という意味の沖縄の言葉さ」

「ヤギの目？」

「混血児は目の色が違うから。だから、ヤギの目。ヒージャーミーさ」

嘉手川自身の目の色は、青でもなければ緑でもなかった。明るい鳶色《とびいろ》だったが、沈んだ光を放っていた。明るさをどこかに置き忘れた生気のない目だった。

「次はどこへ行ったらいいのかな」

被写体を残らず撮り終えた嘉手川は、燿子のほうを見ようともしないでいった。

「あっ、次は御茶ノ水《おちゃのみず》のほうへ行きますから」

慌てて答える燿子の胸の奥に編集長の小谷の言葉が蘇《よみがえ》る。

「……このカメラマンは死にたがっているんじゃないか……」

小谷のいう通りなのかもしれない。そして、一緒に仕事をするには最悪な相手だとも、燿子は思った。

燿子と嘉手川の出逢《であ》いはこんな具合で始まり、決して和気藹々《わきあいあい》という雰囲気ではなかった。

小谷が編集長をつとめる雑誌との契約で、嘉手川は毎月一度東京にくることになった。雑誌は月に二度出るのだが、嘉手川は一度の上京で二回掲載分の写真を撮影する契約だった。大体が月の終りに東京に出てきて、三日ほど都内のビジネスホテルに泊りこんで仕事をこなした。

燿子と嘉手川の間の空気が変化したのは六月の終り、嘉手川が三度目の撮影で東京に来たときだった。

その日の撮影は浅草《あさくさ》だった。被写体はこの界隈《かいわい》を走る人力車だ。嘉手川は仲見世《なかみせ》の一画で人力車が通りかかるのをひたすら待った。手にしているのはニコンの三五ミリで、十五年ほど前に発売されたアナログカメラだった。

嘉手川はさかんに空を仰いで天気を気にしていた。梅雨《つゆ》の中休みの微妙な空模様で、陽《ひ》が差したかと思うとすぐに雲が広がった。

「天気がそんなに気になるの」

いつになく落ちつかない素振りの嘉手川に耀子は苛立《いらだ》ちを覚え、尖《とが》った声をぶつけた。

「ああ」

と嘉手川は短く答えてから、

「野外で撮るときは、きちんとした陽の光が不可欠なんだ。太陽が顔を見せてないと沈んだ写真は撮れない」

「逆のような気がするけれど……陽の光なんてないほうが、写真は沈んだものになるんじゃないの」

もろに怪訝《けげん》な表情を顔一杯に浮べた。

「それは単に暗い写真で沈んだ写真じゃない。写真を沈みこませるためには光が必要なんだ。光がなければ影はできない。影がないと、写真は平面的になって絵葉書のようになってしまう。平面的な写真は暗いだけで沈黙はともなわない。喋《しゃべ》りたくても喋ることのできない沈黙の写真にするためには、立体的な絵柄にしないとだめなんだ。だから太陽が必要なんだ。強い陽の光は写真に奥行きを持たせ、音を吸いとってくれるんだ」

いおうとしていることはわからないではなかったが、理論的に納得するのは不可能だった。

「それに、俺はシャッタースピードを思いきりあげるから、そのためにも強い光が必要なんだ」

今日の嘉手川はいつになく饒舌《じようぜつ》だった。シャッターチャンスが当分はこない、一種の余裕と苛立ちの相乗効果かもしれない。

「シャッタースピードを思いきりあげるって。いったいどれぐらいにするの」

「千分の一秒」

低い声で嘉手川はいい、

「それぐらいはないと、一瞬を画面に切りとることはできない」

「じゃあ」

と燿子は咽《のど》につまったような声を出した。

「逆にいえば、強い陽の光の下でシャッタースピードを思いきりあげれば、誰でも嘉手川さんのような写真が撮れるということになるの」

嘉手川が驚いた顔をして燿子を見た。

「俺の写真に興味があるのか。あんたはいやいや俺の仕事につきあってくれていると、今まで思っていたが……」

「興味はあるわ。誰もが撮れる写真じゃないことは確かだもの。それに」

燿子は嘉手川を睨みつけるようにして、

「私もプロだから、いやいや仕事をするのならこの仕事を受けたりはしない……もしそう見えるのなら、あなたが私の知っているどんな男性よりもとっつきにくい性格で、対応する手段が見つからないからよ」

「俺は、とっつきにくいか」

嘉手川はぽつんといい、

「さっきの問いだが、強い光の下でシャッタースピードを思いきりあげれば、誰でも俺と同じ写真が撮れるかという」

「…………」

「多分、撮れないだろう」

口の端を歪《ゆが》めた。

「なぜなの」

「なぜなのかは俺にもわからない。強《し》いていえば、沖縄の強い陽の光をあびて育ってきたものの資質というか悲しみというか……」

嘉手川の表情にほんの少し笑みが走った。驚きだった。燿子は嘉手川の笑った顔を初めて見た。少年のような顔だった。

「悲しみって何なの」

思わず言葉が飛び出した。

嘉手川は一瞬、口をへの字に結んだ。

「知ってるか。沖縄では子供が外に出るときは、両親から絶対に太陽をあびて歩いてはだめだといわれて育つんだ。陽の下を歩くときは建物の陰を歩け、建物がないときは思いきり走って、電柱の影から影へと伝っていけとしょっちゅういわれて育つんだ」

「なぜなの」

何だか話をはぐらかされたような気がしたが、燿子は再び問いかけた。

「子供の柔らかな肌に強烈な陽の光は毒なんだ。それが証拠に、真夏に海水浴をする人間は沖縄には誰もいない。すべてが内地《ヤマト》から来た観光客ばかりだ。それにあんな強烈な太陽をあびつづけていれば、陽に焼けて色黒《イルクルー》になってしまうからな」

また嘉手川の表情に笑みが走った。やはり少年のような顔だった。

「そういうことだったんだ」

ほんの少し納得した声を燿子があげると、

「それに」

と嘉手川がふいをつくような声を出して燿子の顔をじっと見た。

「それに何」

余裕を持って燿子が訊くと、

「俺は罪深い人間だから。最低の悪餓鬼《ヤナワラバー》だから、あんな写真しか撮れないのかもしれない……」

嘉手川はしぼり出すようにいうと、急に空を仰いで燿子の視線から顔をそむけた。

一時間ほどして、ようやく太陽が顔を覗かせたときは四時を回っていた。

「大丈夫なの。三時を過ぎると陽の光が変るとカメラマンはよくいうけれど」

「俺はそういうことには無頓着《むとんちゃく》だから。陽がまともに出てさえいればそれでいい――さてあとは人力車なんだが」

嘉手川は辺りをゆっくり見回す。

「やはり、事前に誰か人力車を引く人を頼んでおいたほうがよかったんじゃない」

「駄目だ。事前に頼めば、本人が意識するしないにかかわらず必ず身構える。画面のその部分だけ存在感が増して空気が濃くなる。沈んだ写真が撮れなくなる」

「そういうものなの？」

「そういうものさ。人間は自分を意識したとたんに傲慢《ごうまん》になるのさ。俺なんかその典型的な人間で傲慢の塊《かたまり》かもしれない」

嘉手川はひっそりと呟いてから、

「来た」

と小さく叫んだ。

雷門《かみなりもん》の前に人力車が停《と》まり、乗っていた観光客らしい中年の女性が降りる仕度を始めていた。

「来たわね」

と燿子が振り向くと、嘉手川はすでにファインダーを覗いて数回シャッターを切っていた。人力車が門を離れるまでに三十回以上シャッターを切った。

「肖像権のほうは大丈夫なの」

カメラを顔から離し、一息ついた表情の嘉手川に言葉を投げつけると、

「そんなものはくそくらえだ。俺の前に姿を現したほうが悪い。まあ何か問題がおきたら編集長が処理してくれるだろう」

気にいった絵が撮れたのか、嘉手川は珍しく機嫌のいい声をあげた。嘉手川のこんな声を聞くのは初めてだった。胸のすみに安堵《あんど》感のようなものが湧《わ》いて、燿子は少しとまどいを覚えた。

このあとも仲見世の雑踏など何箇所かをカメラに納め、結局すべての撮影が終ったときは五時半を回っていた。

「人力車はいいんだが、あとの写真はうまく撮れていないかもしれない。かなり陽の光が弱まっていたから」

嘉手川は独り言のようにいった。肩が落ちていた。

「心配だったら、明日もう一度くればいいじゃない。西の空がかなり明るくなってるから多分天気はいいでしょうし」

自分の口から、慰めるような言葉が出るのを燿子は不思議な気持で聞いた。

「ちょっと早いかもしれないけど、何だったら夕食でも一緒にいかがですか」

追い打ちをかけるように飛び出した夕食への誘いを、燿子はさらに驚いた気持で耳にいれた。

なぜ自分が嘉手川を食事に誘っているのか、理由がわからなかった。決してこれまでいい雰囲気で仕事を進めてきた仲ではなかった。それとも、これからそんな雰囲気にしようと自分は願っているのか。頭よりも言葉だけが先走っている気がした。

夜の九時を過ぎたころ、燿子と嘉手川は渋谷《しぶや》駅からほど近いところにある『サモン』という名のバーにいた。

カウンターだけの小さな店で、従業員も吉村《よしむら》という初老すぎの上品なバーテンダーが一人いるだけだ。燿子と嘉手川は、ここからすぐのところにあるイタリア料理店で食事をすませた帰りだった。

嘉手川はバーボンのストレート、燿子は薄い水割のグラスを口に運んでいる。

店に入ってから三十分ほどが過ぎていたが二人は特に会話もせず、黙ってグラスのなかの液体を咽に流しこんでいた。

ドアを押して店内に入ったとき、

「おや、岩下様、お久しぶりですね。それに男の方とご一緒とはお珍しいですね」

濃い茶色の蝶《ちょう》ネクタイをしめ、半白の髪をきれいに後ろになでつけた吉村は、顔をほころばせて二人を迎えた。

「沖縄からの大事なお客様なの。だから渋谷でいちばん上品な、とっておきの吉村さんのお店に来てもらったの」

「岩下様もお口が上手になられて。でもとても光栄で嬉《うれ》しい限りです」

吉村は軽く会釈をしてから、これも半白になった髭《ひげ》の口許をわずかにゆるめた。

そのあとに酒を注文したのだが、店のなかに飛びかった言葉はほとんどそれだけだった。

でも、と燿子は考える。

三十分間の沈黙が苦にならなかった。むしろ心地よさを覚えた。相手に気を遣わず、無言の時を過すことができるのが不思議だった。言葉が不要な時間があることを燿子は初めて知った。

なぜだろうと考えてみて、愛という言葉にぶつかり燿子は慌てた……嘉手川も自分も思いは一緒、嘉手川は燿子を欲してこの店に来、燿子も嘉手川を欲してここに来たのだ。いくら沈黙の時間がつづいても気づまりなど訪れるはずがなかった。そういうことだったのだ。

燿子はグラスのなかの氷のかけらを音をたてずにそっと口に含んだ。熱くなった心に気持よかった。おいしい酒だった。

隣の嘉手川が燿子の顔をじっと見た。

「強い酒を飲むたびに――」

ぽつりといった。

「咽の奥を、鞭《むち》で思いきり叩かれるような気がする」

「えっ」

意味がわからなかった。

「俺のような罪深い人間には、弱い酒は飲めないってことさ」

「………」

「気にしないでくれ。独り言だから」

嘉手川は手のなかのグラスを一息で空にして、吉村に目顔でお代りを頼み、再び口を開いた。

「沖縄に亀甲墓《かめこうばか》という大きな墓がある。誰かが死ぬと漆喰《しっくい》で固めた墓の入口を破って骨を納めるんだが、そのとき甕《かめ》にいれた泡盛《あわもり》を一緒に墓のなかにいれるんだ。次に人が死ぬまでそのまま寝かせておくんだが、一度だけそんな酒を飲んだことがある。うまかった。うまかったが、やっぱり咽の奥を鞭のようにひっぱたくんだ。うまい酒ほど血が出るほど強く叩きやがる」

「…………」

「洗骨って知ってるかな。骨洗いともいうんだが」

ふいをつくような言葉だった。

「洗骨！」

燿子は思わず声をあげた。初めて聞く言葉だった。

「沖縄の風習なんだ。土葬でも火葬でも、人が死んだらまず仮埋葬をして三年が過ぎたらそれを取り出し、きれいな水でていねいに洗うんだ。そのあとに本葬として墓のなかに納めるんだ」

「そんな風習があるの。沖縄の人って死んだ人を大切にするのね。想像すると正直いって気色が悪いのは確かだけど……それは今でもつづいているの？」

「都市部ではやらないところも多くなったが、一部ではまだつづいているところもある。骨を洗うのは長男の嫁《よめ》の役目と昔からきまっている」

「長男のお嫁さんが、すべての家族の人の骨を……」

「そう」

とだけ嘉手川は答え、思い出したように手のなかのグラスを口に持っていった。

「嘉手川さんは長男？」

何げなく口にした。

「俺は一人っ子だったから」

「一人っ子」

燿子はその言葉をそっと口のなかで転がし、

「お母さんは今……」

遠慮がちに訊いた。

「おふくろは俺が小学三年生のとき死んだ。おふくろの骨は俺が洗った」

しぼり出すような声だった。真直《まっす》ぐ前を見つめていた。嘉手川の端整だが暗い表情がさらに深く沈んだ。まるで嘉手川が撮る写真のようだ。死んだ顔だったが綺麗《きれい》だった。そのとき、妙なことに気がついた。かすかだったが嘉手川の体が揺れていた。表情に怯《おび》えが見えた。

燿子は慌てた。

なぜこの人は震えているのか。小学三年生でたった一人の母親を亡くした気持はわからぬではないが、それにしても……この人は何かに耐えている。何か途方もなく大きなものに。

「悪いな。見苦しいところを見せてしまって」

前を見つめたままいった。

「いいえ。私が余計なことを訊いたから……ごめんなさい」

素直に謝りの言葉が出た。謝りながら小谷のいった言葉が脳裏をかすめた。

「——このカメラマンは死にたがっているんじゃないか」

とたんに言葉があふれた。

「もし、嘉手川さんが死んだら、洗骨は……」

「もし、俺が死んだら野ざらしでけっこうさ」

暗い目を膝下《ひざした》に落していう嘉手川に、

「野ざらしってそんなこと、私が……」

思わず声を荒らげた。

「俺は骨を洗ってもらうほど、価値のある人間じゃないからな。俺は最低のヤナワラバーなんだ。生まれてくる価値のない人間なんだ」

燿子の言葉の先を封じこめるように、低いがはっきりした声でいった。

嘉手川はその後も、自分は最低のヤナワラバーだと何度もいった。ヤナワラバーとはウチナーグチで悪い子供という意味だが、嘉手川がわざわざそれを口にするということは……いったいどんな意味なのか。むしょうに知りたかった。考えてもわかるはずのないことだったが、頭の芯《しん》から離れなかった。

この夜、燿子は嘉手川を自分のマンションに誘った。嘉手川も燿子の言葉に素直に従った。二人は無言で抱きあい一つになった。無言だったが二人は激しく互いの体を求めあった。

耀子は嘉手川の右手をしげしげと眺めた。どんな風景からも、日溜りのなかの静けさを切り取ることのできる不思議な手。どうってことのない普通の手だったが、指だけは異常に長かった。セクシーな手だと耀子は思った。

その手がじょじょに下がり耀子の大切な部分にふれた。一気に体が熱くなった。ごくっと咽が鳴った。やがて手は大切な部分を離れ、嘉手川は耀子の中心を貫きながら、ヤギの目にたとえられた綺麗な鳶色の目を固く閉じた。


嘉手川は上京すると、必ず耀子のマンションに泊るようになった。仕事が終ってもすぐには沖縄に帰らず、一週間ほどは耀子のマンションにとどまり、二人は濃密な時間を過した。

あれは体の関係をもってから二カ月ほどがたったころだ。

「四年前に宜野湾《ぎのわん》生まれの女性と那覇で知り合って結婚したが、一年で別れた」

ベッドの上に腹這《はらば》いになり、右手を耀子の乳房にかぶせるように置いたまま、嘉手川は低い声でいった。耀子の胸がどんと大きく鳴った。嘉手川が結婚していた……。

「なぜ別れたの」

仰向《あおむ》けの体をほんの少しずらして嘉手川の顔を覗きこんだ。

「子供ができたんだ」

乾いた口調でぽつんといった。

「子供……」

湿った声が飛び出した。

「気をつけてはいたんだが、一緒になって半年ほどしたころに子供ができた。あいつは……恵子《けいこ》というんだが、産みたいと頑張ったが俺は許さなかった。産むなら別れるとまで俺はいった。結局、恵子が折れて子供は堕《お》ろしたんだが、それから二人の間が妙にぎくしゃくしてきて、気がついたら別れるより他にはない状態になっていた」

地を這うような声だった。嘉手川は灯《あか》りを落した部屋の床を、刺すような目で睨みつけていた。

「子供が嫌いなの？」

咽につまった声を出す燿子に、

「俺のような男の子供は産んではいけないんだ。どうしようもない人間の屑《くず》の子孫は、この世の中に残すわけにはいかないんだ。俺のところで根を絶たなければ」

燿子は絶句した。返す言葉が見つからなかった。

「幸子《さちこ》というんだ」

「えっ？」

何のことかわからなかった。ようやく堕ろした子供の名前だろうと察しがついた。

「女の子だったの？」

嘉手川は子供のように首をこくっと縦に倒した。

「幸せの幸――」

ことさら明るい声を燿子は出した。

「不幸の幸さ」

自嘲《じちょう》気味に嘉手川はいった。やはり乾いた声だった。かすれていた。

この人は死に対して異常な執念を持っている。それもあらゆる死に対してだ。ひと月ほど前の日比谷《ひびや》公園での撮影のときの様子を燿子は思い出した。

公園の入口に猫が死んでいた。

背中をわずかに丸め、手足を伸ばして横たわる白い猫は、生き物というより薄汚れたぬいぐるみに見えた。

機材を肩にしたまま、嘉手川はその猫を凝視していた。動こうとしなかった。声をかけても返事をしなかった。

「多分、車にはねられてから、ここにたどりついて息絶えたんだと思うわ」

「…………」

「かわいそうだけど、東京は車が多いから、こんな光景はしょっちゅう……」

「そうだな」

と嘉手川は低い声で答え、しばらくそのまま立ちつくして横たわった白い猫を見ていた。猫は鼻から血を流していた。鼻の上には沢山の蟻《あり》がうごめいていた。不気味だった。

燿子は顔をそむけたが、嘉手川の目はしっかりと猫に向けられたままだった。

死に対して嘉手川は敏感になっている。単なる感傷でなければ、そうとしか考えられなかった。

燿子はベッドの上に腹這いになっている嘉手川に、できる限りの柔らかい声をかけた。

「不幸の幸じゃなくて、幸せの幸よ」

「不幸の幸さ。俺のようなどうしようもない人間の子供なんだからな……おまけに闇《やみ》から闇に葬られてしまって。まったく、俺なんて生きていたって何のためにもならない。早く死んだほうが世の中のためになる」

「何を莫迦《ばか》なことといってるのよ」

燿子は思わず声を荒らげた。

「あなたはどうしようもない人間なんかじゃない。一緒にやってる仕事にしても、今までに例のない画期的な写真だっていろんなところで評判を呼んでるし」

体を少し起こして嘉手川の顔を睨みつけるように見た。

「もしあなたが……混血であるということで悩んでいるとしたら、そんなのはささいなこと。辛《つら》いことはあったんだろうけど、全部忘れたほうがいいわ。閉鎖社会ならともかく、東京ではそんなことで嫌な目を向ける人間なんて誰もいない。悩むことなんて一つもないわ」

ふいに嘉手川が顔をあげて燿子を見た。いつもの暗い目の奥に怯えに似た光が走ったような気がした。

嘉手川は言葉を出すかわりに、乳房に載せていた右手に力をいれた。握りこんだ。長い指だった。鋭い痛みが乳房に走ったが、燿子は声を出さなかった。出してはいけないと思った。

ひょっとしたらこの人は、混血という現実よりも、もっと重い何かを背負っているのではないか。自分には想像もできないような何かを。

燿子の心を鋭いものが突きあげた。恵子という名前が浮びあがった。途方もない嫉妬《しっと》心《しん》が湧きおこった。もしかしたら、嘉手川は別れた妻のことをまだ忘れられないのではないか。そんな根拠のない奇妙な感情が燿子の心全体に燃え広がった。

嘉手川の右手にまた力が加わった。大きな手だったが、すらりとしていた。肌理《きめ》が細かくて指が異常に長かった。うっとりするほど光沢のある手だった。愛《いと》しかった。この手が欲しいと燿子は思った。自分だけのものにしたかった。

「これが欲しい」

低い声で燿子はいい、乳房を握りしめる嘉手川の右手に自分の右手をそえた。押しつけた。嘉手川の右手にさらに力が加わり、乳房がねじれた。歪んだ。もっと力をいれてほしかった。ちぎれてもいいと思った。激痛が走った。痛みは心の隅々にまで突き刺さり、不思議な安堵感に燿子はすっぽりと包まれた。

嘉手川の写真はどこでも評判がよかった。

特にカメラ好きの読者には好評で、編集部にはそうした人たちからの手紙が数多く届いていた。写真を撮ったときのデータを誌面に明示してほしいというのが、手紙の内容の大半を占めていたが、編集長の小谷は載せる必要はないといった。

「データを載せたからといって、彼と同じ写真など撮れっこない。そうなると必ずデータはでたらめだと騒ぐにきまっている。特別なカメラで撮ったとかコンピュータ処理をしただとか、愚にもつかないことを聞くのはまっぴらだからな」

小谷は胡麻塩になった頭を右手でかきながら顔を崩し、

「しかし本当に驚いたなあ」

燿子にちらりと視線をあてた。

「まさかこれほど思い通りの絵が撮れるとは……実をいうと、コンピュータ処理をしてるんじゃないかと疑ってたのは俺のほうだ。それがみごとに期待通りの写真だ」

小谷は編集部の応接コーナーの机につまれた雑誌をかき回していたが、

「特にこれなんかいいよなあ」

人力車を撮った写真の掲載号を取り出した。

「じっと見てると、車夫の日常の生活までが容易に想像できる一枚だ」

髪の少し薄くなった車夫が、観光客らしい中年の女性に手を貸して人力車から降ろしている写真だ。梅雨の中休みに、天気待ちをしながら夕方撮った、あの写真だった。

中年の女性が車夫に何かを喋りかけているようだったが、むろん写真から音は消えている。伝わってくるのは喧騒《けんそう》の隙間《すきま》をぬった静寂だ。燿子のいっていた、生気のない死んだ写真だった。

「写真は一瞬を切りとるというが、これは一瞬どころではない一刹那《せつな》だ。途方もない瞬間をカメラでとらえているから、俺にいわせれば被写体は丸裸にされちまう」

「…………」

「つまり極めて短い時間を切りとるから、逆に無意識の装いもはぎとられて、本物がすけてみえるということさ」

ほんの少し首を傾《かし》げる燿子に、

「この車夫の住んでいるのは郊外の小さな建売住宅で、子供は男の子と女の子が一人ずつ。趣味は庭いじりとパチンコで、酒はほとんどやらない」

すらすらと喋る小谷に、燿子は大きく目を見開いた。

「なぜ、そんなことがわかるんですか」

思わずいった。

「むろん、俺のいったことは単なる想像だ。だが、そういったことが容易に頭に浮ぶほど、この写真はピュアだということだ」

「それはその通りですが、車夫の日常のほうは単なる想像ですか」

「当たり前だ。いくら写真が特殊だからといって被写体の私生活までわかるはずがないだろう。俺は彼と違って、霊能力などは持ってないし」

小谷にしては唐突ないい方をした。

「これは霊感写真なんかじゃありませんよ。千分の一秒の賜《たまもの》ですよ」

むきになっていう燿子に、

「千分の一秒か……だが他の人間が同じニコンを使って、千分の一秒でシャッターを切ってもこんな写真は撮れないだろう」

「それは……」

「むろん、千分の一秒が大切なのは確かだろう。だが極端なことをいうなら、使いきりカメラで撮ったとしても、彼ならこういった写真が撮れるんじゃないかと俺は思う。こんなに顕著な絵にはならないとしてもだ」

「使いきりカメラでもですか」

「そうだ。これはやはり彼の資質だ。怨念《おんねん》のようなものだ。彼の体から発散される念が、この絵を創りあげるんじゃないかと俺は思っている」

あるいはそうかもしれないと燿子も思う。だが怨念などでは決してない。嘉手川の心に渦巻いているのは悲哀だ。愁嘆といってもいい。いずれにしても怨念とはかけ離れたものなのだ。

「彼は明日くるのか」

小谷の言葉に燿子の顔に喜色が走る。

「はい。明日の午後東京に着きます」

「今度は新宿《しんじゅく》と渋谷だったな」

「はい。雑踏を撮るつもりです」

「新宿と渋谷から音が消えるか。いいなあそいつは。近頃《ちかごろ》の渋谷や新宿は若者たちでうるさすぎるからな」

小谷はふうっと溜息《ためいき》をもらし、

「深入りすると泣きを見るぞ」

いたわるような声を出した。

「そうですね」

つるりという燿子に、

「そうですねと、あっさり肯定するということは、すでに抜け出すことは無理だということか」

小谷はほんの少し苦笑を浮べた。

「古今東西、恋の結果はすべて泣きで終るということにきまっていますから、大丈夫です」

「また、小娘みたいなロマンチックなことをいいやがって」

こほんと一つ咳払《せきばら》いをしてから、

「まあ、泣きの数だけ人間味が増すということだろうから、ものを創る人間としては万々歳なのかもしれんな」

燿子の肩を軽くぽんと叩いた。

「だけど、死ぬなよ」

そういうと、さっさとその場を離れていった。


十二月になっていた。

嘉手川と体の関係を持ってから半年が過ぎた。

嘉手川が東京にくれば一週間は一緒にいられた。それも朝から晩までつねに一緒にだ。

仕事からプライベートの時間まで、燿子と嘉手川はいつも二人だけのときを過したが、ひとつだけ気になることがあった。

　夜、燿子の隣で寝ていて、嘉手川はよくうなされることがあった。それも半端なうなされ方ではなく、体中を汗びっしょりにし、顔に苦悶《くもん》の表情を浮べながら右手を差し伸べて宙を探るような仕草をした。

「何か心配事でもあるの」

　何度か訊いたことはあったが、

「何もないさ。多分俺は、嫌な夢をよく見るような体質に生まれついてるんだろう」

　嘉手川は眉間《みけん》に深い皺をぎゅっと刻みこませてこんなことをいい、曖昧《あいまい》に首を振るだけで取りあおうとしなかった。

　その日は師走《しわす》の下町の風景を撮りに隅田川《すみだがわ》沿いを歩いていた。

　川に浮ぶ釣舟の様子を撮り終えた嘉手川に、燿子はさりげなく声をかけた。

「嘉手川さんの生まれたところは、沖縄のどのあたりなの」

　今までに何度も口に出した問いだった。

「山のなかの小さな村さ」

　ぼそっという嘉手川の答えもいつもと一緒だった。がそのあと、

「白い穴があるんだ」

奇妙な言葉を口にした。

「白い穴って——何なの」

「何だと思う」

三脚を肩にかつぎながら、嘉手川は珍しくいたずらっぽい声を出した。

「わからないわよ、そんなこと」

「聖なる白い穴さ。俺は子供のころ、御嶽《うたき》のすぐそばにある、その穴を見るのが大好きだった」

嘉手川が微笑《ほほえ》んでいた。久しぶりに見る嘉手川の笑顔だった。この前見たのはいったいいつだったのか。燿子はわけもなく嬉しさが体中を包みこむのを感じた。

「わかった」

と燿子は大声をあげた。

以前聞かされた『洗骨』という言葉が頭のなかで踊っていた。そうに違いない。聖なる白い穴にぴったりだ。

「洗骨された遺骨を納めておく場所でしょ。だから、嘉手川さんのお母さんの骨もそこに眠ってるんだ。そうでしょ」

いくぶんはしゃぎ気味の燿子を、嘉手川がじろりと睨んだ。顔から微笑みは完全に消え去っていた。

「違ってたの？」

という燿子をあとにして、嘉手川はさっさと歩いた。

「ねえ、私何か嫌なことといった」

追いすがって声をかけると、

「いや」

と嘉手川は短く答え、

「さあ、次は何を撮るんだ？　相撲部屋《すもうべや》だったかな」

表情は元に戻っていたが、話題は仕事の件に変っていた。こうなったら嘉手川は故里《ふるさと》に関わることは梃子《てこ》でも話さない。今までの経験からそれはわかりきっていた。

また、おりを見て……燿子は嘉手川の生まれ育った故里の様子がむしょうに知りたかった。が、嘉手川はどんな理由《わけ》があるのか、ほとんどそうしたことを喋らなかった。燿子は知りたかった。嘉手川の生まれた場所を、生いたちを、家族のことを……。

夜は渋谷のサモンに二人で出かけた。

どういう加減からか、嘉手川はここのバーテンダーの吉村と気が合うようだった。親子ほども年が違うのに。

「嘉手川様は、弱いお酒はお飲みにならないんですか」

バーボンのストレートを水のように呷《あお》る嘉手川に吉村が嗄《か》れた声でいう。

「飲みたいが飲めないんだ」

「それはまたどうして。強い酒が飲みたくても飲めないというのはわかりますが。弱い酒が飲めないなどというのは私、寡聞《かぶん》にして存じあげませんが」

吉村はおどけた表情をして喉仏《のどぼとけ》を上下させる。そのたびにきちんとしめた蝶ネクタイがぴくぴくと踊った。

「俺は楽しみのために酒を飲んでるわけじゃない。いわば懲罰のために飲んでいるようなものだから。薄い酒を飲んで優雅に楽しむわけにはいかないんだ」

「懲罰のためですか」

吉村はまた蝶ネクタイを上下させ、

「すると何ですね。江戸っ子が本当はたっぷりとそばつゆをつけて食べたいのに、たぐったそばの先に、ほんの少しつけてすすりこむのと同じようなものなんですね」

「俺はそんな——」

といいかける嘉手川の言葉をつつみこむように、

「痩《や》せ我慢の極致。江戸っ子の心意気と同じようなものなんです」

「…………」

「ちなみに申しますと、欧米人がウィスキーを飲むときはストレートかロックで、水割などというものはあっちにはないようです。いわば邪道というやつですね」

「そういうもんですか」

と視線を投げかける嘉手川に、

「そういうものです。さらに申しますと、そばつゆにたっぷりとそばを浸して食べるのを、馬方そばというんですね。これも水割と同様で邪道です」

「あらっ」

と燿子が隣から声をあげる。

「じゃあ、私の飲んでいる薄い水割は馬方そばと同じなの」

「めっそうもございません」

吉村はまた蝶ネクタイを上下させる。

「ここはヨーロッパでもアメリカでもありませんから。日本には日本の飲み方があってけっこうなんですよ。だから岩下様はそれでいいのです。決して邪道なんかではございません。飲み方がとても優雅でいらっしゃいます」

にっこりと燿子に笑いかけた。

「へえっ」

と燿子は言葉をもらし、

「吉村さんて口がうまいの、それとも優しいの」

「もちろん、優しいんです。嘉手川様と同じように」

吉村は薄い胸を少し張った。蝶ネクタイは動かなかった。

マンションの扉を開けてなかに入るなり、燿子は嘉手川に後ろから抱きすくめられた。

「ヤマトは寒い」

低い声でいって燿子の首すじに熱い唇を押しつけた。嘉手川はかなり酔っていた。強い酒のにおいが燿子の鼻腔《びこう》を刺したが気にならなかった。好きな男のにおいなのだ。気になるはずがなかった。

「すぐに抱きたい、燿子を」

と嘉手川は燿子の耳許で囁《ささや》いた。

体の中心に熱いものが湧いた。嘉手川の右手が衣服の上から乳房を探った。熱いものが四方に弾《はじ》けた。自分の中心が濡《ぬ》れているのを燿子は感じた。

「シャワー、つかってくるから」

かすれた声を出した。

「シャワーなんかいらない」

嘉手川は燿子の体をひょいと抱きかかえ、酔いにふらつく足でベッドに運んだ。倒れこんだ。

「シャワーを――」

といいかけた唇を嘉手川の唇がぴったりと塞《ふさ》いだ。強い力だった。すぐに舌を吸われた。分厚い舌が口中を動きまわった。

「生の燿子の体が知りたいんだ」

唇を離して、嘉手川は酒臭い息を吐きながらいった。

「生の私の体？」

「ああ。正真正銘の燿子のにおいが知りたいんだ。すべてを胸の奥に刻みこんでおきたいんだ。決して忘れることのないように」

燿子の中心から熱いものがとろりと下着にこぼれた。顔が火照《ほて》った。

「私もあなたの生のにおいがほしい」

口走ってベッドの上に起きあがった。上衣《うわぎ》を脱ぎすてた。着ているものを次々に脱いでベッドの下に放《ほう》り投げた。嘉手川もすぐにそれに倣《なら》った。

部屋のなかはエアコンが効いて、ほどよい温度に保たれている。

二人は犬のように互いの体をなめあった。熱い体だった。熱すぎた。

体からは汗が噴き出している。嘉手川が燿子の汗を舌でからめとると、燿子も嘉手川の体に流れる汗を舌ですくってなめた。二人ともむきになって互いの体のにおいを貪《むさぼ》り、舌をつかった。

「ねえ、なぜこの指はこんなに長いの？」

燿子は嘉手川の右手に自分の左手を密着させていった。

「なぜっていわれても、生まれつきだから何とも答えようがない」

とまどいの表情を嘉手川は浮べた。

「とっても不思議な指よね」

嘉手川の顔に視線をからませ、

「その指でシャッターを押せば、どんな風景でも沈みこんだ写真になるし、その指で私の体にふれれば……」

燿子はふっと言葉を切った。

「私は最初に、その不思議な指を好きになったのかもしれない」

密着させていた嘉手川の右手を、燿子はゆっくりと自分の顔の前に持ってきて唇にあてた。人差指と中指の二本をそっと口に含んだ。愛しすぎる指だった。前歯で強くかんだ。嘉手川の顔が歪んだ。が、何もいわなかった。燿子は二本の指を強く吸った。

「ねえ」

指を口に含んだまま燿子はいった。

「この手が欲しい」

「この手が欲しいって、それは」

咽にからんだ声を嘉手川があげた。

「誰にも渡したくない。私だけのものにしたい。ずっと、ずっと。未来永劫《えいごう》、私だけのものにしておきたい」

「ずっと、ずっとか」

嘉手川はほんの少し笑ったようだ。

「こんな手のどこがいいんだ。こんなつまらない手の」

「この手の全部が私は好き。私のあらゆるところ、私のすべてを知っている、この手の全部が」

「全部か――」

ぼそりという嘉手川に、

「くれる？」

二本の指を軽くかんだ。

「いいさ。好きにすればいい。この右手はもう俺のものじゃない。どうしようと、好きにすればいいいさ」

睨みつけるように燿子を見た。

「嬉しい」

燿子は二本の指をなめるように吸い、

「今日から、この手は私のもの」

ぎりっとかんだ。

眉間に深い縦皺が刻まれたものの、嘉手川の口からは何の音ももれてはこなかった。嘉手川がベッド脇《わき》に置いてある小箱のなかから避妊具を取り出し、のろのろとした手つきで自分のものに装着した。

燿子はそんな様子を無言で見ている。淋《さみ》しいものがあった。嘉手川はどんなに酔っていても、燿子を抱くときには必ず避妊具を着けた。怠《おこた》ったことは一度もない。すぐに体の中心に固いものが入ってきた。

本当は何も着けない、生の嘉手川が欲しかった。余計なものを着けない本当の嘉手川の体……いつか必ず。

とたんに痺《しび》れに似た快感が下腹部を走った。思わず声をあげた。嘉手川の逞《たくま》しい体にしがみついた。指が背中の汗にぬめった。さらにしがみついた。頭の芯に靄《もや》がかかった。幸福だった。

どれほどの時間がたったのか。

燿子は心地よい睡魔に襲われていた。

隣に横たわる嘉手川が、けだるげな表情で天井を見つめていた。

「俺のおふくろは」

低い声で呟いた。

「えっ」

「俺のおふくろは神人《カミンチュ》だった」

「カミンチュ！」

「神と人間の間をとりもつ霊能者で、巫女《みこ》のようなものだ。おふくろのおふくろも、カミンチュだった。そのおふくろが神を裏切った……地獄へ堕《お》ちた」

「えっ」

思わず体をベッドの上におこすと同時に、嘉手川は燿子に背中を向けた。肩が頑《かたくな》に尖っていた。

嘉手川が一枚のメモと使いきりカメラを残して、燿子の前から姿を消したのは六月の終りだった。

予兆はあった。

五月に入って間もなくのことだ。そのときも嘉手川は東京に出てきて燿子のマンションに一週間ほど居つづけた。

その最後の夜。燿子は嘉手川にひとつの提案をした。

「今夜は安全日なの。明日くらいから生理が始まりそうだから」

そういって嘉手川の顔を真直ぐ見つめ、

「避妊具なしでしてほしい……」

嘉手川の両目が大きく見開かれるのがわかった。

「生のあなたを感じたいの。生のあなたを受けてみたいの。お願いだから」

嘉手川の顔をぴたりと見た。視線を吸いつかせた。嘉手川の顔には明らかに狼狽《ろうばい》の色があった。視線をそっとそらした。燿子は覗きこむように、ひたすら嘉手川の顔を見つめつづけた。

「安全日だから」

もう一度いった。強い口調だった。

嘉手川が奥歯をぎりっとかみしめた。それからふいに、ふわりと吐息をもらした。

「わかった」

低い声で力なくいった。両肩がすとんと落ちていた。

その夜、燿子は初めて生の嘉手川を受けいれた。

嬉しかった。これで本当にひとつになれたのだと思った。嘉手川が愛しかった。それ以上に女という性を持った自分の体が愛しくて仕方がなかった。

安全日というのは嘘《うそ》だった。

というよりも危ない日に近かった。妊娠する可能性は充分にあった。もし子供ができればそれでもいいと燿子は思った。できてほしいとも思った。燿子の脳裏には嘉手川の別れた妻のことが常にあった。恵子は嘉手川の子供を一度は身ごもったのだ。それに較《くら》べて自分は……理不尽だった。対等になりたかった。それ以上になりたかった。堕ろされた子の名前は幸子。嘉手川は不幸の幸だといった。もし子供ができたら、それが女の子だったら、同じ名前をつけようと燿子は思った。幸せの幸だ。これですべてが救われるはずだった。子供じみた考え方だったがそれでいいと思った。

嘉手川は燿子のなかに初めて射精した。

瞬間、燿子のすべてがとろけた。ぐしゃりと熔《と》けて音をたてた。体が震えた。燿子は慌てて両肢《りようあし》を固く閉じて精液がこぼれ落ちるのを止めた。なぜかはわからないが涙が滲んだ。まるで十代の小娘だった。燿子は大好きな嘉手川の右手を両手で力一杯握りしめた。

翌月の末、燿子の前に現れた嘉手川の視線が、自分の腹に注がれているのを燿子は感じた。生理がなかった。妊娠している可能性は充分にあった。

二日間芝《しば》公園で写真を撮り、三日目の朝おきてみると、隣に寝ているはずの嘉手川の姿がなかった。残されていたのは小さなメモと、使いきりカメラだけだった。

燿子は正直にそのメモを編集長の小谷に見せた。小谷は文面を確かめるように見てから、

「そうか」

とだけいって深い溜息をもらした。ふっと編集部の窓から空を覗きこんだ。

「行くのか」

「はい。勝手いって申しわけありませんが。むろん、やりかけの仕事はすべて片をつけていきますから」

「わかった。金はあるのか――」

「はい」

「何日でもいいから行ってこい。帰ったらまた一緒に仕事をやろう」

小谷は真直ぐ燿子の顔を睨みつけた。

「死ぬなよ。大人《おとな》になれよ」

ぼそっとした声でいった。

出発の前夜、燿子は渋谷のサモンに顔を見せた。

「おや、今日はお一人なんですか」

屈託のない声を出す吉村に、

「ええ、実はすてられちゃったんです」

と薄く笑った。

「そうですか。あのハンサムな男性に……嘉手川様は容姿がよすぎましたから。あの顔であの性格です。知り合った女性にしたらたまらないでしょう。恋人にも母親代りにもなれますからねえ。これはもういきなり交通事故にあったようなもので、どうしようもありません」

吉村はグラスをそっと燿子の前に置いた。

「でも、案外すてられたのは、嘉手川様のほうかもしれませんね」

ふわりとあるかないかの微笑を唇の端に浮べた。

「ええ、まあ」

と言葉を濁す燿子に、

「惚《ほ》れぬくということはいいものです。なまなかの人間にできることではありません。それができれば本物です。近頃の人間は男も女も、ほどほどの塩梅《あんばい》で上手に手を打って自分が傷つかないように……もっとも本物の人間というのはどういう加減でしょうか、不幸に好かれますから、かないませんねえ」

燿子の前のグラスにウィスキーを注《つ》いだ。

「飲んでみますか、嘉手川様のバーボンのストレート」

蝶ネクタイが小刻みに震えていた。

3

二階の部屋に祐月が呼びにきたのは九時を過ぎてからのことだった。

「おじいは、けっこう頑固者《ヴァンクー》だから」

祐月の言葉を背中に聞いて階下の食堂へ行くと、照屋は大きなテーブルの端に腰をかけて燿子を待っていた。

「お忙しいところ申しわけありません」

と燿子が頭を下げると、

「まあ、座ってください」

照屋は椅子《いす》をすすめながら、

「岩下さんは沖縄戦を知っとりますか」

と切り出した。

「詳しくは知りませんが教科書に載ってる程度には」

「教科書に載ってる程度ですか」

照屋はちょっと不服そうな声でいい、

「それで、嘉手川さんの何が知りたいのかねえ」

じっと燿子を見つめた。

「何もかもです」

と燿子はいった。

「十二日前に嘉手川さんがここに泊ったことは、お孫さんの祐月ちゃんから聞きました。私がまず知りたいのは、そのあと嘉手川さんはどこへ行ったかということです。そのあたりのことは、照屋さんにお訊《き》きすればわかるんじゃないかと思いまして」

「なぜ、私《わん》に訊くとわかると思ったんかねえ」

「あの夜、照屋さんと嘉手川さんは明け方まで一緒にお酒を飲んでいたって聞きましたし、それにあの嘉手川さんが、照屋さんとは妙に心が通いあって、何でも話すことのできる間柄だと聞きましたから」

すがるような目を燿子は照屋に向けた。

「そう。わんと嘉手川さんとは何でも話せる仲だったさ。それは……わんとあの人の間には、互いによく似たひどいものを引きずっているという事実があるから……あんたなんかには想像もつかん、同じ業《ごう》のようなものを嘉手川さんとわんは背負っているのさあ」

「同じ業のようなものですか」

燿子はしげしげと照屋の顔を見つめた。

親子以上に年の違う二人の間に、いったいどんな共通点があるというのか。考えてみれば奇妙な話だった。

「だからあの人は、わんには何でも語ったさあ。むろん、わんも、あの人には他人様《ひとさま》にはいえんこともつつみ隠さず話した……しかし、あんたは」

大きな目で燿子をぎょろりと睨《にら》んだ。

「あんたは、嘉手川さんのいったい何にあたるのか」

「私は」

と燿子は声を荒らげた。

「私は嘉手川さんの恋人です。嘉手川さんがどうなったか知る権利はあるはずです」

「そう。あんたは嘉手川さんの恋人さあねえ。だが、あの人はあんたに自分のことをほとんど話さなかった。そういうことなわけさあ。心を許してなかったということなんじゃないかねえ」

照屋はぴしゃりといった。

「心を許しすぎたから、いえなかったということも考えられます」

燿子もぴしゃりといい返した。

照屋は口を真一文字にぐっと引き結んだ。黙りこんだ。沈黙が流れた。破ったのは照屋のほうだ。

「あんたがいうように嘉手川さんは、あんたに心を許しすぎていたのかもしれん、惚《ほ》れとったのかもしれんさあ。だが、だからこそ知らないほうがいいということもあると、わんは思うよ。悪いことはいわんから、二、三日ウチナーを観光したらヤマトへ帰りなさい。それがあんたにとってもあの人にとっても、いちばんいいようにわんは思うよ」

ゆっくりとした口調で、それでもはっきり照屋はいった。

「帰りません。私はあの人を見つけるまで沖縄にいるつもりです」

「見つけてどうする」

照屋の言葉に燿子はうっとつまった。

「連れて帰るわけにはいかんさあ。あんたもひょっとしたら気がついてるかもしれんが、嘉手川さんは多分、もうこの世にはいないとわんは思う。酷なようだが、現実はそういうことなわけさあ」

「死んでるものなら、せめて遺体を見つけます」

燿子は必死に食いさがった。

「そんなもの見つけてどうするねえ」

「洗骨します。あの人に私はそう約束したんです」

「洗骨か……ヤマトの娘さんから、これはまた珍しい言葉が飛び出したもんだねえ」

「洗骨は長男の嫁《よめ》の仕事だとあの人はいいました。だから、もしあの人が死んでいるものなら、きちんと埋葬して三年後に洗骨するのは私の役目です」

燿子は背筋を伸ばして照屋を睨んだ。

「それは今どき殊勝なことだけど、あんたは嘉手川さんの嫁さんねえ」

「そのつもりです」

また沈黙が流れた。

「そうか」

と照屋はぽつんといい、

「殊勝なこころがけはわかるけど、土葬から火葬になって、洗骨をするところはウチナーからほとんどなくなったわけさ。だから、いくら長男の嫁のつもりのあんたでも出る幕はないじゃない」

「あの人の故里《ふるさと》では、まだちゃんとやっていたといっていました」

「あそこなら、そうかもしれんが」

ぼそっという照屋にぶつけるように、

「知ってるんですね、嘉手川さんの生まれた場所を。あの人、きっとそこにいるんです。生きてるのか死んでるのかはわかりませんが、あの人きっとそこにいるんです」

一気にまくしたてた。

「いずれにしても」

照屋は音を立てて椅子から立ちあがった。

「嘉手川さんの行き先を教えるわけにはいかん。あの人は、誰《だれ》がきても絶対に教えないでくれとわんにいった……多分、あの人はあんたが来ることを、予測してたんだろうねえ。いいかね岩下さん、あんただって、腐れかかって蛆《うじ》のわいた自分の体を好きな男に見られるのは嫌でしょう。とにかくわんは嘉手川さんと約束したんだから、行き先を教えるわけにはいかんよお」

照屋はさっと背中を見せ、不自由な体を器用に動かして厨房《ちゅうぼう》の奥に消えた。一人残された燿子の脳裏に、日比谷公園で見た猫の死骸《しがい》が浮びあがった。血がこびりついた鼻には沢山の蟻《あり》がたかっていた。もし嘉手川が死んでいたとすれば、おそらくあの比ではないはずだ。燿子は大きく頭を振った。固く両目を閉じた。

二階の部屋に帰り、ベッドの端にちょこんと腰をかけた。考えを巡らした。

嘉手川は必ず故里にいるはずだった。故里の御嶽《うたき》のそばに違いないと燿子は思った。そして嘉手川の故里はヤンバル。場所はわかっているが、ヤンバルの原生林はあまりにも広すぎた。やみくもに歩き回っても見つかるはずがなかった。

燿子はバッグを開けて、大事にしまいこんであった使いきりカメラを取り出した。いったいこのなかには何が写っているのか。燿子の頭のなかを様々な妄想が飛びかう。

ひょっとしたら別れたという嘉手川の妻の恵子の顔、あるいはまったく知らない別の女。もしかするとおびただしい骨の山……考えればきりがない。現像に出せばすぐわかることなのだが、燿子にはそれが怖かった。何といっても、遺書めいたメモと一緒に嘉手川が最後に置いていったものなのだ。燿子の心のすべては怯《おび》えにおおわれていた。

しかし、もしかしたら自分の姿が知らないうちに隠し撮りされて……そんな可能性もないとはいいきれない。燿子はカメラをそっと自分の頰《ほお》に押しあてた。嘉手川が最後に手にしていたかもしれないカメラだった。あの指でシャッターを切ったカメラだった。愛《いと》しさが湧《わ》いた。強い力で頰に押しつけた。嘉手川のにおいを嗅《か》いだような気がした。逢《あ》いたかった。たとえ死んでいたとしても……どんな姿になっていたとしても燿子は嘉手川に逢いたかった。

次の日も朝からいい天気だった。窓から見える空は大きく、真青に澄みきっていた。本土とは違う空だった。

食堂に行き、朝食をとった。

パンとハムエッグ、島バナナにパイナップルといった献立だった。照屋と顔を合わせたが、朝の挨拶《あいさつ》以外、一言も他の言葉は返ってこなかった。

そのかわりに隣の席の年老いた夫婦が話しかけてきた。煩《わずら》わしかったが、簡単な自己紹介くらいはしなければならない。燿子は自分の名前をいい、ここには観光にきたといってごまかした。

「わいらは新婚旅行のやり直しや」

と夫のほうが笑いかけた。年齢に較《くら》べてかなり元気で威勢のいい声だった。

名前は中井忠男《なかいただお》。住んでいるのは大阪で、小さな会社の役員をしていたが、昨年その職を退いて隠居の身になったと男はいった。年齢は口にしなかったが、見たかんじでは七十歳くらいだった。

「私は絹《きぬ》といいます。年はまあ、この人と似たりよったりです」

奥さんのほうは髪の毛が真白だった。ふっくらとした可愛《かわい》い顔立ちだった。

「子供たちはみんな出ていってしまいよって、よほどのことがない限り誰も家にはよりつかんようになった。毎日が退屈で退屈で、これではあかん、呆《ぼ》け老人になってまう。ということで新婚旅行で昔来たことのあるここへ、二人でまた来てみたんや。年とると頼りになるのはこいつしかおらしまへんからなあ」

中井は饒舌《じょうぜつ》だった。訊きもしないことを、自分のほうからぺらぺらと何でも喋《しゃべ》ってくる。

「それは、ロマンチックでいいですねえ」

燿子があたりさわりのない受け答えをすると、

「そうや。ロマンチックがいちばんや。それが夫婦円満のこつや。何といっても、これからはお互い大事にしあわんとなあ。まだまだ人生は長い。できることなら二人一緒にあっちへ行きたいなあ。一人残されるのはかなんからなあ」

「そうですよ。一人残されるほど淋《さみ》しいことあらしまへんから。毎日独り言をいう人生なんてちょっと耐えられませんから」

ふっくらとした顔を大きく崩して絹が相槌《あいづち》を打つ。

「そうですねえ。一人残されるということはたまらなく嫌なことですねえ」

これは本音だ。燿子の胸に嘉手川の端整な顔が浮んでいた。

「せやけど、子供というのんはしようのないもんやなあ。小さいころはあんだけべたべたしてきよったくせに大人《おとな》になると、もう家にさえよりつきもせえへん。親なんぞというのは淋しいもんや」

話がこうなってくると燿子にはちょっとついていけなくなる。適当な言葉を返して席を立った。もう一組の泊り客である若い男女は、朝食をすでにすましてどこかへ行ったのか姿は見えなかった。

燿子は部屋に戻り、ベッドの端に腰をおろし、見るともなしに窓に広がる景色を眺めた。

真青な空の下は見渡す限り砂糖きび《ウージ》畑が広がっていた。壮観だった。海のようだった。

畑全体が風が吹くたびにさわさわと揺れた。

壮観だったが、あっけらかんとした風景にも見えた。ゆったりとして単調だった。せせこましさなどどこを眺めても感じられない。陽《ひ》は容赦なく照りつけているのだが、視野に入るすべてが静まり返ってしんとしていた。嘉手川の撮る写真によく似ていた。やはりここは異国だと思った。

砂糖きび畑のなかの小道を照屋が歩いていくのが見えた。麦藁《むぎわら》帽子をしっかりかぶって、手には昨日と同様スコップを持っている。あんなものを持っていったい毎日どこへ行くのか。

照屋の姿が視界から消えるのを見て、燿子はひょいと腰をあげた。階下にいるのは祐月だけだ。話をすれば何か情報がつかめるかもしれない。

食堂に行くと大阪の夫婦の姿はなく、厨房から食器を洗う音だけが響いていた。

「祐月ちゃん」

と燿子は厨房の入口に立って声をかける。

流し台に向かっていた祐月が洗い物の手を止めて燿子を見た。

「それが終ってからでいいんだけど、コーヒーを一杯もらえるかな。アイスじゃなくて熱いやつ。ここ冷房がけっこうきいてるから、ちゃんとしたコーヒーが飲みたくなって」

「はい。じゃあお言葉に甘えて、ここをすませちゃいますから少し待ってくれますか。十分ほどですみますから」

大人びた口調でいって、祐月はまた体を流し台に向けた。燿子は食堂の椅子にゆっくりと腰をおろした。

「照屋さん、今日もスコップを持って出かけていったけど、あれはいったいどこへ行ってるの」

テーブルの上に出されたコーヒーをスプーンでゆっくりかき回しながら、嘉手川とは関係のない話をまず持ちだした。

「あれは」

といってから、祐月はトレイを胸に抱えたまま、

「ここ、座っていいですか」

「もちろんいいわよ。何だったら祐月ちゃんもコーヒーかなんか飲む？」

「いえ、私はいいです」

燿子の前の椅子に腰をおろして祐月ははっきりいい、

「岩下さんは沖縄戦を知ってますか」

昨夜の照屋と同じことを口にした。

「教科書に載ってる程度なら知ってるけど、あとは……」

燿子も昨夜と同じ言葉を口にした。

「じゃあ、ガマっていう言葉は」

「ガマ？」

わからなかった。職業柄、普通の人よりは多くの言葉を知っているはずだが、ガマというのは初めてだった。

「ウチナーの言葉で自然壕《ごう》という意味です。塹壕《ざんごう》の壕です」

何となくわかってきたような気がした。

「この前の戦争のとき、この辺一帯には大きな壕があったんだ。最初は小さな自然の洞《ガ》窟《マ》を利用してたんだけどさ、中で生活する人が多くなって、みんなで掘り広げて百人ほどが生活できる広さにしたっておじいがいってました」

「百人もの人間がそのガマという洞窟《どうくつ》のなかで生活してたの」

驚いた声を燿子はあげた。

「詳しいことはおじいに訊けばいちばんなんだけどさ……」

と祐月は前置きをいれ、

「ヤマトの兵隊が二十人ほど、この辺りの村人たちが三十人ほどの約五十人が、沖縄決戦のときには住んでいたと、おじいはいってました」

「…………」

「ここからも見えるんだけど」

祐月はすっと立ちあがり、右手の指で窓の向こうを差した。燿子も慌てて立ちあがり、祐月の指の先を凝視した。

海があった。

明るい海だ。きらきらと輝いて目に突き刺さってくる。溜息《ためいき》の出るような綺麗《きれい》な景色だった。心の奥がふわりと洗われた。一瞬何もかも忘れた気分になった。

「綺麗な海」

思わず声を出す燿子に、

「海じゃないさ。その先です」

祐月の硬い声が飛んだ。

海の先に島が見えた。ピーナッツ形をした、沖縄にしたら大きな部類に入る島だ。

「あれが伊江島《いえ》です。太平洋戦争のころ、あそこにはヤマトの航空基地があったんだ。だからこの辺り一帯もアメリカーの攻撃にさらされて……とてもひどい状態になってしまったって」

祐月は椅子にすとんと腰をおろした。燿子も倣《なら》って腰をおろす。

「艦砲射撃と空爆でこの辺りはひどい被害をうけたって。もちろん、人も沢山死んで……そしてその攻撃でみんなが逃げ込んでいたガマも潰《つぶ》れてしまい、なかにいる人はほとんどが死ぬことになってしまったわけさあ」

耀子は何も答えられなかった。沖縄戦の悲惨さは、ある程度の知識としては知っていたがほんの上《うわ》っ面《つら》だけだった。具体的な様子を聞くのは初めてだった。

「知らなかったでしょ、そういうこと」

「…………」

「ヤマトの人はウチナーで何がおきたのかはほとんど知らない。と、いうよりまるで関心がないんだ。他人事なんだ」

祐月の眉根《まゆね》にくっきりと皺《しわ》が刻まれた。これは怒気だ。祐月は話をしながら静かに怒っているのだ。

「ごめんなさい」

耀子は素直にいって祐月に向かって頭を下げた。こうするより他に取る態度がなかった。

「あっ」

と祐月が声をあげた。

「こっちこそごめん。ヤマトのねーねーを謝らせちゃった。そんなつもりでいったわけじゃないんだけどさあ」

いつもの祐月に戻って思い切り無邪気な声をあげたが、眉間《みけん》の皺はまだ消え去ってはいなかった。

「だからさ。おじいはその潰れたガマを何とか掘りおこして、なかの遺体を回収したいと思ってるわけさあ。それでああやって、毎日スコップを持って不自由な体で出かけてるんだ。あっちを掘ったりこっちを掘ったり」

「そうだったの」

燿子は低くいい、

「それで成果のほうは……」

「さっぱり駄目みたい。何しろ撃ちこまれた爆弾の数が多すぎてさ、この辺り一帯の地形はすっかり変ってしまったというしね」

「地形が変ってしまったの」

「そうさ。崖《がけ》は崩れる、丘はなくなる、浜辺は断ち切られる……だからガマのあった辺りも土が動いて正確な位置がわからなくなったみたいさあ」

「そう。そのガマで亡くなった人のなかに照屋さんの身内が」

「いるみたいなんだけど、おじいはそこのところだけは詳しく教えてくれないさあ。何だか口を濁してね」

「…………」

「よっぽど、大切な人を亡くしたようだけど私にはわからない。あのおじいは頑固者だから、いったんいわないときめたら絶対に口を開かないからさあ」

祐月の眉間から皺は消えていた。

「毎日スコップを持って通ってるって、戦争が終ってからずっと」

「そうみたいだね。だから、いくらなんでもっていうことで、おじいはこの辺では変り者で通ってるさあ」

戦争が終って六十年がたっている。その間ずっと照屋は毎日スコップを持って……燿子には気の遠くなるような話だった。信じられない行為に思えた。

「そのために、ここにペンションも建てたんだよ。元の家はここよりもっと八《や》重《え》岳《だけ》のほうに近い場所だったんだって」

「わざわざ引越してここに」

「うん。だからおじいは変り者」

あっけらかんと祐月はいってのけたが、重苦しい気持は変らない。燿子はテーブルの上のコーヒーカップを手に取った。そっと口に持っていき飲んだ。妙に咽《のど》の奥に気持がよかった。

「そういえば」

と燿子はコーヒーカップをテーブルに置いて、祐月の顔に視線を戻した。話を変えるつもりだった。

「祐月ちゃんの、お父さんとお母さんはどうしてるの。全然顔を見ないけど」

祐月の顔がわずかに歪《ゆが》んだ。眉間にまた皺が刻まれてさっと消えた。また悪いことを訊いてしまったのか。

「おかあは交通事故で死んで……ほらウチナーって鉄道がないでしょ。だから車が多くて、そのうえみんな運転が荒っぽいから。それでね。おとうは出稼ぎに行ってて留守。ペンションだけではなかなか生活がきついからさ」

「ごめんね、また嫌なこと訊いちゃって。気を悪くしないでね」

「大丈夫だよ。私はトゥルバヤーだから。気にしてないから」

顔を思いきり崩す祐月に、

「トゥルバヤー？」

「うん。何ていうのかなあ。ぼうっとしてるというか能天気というか」

「ああ」

と燿子はうなずくが、この大人びた娘が能天気であるはずがない。

「さて」

祐月は両手をぽんと叩《たた》いてふいに立ちあがった。

「私はお昼の下ごしらえをしなくちゃ。またおじいに叱《しか》られちゃう」

じゃあねと小さく手を振って、祐月は燿子の前を離れて厨房に向かった。結局、嘉手川のことは何も訊けずじまいだったと燿子は小さな吐息をもらした。

昼食がすんで三十分ほどしてから、照屋はまたスコップを手にして麦藁帽子をかぶり、外に出て行った。

照屋の掘っている穴というのを燿子は突然見たい気分に襲われた。燿子は食堂から部屋に戻り、バッグを肩にして慌てて階段を降りた。外に飛び出した。

百メートルほど前方を、照屋はスコップを片手に体を左右に揺らしながら、肩を突き出すようにして歩いている。首にタオルを巻き、はいているのはゴム製の黒い長靴だ。

両脇《りょうわき》は砂糖きび畑だ。固そうな葉がかすかな風に時折乾いた音をたてる。五分ほども歩くと燿子の体は汗ばんできた。頭のうえの日差しが強い。髪がちりちりと痛いほどだ。帽子が欲しいと思ったが、今さら悔やんでも仕方がない。

燿子はハンカチを取り出して顔と首筋をぬぐった。肩で大きく息をして照屋のあとを五十メートルばかり距離をおいて追った。道は砂糖きび畑のなかをうねりながらつづき、たまに小さな枝道があった。さらに十分ほど歩くと急に視界が開けた。砂糖きび畑はなくなり、平面的な荒れ地が広がっていた。

前を歩いているはずの照屋の姿が見当たらなかった。どうやらどこかの枝道に入りこんだようだ。

大きな吐息をもらし、燿子は空を仰いだ。

青い色が視界をおおった。他には何もない。あっけらかんとした単純明快な空だった。あるのは太陽《ティーダ》だけだ。燿子は視線を太陽に移してまともに見た。ふいに耳鳴りに襲われた。慌てて視線をそらし地面を見すえた。ほんの少し揺れているような……目眩《めまい》だ。強烈な日差しにやられたらしい。耳鳴りがさらにひどくなり、胸が苦しくなった。水が欲しい。燿子はゆっくりと四方に目をやった。

荒れ地の向こうには、また砂糖きび畑が広がっている。付近に住居は、と目で追っていくとこんもりとした樹木の向こうに家屋らしきものがあるような気配だった。あの大きな木は防風林で、この辺りでは福木《ふくぎ》と呼ばれているものだ。

燿子は防風林の方角に向かってのろのろと歩き出した。嫌な汗が背中を伝った。顔が青ざめているのが自分でもわかった。

「ごめんください」

両脇にシーサーが載った、軒の低い赤瓦《あかがわら》の玄関でかすれた声を出した。すぐに南に面した室内に人影が立った。燿子の胸がどきりと鳴った。ふらついた頭に、その姿はひどく懐かしい人に見えた。あれは……嘉手川だ。

「ヤマトの、ねーねーじゃないか」

嘉手川であるはずがない。もっと若々しい声だった。人影が薄暗い室内から廊下に出た。圭だ。祐月の恋人だという少年の。

「圭君」

咽にからんだ声を燿子はあげた。

やはりよく似ていた。嘉手川も中学生のころは、こんな雰囲気だったに違いない。燿子の胸の奥がざわざわと騒いだ。

「ここは圭君の家だったの」

「そう、祐月のペンションにいちばん近い家が僕の家さあ」

考えてみれば不思議なことでも何でもなかった。祐月と圭は幼馴染《おさなな じ》みなのだ。すぐ近くに家があっても当然だった。

「ちょっと、そこに座らせてもらってもいいかな」

言葉を全部出し切らないうちに、燿子はぺたりと廊下の端に腰をおろした。

「ねーねー、顔色が悪いんじゃないか」

「そう。沖縄の太陽にあたったみたい。日中はおとなしく部屋の中にいればいいものを、うろうろ外を出歩くから」

そのとき家の奥から嗄《しわが》れた声が聞こえた。

「圭よう、誰かお客さんがきてるのねえ」

「祐月のペンションに泊っている、ヤマトのねーねー。気分が悪くなったから休ませてくれって」

すぐに圭の後ろに年寄りが出てきた。大柄で小太りの老婆《ろうば》だ。

「圭のおばあの、トミといいますが、なんで気分が悪いんねえ」

老婆は自分で名前をいい、燿子の前にゆっくりとしゃがみこんだ。

「はい。どうも日射病らしくて。すみませんが水を一杯いただけませんか」

燿子の言葉が終らぬうちに、

「圭、水。氷をいれてすぐにもっておいで」

トミは怒鳴った。圭が慌てて家の奥に駆けこんでいった。

「すみませんねえ。気の利かない孫で。さあ上にあがりましょうねえ。こんなところに座っているより、横になったほうがいいからねえ。遠慮はいらんさあ」

トミは引っ張りあげるように燿子の手を取った。

燿子を座敷にあげるとトミは奥の間に行き、藺草《いぐさ》で編んだ枕《まくら》とタオルケットを持って戻ってきた。後ろには圭が、コップに氷入りの水を持って突っ立っている。手を差し出した。

「はい、ねーねー」

コップを受け取った燿子は、ゆっくりと冷たい水を咽の奥に流しこんだ。体全部にさあっと染み透るほど心地よかった。

「どうねえ気分は。もうちょっと休みましょうねえ」

トミは枕を置いて燿子を優しく促した。

「すみません」

と細い声を出して体を横にすると、トミがタオルケットをそっと体にかけてくれた。外は灼《や》けるような暑さだというのに、開け放たれた家のなかは涼しかった。肌理《きめ》の細かい柔らかな風がふわりと漂っていた。

「病人には扇風機よりも、こっちのほうがいいからねえ」

枕許《まくらもと》にぺたんと尻《しり》を落したトミが、うちわをゆっくりと使って、さらに柔らかい風を燿子に送った。

「あっ、そんなことまでしていただかなくても」

「遠慮はしなくていいよお。困ったときはお互いさまだからねえ。まして、ねーねーは病人さあねえ」

陽に焼けて細かい皺が無数に入った逞《たくま》しい顔を思い切り崩した。頑固そうだが人なつっこい顔に見えた。シーサーだ。瓦屋根に取りつけられた魔除《まよ》けの唐獅子《からじし》によく似ていた。トミの顔は優しいシーサーを彷彿《ほうふつ》させた。そう思ったとたんに睡気《ねむけ》が襲った。

「そうそう。病人は眠るのがいちばん。目が覚めれば体はすっきりしているさあ」

「すみません」

といいつつ燿子の両の瞼《まぶた》は開けられないほど重くなっている。日射病というよりは連日の過密なスケジュールのために、心身がかなり疲労していたのかもしれない。燿子はすうっと眠りのなかに落ちこんでいった。

どれほどの時間がたったのか。目が覚めるとトミの姿はなく、代りに圭がうちわを持って枕許に座っていた。

「あっ」

と燿子は小さな声をあげた。

圭に寝顔を見られた。トミと二人ならそれほど恥ずかしくはなかったが、圭一人というのがたまらなく恥ずかしかった。相手はまだ中学生だというのに。

うちわを持つ圭の右手が燿子のすぐ目の前にあった。細い指だった。なめるように見た。嘉手川の手によく似ていたが少年の手だった。まだ幼さが残っている。顔を少しあげると圭と目が合った。嘉手川と同じような鳶色《とびいろ》の目だ。視線が強くからみ合った。胸がざわっと鳴った。圭の陽に焼けた顔に赤みが走ったような気がした。圭も羞恥心《しゅうちしん》を覚えている。そう思った瞬間、心がすっと軽くなり気持が落ちついた。

「おばあさんは」

ゆっくりと起き上がり、圭の顔を覗《のぞ》き込むようにして燿子はいった。見れば見るほど嘉手川によく似ている。

「おばあは裏の畑。すぐに戻ってくるといって出ていった」

上ずった声を出し、咽をごくりと鳴らして圭はわずかにうつむいた。

「そう」

と燿子は短く答え、左腕にはめた頑丈なダイバーズウォッチを見た。

「あら、もう三時半。一時間半近く私、眠ってたんだ」

燿子はタオルケットをきちんとたたみ、圭の前に正座した。

「ずっと圭君が、うちわであおいでくれてたの」

「最初はおばあが。でも畑に行ってくるから僕にあおげって」

ぼそっとした声で答えた。

「そう。ありがとう。圭君って優しいのね。祐月ちゃん、幸せね」

「おばあの命令は絶対だからね。ウチナーの女はみんな気が強いから、逆らうとあとがうるさくて怖いさあね」

「祐月ちゃんも怖いの？」

「あいつは特に怖いさあ」

圭はまた、ぼそっとした声をあげた。

「そうなの。でも、将来は結婚するつもりなんでしょ」

こくりとうなずいた。

「あいつは僕の存在をたった一人、丸ごと認めてくれてる人間だからさあ」

「ヒージャーミー」

ふいに燿子の口から以前、嘉手川に教えられた言葉が飛び出した。なぜこんな言葉が口から出たか燿子自身にもわからず、とまどいの表情を浮べた。

圭の鳶色の目が暗い光をおびた。

「ごめん」

と燿子は慌てていい、

「以前、あの人から聞いた言葉なの。俺はヤギの目を持った人間だからって。今の圭君と同じような暗い目をして私にいったの」

「嘉手川さんが――」

目の奥の暗い光がわずかにうすれた。

「そう。だから私はいってやった。もしあなたが混血であるということで悩んでいるとしたら、そんなのはささいなこと。辛《つら》いことはあったんだろうけど、全部忘れたほうがいいって。閉鎖社会ならともかく、東京ではそんなことで嫌な目を向ける人間なんて誰もいない。悩むことなんて一つもないって」

燿子は嘉手川にいった言葉を忠実に圭に話して聞かせた。

「そしたら、嘉手川さん、何ていった」

圭の言葉に燿子はつまった。

あのとき嘉手川は、いつもの暗い目の奥に怯えに似た光を確かに浮べたのだ。が、そんなことをいうわけにはいかない。燿子は口を結んで黙りこんだ。

「アメリカーは、ウチナーの敵さあ」

激しい口調で圭がいった。

「敵！」

「ねーねーは沖縄戦を知ってるか」

沖縄戦。この言葉を聞くのはこれで三度目だ。照屋に祐月、そして圭。

「ヤマトの人はほとんど関心なんてないだろうけど、あの戦争でウチナーの人間が、二十万人も殺されているんだよ」

怒鳴るような声を圭はあげた。

「二十万人……」

まったく知らなかった。そんなに多くの人間が死んでいるとは。

「ウチナーの人間の三分の一が死んでるわけさ。単純な問題じゃないんだ。ヒージャーミーは単なる混血児じゃないんだ」

「それは」

といいかけて燿子は言葉をのみこんだ。沖縄の人間の三分の一……いうべき言葉が見つからなかった。とまどう燿子の顔を圭が真直《まっす》ぐ見ていた。激しい目だった。本土の中学生でこんな目をするものは一人もいない。ウチナーの目だ。

「そのとき、ヤマトはウチナーを見殺しにしたんだ。ヤマトのすて石にされたのさ。ヤマトはそれで生きのびたんだ」

燿子は圭の顔から視線をそらした。うつむいた。肩を落した。

「ごめん」

圭が口にこもった声を出した。

「ねーねーを責めても仕方のないことさあ。ねーねーはそのころ、まだ生まれていなかったはずだし」

「そうかもしれないけど」

と燿子もくぐもった声で、

「そうかもしれないけど、そうでないかもしれない」

ようやくこれだけいえた。

「そうさあ」

圭の後ろから嗄れた声が響いた。トミだ。畑から戻ってきたらしい。

「そうかもしれないけど、そうでないかもしれない。それでいいと、おばあは思うよ。すべての罪を一人で背負って生きていくのは大変なことだよお。だからといって全部放《ほう》り投げて知らん顔もできないさあ」

トミは二人にいい聞かすように、ゆっくりと話した。

「忘れなければいいんさあ。忘れないで心の片隅にそっと置いておけばいい、とおばあは思うよ。戦争のことも混血のことも、人間は忘れるから毎日を生きていけるんだねえ。時々思い出せばいいんだとおばあは思うよ。時々でいいんだよ」

トミはそれだけいって、どっこいしょと声に出して二人の前に座りこんだ。

「耀子さんていうんだってね。さっき眠っている間に圭から大体のいきさつは聞いたさあ」

トミは皺だらけの顔に柔らかな微笑《ほほえ》みを浮べ、

「嘉手川さんのこと、忘れろとはいわないけどねえ、諦《あきら》めることはできないかねえ。あの人は特別だからねえ」

「特別！」

耀子の口から言葉が迸《ほとばし》った。

「おばあも何度か会ったことがあるけど、あの人の悩みはただ単に混血だからっていうことだけじゃないと思うよ。何だかそれ以上に、とんでもない悩みを背負っているような気がしてならないさあ」

同感だった。嘉手川の悩みは混血であることだけではないはずだ。もっと他に何か途方もないものを抱えているような。

「おばあさんは、それを何だと思いますか」

燿子は思わず訊いた。

「わからないねえ」

トミは左右に首を振り、

「だけど。それをほじくり返すより、そっとしておいたほうが、燿子さんのためにも嘉手川さんのためにもいいと、おばあは思うさあ」

「…………」

「諦められないかねえ」

顔を覗きこむようにしていうトミに、

「諦められません」

燿子はきっぱりといった。

「そうだろうねえ。そう顔に書いてあるもんねえ。惚れ抜いたら女は強いもんねえ。たとえ相手が生きていようが死んでいようが。おばあも女だからね、それぐらいのことはわかるさあ」

皺だらけの顔にふわりと微笑が膨らんだ。

「地獄に堕《お》ちても、這《は》いあがれれば問題はないけどね。女に地獄はつきもんだからねえ、とことんやって、底を覗いてみるしか方法はないかもしれないねえ」

「地獄……」

燿子は心の奥でぼそっと呟《つぶや》く。

嘉手川を探し当てようと当てまいと、行きつく先は決して明るいものではないのだ。大体自分は何のために、嘉手川のあとを追って沖縄までやってきたのか。突然姿を消した嘉手川に対する怨《うら》みなのか、それとも——もし、嘉手川を探し当てたとしても、その先はわかっているはずなのに。自分は何を欲しているのか。

欲していることは確かだったが、それがいったい何であるかは燿子自身にもわからない。ただ、何かが欲しいのは確かなのだ。自分の心を納得させる何かが。燿子は息苦しさを覚えて、視線をふっと庭先に移した。庭の端に大きな木が立っていた。照屋のペンションの表にもあった、がじゅまるの木だ。

漢字では確か榕樹《ようじゅ》。熱帯、亜熱帯に産するクワ科の常緑樹で、沖縄では防風林や生垣に広く用いられている。圭がいっていた、いたずら好きの妖怪《ようかい》、キジムナーのすみかともいわれる木だ。嘉手川とつきあうようになってから燿子も沖縄のことはけっこう勉強した。ここに来てから何度も訊《たず》ねられた沖縄戦は別だったが。

それにしても榕樹とは、まさにがじゅまるの木にぴったりの雰囲気を持った漢字だ。木全体が薄暗く見えるほど密生した葉や、曲がりくねった枝、節だらけの幹に瘤《こぶ》のある表皮。これなら妖怪のすみかだといわれても何となく納得はできる。

「がじゅまるの木が珍しいかねえ」

ふいにトミが放つようにいった。

「あっ、はい……本土にはこんな形の木はありませんから、やっぱり珍しくて。それに、何となく怖いようなかんじも」

燿子の率直な言葉に、

「ああ、怖いかねえ。そうだねえ、初めて見る人は怖く感じるかもしれないねえ。だけどさ、この木は立派に防風林の役目を果たして、このぼろ家を守ってくれてるからねえ、ありがたいことさあ。がじゅまるはこの家の宝だねえ。まだ七月だというのに、今年はもう三つも台風がきているからねえ。がじゅまるの木には感謝しないとねえ」

トミは穏やかな笑顔で答えた。

「もう三つも台風がきてるんですか」

「そうさあ。今年はでいごの花が沢山咲いたからねえ。もっともっと沢山台風はくるんだろうねえ」

わけのわからないことをトミはいった。

「でいごの花……」

呟くようにいう燿子に、

「そうだよお。でいごの花だよお。真赤な色をした綺麗な花さあ。ウチナーの県の花にもなってるんだけどね、これが沢山咲く年は台風がくるって、昔からいわれてるさあ」

「どこにあるんですか、そのでいごの花というのは。ここにもあるんですか」

耀子は辺りを見回した。

「残念ながら、でいごの花の咲くのは、四月から五月にかけてのことだからねえ。もう散ってしまって見ることはできないけどねえ。それはそれは鮮やかな花でさあ、耀子さんにも一目見てもらいたかったねえ」

トミはいかにも残念そうな顔をして、がじゅまるの木の向こうを指差した。

「あそこに立っているのが、でいごの木だよお」

かなり大きな木だった。高さは十メートルに近く、枝を四方八方に伸ばして辺りを睥《へい》睨《げい》するようにどっしりと立っている。花はひとつもなく、明るい緑色の葉が木の全部をふわりとおおっていた。

「ずいぶん大きな木なんですね」

驚いた声を出す耀子に、

「大きいさあ。一人前のでいごの木は十メートル以上にもなって、天にそびえ立つような大木になるんだねえ」

「十メートル以上ですか」

「そうだねえ。そしてね、本当に鮮やかな真赤な花が咲くんだけどさあ。これがまた、きまぐれものでねえ、毎年必ず咲くとは限らないしさ、咲いたとしても毎年花の数も違ってくるのさあ。何とも得体のしれない花だけどねえ、おばあは好きさあ。あの花の色はウチナーの色だよう。いろんな意味でねえ、死んでいったウチナーの人たちの血の色かもしれないねえ」

ウチナーの人たちの血の色。沖縄戦で死んでいったおびただしい人たちの——燿子はそっと視線をがじゅまるの木に戻した。

「あの木に、キジムナーは棲《す》んでいるの？」

話題を変えるように圭にいった。

「そうさあ。小さいころは、よくあの木にキジムナーがぶら下がっているのが見えたさ。でも、中学生になったら、なんでかわからんけど見えなくなったさあ」

圭は少し顔を赤らめて答えた。

「圭、顔が赤うなっとるぞ。ヤマトのねーねーに惚れてしまったのかねえ。祐月ちゃんにいってやろうかねえ」

トミはにやにやしている。

「そんなことないさあ」

圭は口を尖《とが》らせるが、今度は耳たぶまで赤くなっている。

「あら、光栄」

と微笑んでみせる燿子は、自分の胸が大きな音をたてているのに気がついた。二人に悟られないように、

「私も見たいな、キジムナー」

おどけた口調でいった。

「見えるよう。素直な心を持っていればいつでも見ることはできるさあ」

トミはゆったりとした口調でいい、

「どれ、お茶でも持ってこようねえ。さんぴん茶でいいかねえ、燿子さんも」

ゆっくりと立ちあがった。

「はい。私、ジャスミン茶は大好きですから」

さんぴん茶は緑茶にジャスミンの一種の茉莉花《まつりか》を混ぜて香りを出したもので、沖縄の大半の人間が常用している。

トミは大柄な体を左右にわずかに揺らして奥に消えた。がじゅまるの梢《こずえ》が鳴った。ふわりと熱風が燿子の鼻先をかすめた。

「私も圭君が好き」

燿子の口からぽとりと言葉がもれた。出すつもりのない言葉だった。慌てた。ちらりと圭を盗み見るように窺《うかが》うと目が合った。おどおどした目だった。

ちょうどトミが姿を現した。

「燿子さんは体の調子が悪そうだから、熱いお茶にしたさあ。暑いときの熱いお茶は咽が気持いいからねえ」

トミは手渡しで茶碗《ちゃわん》をくれた。

「熱いからねえ、気をつけて飲みましょうねえ」

一口すると、茉莉花の香りが鼻をくすぐってからすぐに熱さが咽に沁《し》みた。気持よかった。冷たさと同じ心地よさだった。熱さも冷たさも、両極端にある刺激は同質……それなら幸せも不幸も紙一重なのでは。燿子の胸をそんな奇妙な思いが交錯した。だから私は嘉手川を追って――。

燿子は咽の心地よさを持続させるように、ゆっくりとさんぴん茶をすすった。

「おばあさんは、嘉手川さんの故里なんか知りませんよね」

飲みほした茶碗を畳の上に置き、燿子は何げなくトミに訊いてみた。

「残念ながら、おばあも知らないさあ。今はもう廃村になった、ヤンバルのなかの小さな集落だとは聞いてたけどねえ」

予想した通りの答えが返ってきたが、

「本当に知らないんですか。嘘《うそ》をついているわけじゃないですよね」

念を押すように燿子はいった。

「おばあは嘘はいわないさあ。ウチナーの女はみんな正直すぎるほど正直だからねえ。よほどの事がない限り、知ってたらちゃんと教えてやるよお」

微笑を浮べながら淡々とした声でいうトミに、

「ごめんなさい、ひどいこといって」

耀子は素直に頭を下げた。

「気にしなくていいさあ、それだけ耀子さんは嘉手川さんに惚れてるってことだろうからねえ。悪いさあ、せっかくヤマトから来たのに力になれなくてねえ――でも」

といってトミは急に口をつぐんだ。

耀子の胸がまた、どんと音を立てた。トミは何か知っている。どんなことかはわからないが嘉手川の件で何かを知っている。

「でも――何ですか」

すがるような目を向けた。嘉手川の情報ならどんなささいなことでも知りたかった。

「でもって、おばあはいったかねえ」

トミは耀子の顔から視線を外し、

「この分だと、明日もいい天気みたいだねえ、耀子さんも外に出るときは、ちゃんと帽子をかぶりましょうねえ」

首をひょいと傾けて空を仰いだ。何を訊かれても喋らない意思表示のつもりか口を一文字に引き結んだ。

「……そうですね」

かすれた声を燿子は出した。しつこく質《ただ》しても機嫌をそこねるだけで、これ以上何かを喋らせるのは無理な顔に見えた。しかし必ず喋らせてみせる。

「また、遊びにきてもいいですか」

明るい声を出した。

「いいよお。いつでもくるといいさあ。けど、おばあはしょっちゅう畑に行ってるから、いなかったらごめんなさいねえ。今日は日曜だから骨休めに家でぶらぶらしていたけどねえ」

トミは皺だらけの顔に悲しそうな表情を浮べた。

「もちろん。何度でもきますから大丈夫です」

ほどなく、燿子は圭の家を後にした。

ペンションに戻ると照屋はまだ帰っていないらしく、祐月が一人で厨房のなかで立ち働いていた。

「お帰りなさい、ねーねー。こんなに暑いのに帽子もかぶらずに外に出て大丈夫ですか」

と、声をかける祐月に、

「沖縄の太陽を甘く見たみたい。散歩のつもりでぶらぶら歩いていたら、気分が悪くなっちゃって。ちょうど民家があったから飛び込んだら圭君の家だったわ」

さらっと燿子はいった。

「圭の家に行ったんですか」

「圭君とおばあさんがいて、少し休ませてもらって何とか気分もよくなったところ」

燿子は圭の家でのいきさつを簡単に祐月に話し、

「圭君はとっても優しくしてくれたけど、何だかあのおばあさん、私に隠し事をしているみたい」

圭の名前を出したとたん、祐月の目つきがかすかに変った。

「もっとも、照屋さんも帰ったほうがいいの一点張りで何も教えてくれないし。ひょっとして祐月ちゃんも嘉手川さんのこと、何か知ってて黙ってるんじゃない」

「そんなこと」

祐月は口を尖らせた。

「あるわけないさあ。私はねーねーみたいに諦めの悪い女は好きじゃないから。知ってることは全部話して、早くこのペンションを引き払ってほしいと思ってるからさあ」

祐月は燿子を真直ぐ見て一気にいった。

「そうね。できれば私も早くここを出て、あの人のあとを追いたいわね。でも誰も協力してくれないから」

「…………」

「祐月ちゃんは幸せでいいわね。圭君みたいな可愛い男の子がいつもそばにいて。でも、好きな人がいつもそばにいるとは限らないのよ。圭君がいなくなったときのこと考えたことある。ないでしょ。淋しいわよ、とっても。諦めの悪い女は好きじゃないなんていってられないわよ。見苦しいくらい、騒ぎたてるにきまってるわ」

燿子も祐月を真直ぐ見ていた。

「圭が私の前からいなくなるなんてこと、ないさあ」

「さあどうかしら。嘉手川さんの例もあるし、第一、圭君は若いんだもの。他の女の子を好きになるってことも充分に考えられるんじゃない」

私は何をいってるんだろう。燿子は口に出しながら全身にとまどいを覚えていた。これでは祐月に喧嘩《けんか》を売っているのと同じだ。いくら祐月が幸せそうだといっても。

「圭が私以外の女の子を好きになるなんてことは、絶対にありえないさあ」

祐月が叫んだ。顔が歪んでいた。

「絶対なんて言葉を軽々しく使っちゃ駄目よ。世の中に絶対なんてことはありえない。特に女と男の間にはね」

嫌な女になりつつあるのを燿子は自覚していた。自覚はしていたが止められなかった。

心に余裕のある人間が許せなかった。私はもっと嫌な女になってゆく。静かに静かに嫌な人間になってゆく。嘉手川のことを思えば思うほど心はささくれていく。もう止められない。はっきり自覚した。

「圭は私を嫌いになんてならない。絶対に」

「そう。頑張るといいわ」

冷たい言葉が口から迸り出た。

くるりと背中を向けたとたん、突き刺すような祐月の視線を全身に感じた。燿子はまたとまどいを覚えながら二階の部屋に向かった。

4

次の日も、照屋は午後になってからスコップを持ってペンションを出ていった。祐月は学校に行って留守だ。照屋が外に出ればペンションは空になってしまうが、そんなことはまるで関係ないといった足取りで脇目《わきめ》もふらずに歩いていく。燿子もペンションを出た。頭の上には前を歩く照屋同様、麦藁《むぎわら》帽子がしっかり載っている。ペンションの売店にかかっていたものを午前中に買っておいたのだ。

今日も空は真青に晴れわたっている。

聴こえてくるのは風の音だけだ。砂糖きび《ウージ》畑をゆっくりと通り抜けていく風の音。さらさらとさらさらと。

ふいに以前、編集長の小谷のいった言葉が胸をよぎった。

「誰《だれ》かが何かに書いてたな。沖縄は骨の島だって……砂糖きび畑を掘り返すと、今でも白骨がごろごろ出てくるって——」

沖縄は骨の島。骨は何も語らず、静かに砂糖きび畑の下に埋まっている。このあっけらかんとした、強烈ではあるが、音を吸いとるほど沈んだ光に満たされた景色のすぐ下で。

嘉手川もすでに白骨になっているのでは。そんな気がしてならなかった。目に突き刺さるほど真白な骨だ。それはとても清潔な骨だった。そして、沖縄には白い色がよく似合うと燿子は思った。すべての白が清潔だった。無常感が漂うほど清潔だった。

前を歩く照屋が砂糖きび畑のなかにすっと入った。姿が消えた。近づいてみると、小道が畑のなかをうねるようにつづいていた。照屋が小道を海のほうに向かって、体を揺すりながら歩いていくのが見えた。昨日もこの小道にそれたのに違いない。それで見失ってしまったのだ。

燿子はしばらく照屋の姿を目で追っていたが、その小道には入らず、昨日たどった道をそのまま歩きだした。燿子の今日の目的地は圭の家だった。

がじゅまるの木の脇を抜け、こんにちは、と玄関で声をかけると圭が表に面した廊下に顔を見せた。

「ねーねー」

と驚いた声をあげる圭に、

「またきちゃった。何となくここ、居心地がいいから」

燿子はさっさと廊下に座り込む。

「おばあさんは？」

突っ立っている圭の顔を見上げて訊《き》いた。

「おばあは畑。いつ帰ってくるかわからないさあ」

「そうなの。でもいいわ、圭君がいたから」

本来の目的は、トミが昨日口をつぐんで話してくれなかった嘉手川の話を訊くことだったが、圭にも充分興味はあった。

「圭君もここに座らない？　何か話でもしよ」

「あっ……うん」

と圭はほんの少しかすれた声を出し、

「ねーねー、お茶でも飲むか」

「そうね。いただくわ。今日は体調がいいから、冷えたさんぴん茶がいいな」

燿子の言葉が終らないうちに、圭はさっとその場を離れて奥に消えた。すぐに冷えたさんぴん茶をいれたコップをひとつ持ってきて、

「はい」

と差し出してから廊下にひょこりと座りこんで、長い足をぶらぶらさせた。

「ありがとう」

冷えた液体が咽《のど》の奥に沁《し》み透った。上半身がすうっと冷えていった。

「おいしい。圭君が持ってきてくれたから特においしく感じるみたい」

甘えた声を出し、

「毎日、家にいて圭君は何をしているの」

隣に座った圭の端整な顔を覗《のぞ》きこむようにしていった。

「何もしてないさ。ただ、ぶらぶらしているだけさあ」

圭はぶっきらぼうな口調で答えた。

「退屈はしないの」

「退屈するけど仕方ないさあ。夕方になって祐月が学校から帰れば逢《あ》えるけど……でもうすぐ夏休みだからさ、そうすればペンションも忙しくなって、毎日手伝いに行けるから退屈しなくてもすみそう」

そうだ。もう一週間もすれば学校は夏休みに入るのだ。夏休みになれば圭と祐月はしょっちゅう逢うことになるのだ。胸の奥がなんとなく騒いだ。焦《あせ》りに似た気持が湧《わ》きおこって燿子は慌てた。ぶらぶらさせている圭の足に視線を移した。すらりと伸びた、きれいな足だった。

「色が白いのね」

話題を変えようとした。

「昔はそれが嫌で、火脹《ひぶく》れができるくらい太陽《ティーダ》で焼いたこともあったけどさあ。今は家のなかが多いから元にもどっちゃった」

くぐもった声を圭は出した。

「火脹れができるほど！」

「ウチナーの子になろうと思ってさ。おとうがアメリカーだから」

「ああ」

と燿子は小さく声をあげ、

「苛《いじ》められたの？」

かすれた燿子の声に、圭はこくっとうなずいた。

「小学校のころは、みんな事情を知ってる連中ばかりだったからまだよかったけれど、中学になると、いろんなところから生徒が集まってくるようになるから」

「事情？」

と思わず燿子は声を高くした。圭はしばらくためらってから口を開いた。

「おかあが沖縄市《コザ》の水商売で働いていて、米軍の兵隊だったおとうと知り合って僕を産んだこと……おとうはそのままアメリカに帰ってしまって。おかあはまだコザにいて、時々ここに帰ってくるけどさあ。だから中学になってからずっと登校拒否」

「そう。ごめんね。嫌なことを思い出させて」

「いいさあ。もう慣れてるから」

ふわっと薄く微笑《ほほえ》む圭の顔に、嘉手川の表情が重なった。

「どんなふうに苛められたの」

残酷だと思ったが訊いてみた。

「仲間はずれ。誰も僕と遊んでくれないのさあ。たまに声をかけられても、お前、なんで英語が話せないんだ、何か喋《しゃべ》ってみろよって。米兵が何か問題をおこして新聞に載るとさ、殴られたり蹴《け》られたり、先生までが敵を見るような目で僕を睨《にら》むんだ」

「先生まで」

圭はまた首をこくっとさせ、

「僕はアメリカーじゃないのに、沖縄人《ウチナーンチュ》なのに」

膝《ひざ》に視線を落したまま言い、

「半分だけ」

と圭はつけ足した。

「半分だけじゃないわ。圭君は立派なウチナーンチュよ」

燿子は思わず叫んだ。圭が愛《いと》しかった。できることなら抱きしめてやりたかった。そっと圭の右手の上に自分の手を置いた。圭の体がびくりと動いた。

「ウチナーはアメリカーにひどい目にあわされてるから。だから僕はみんなの敵なんだ。仇《かたき》のようなものなんだ」

アメリカにひどい目にあわされた結果が、圭のようなアメラジアンへの仕打ちなのだ。

いつのまにか被害者が加害者にすりかえられている。それだけ、沖縄の歴史は複雑に入りくんでいるのだ。日本に見すてられ、基地の島としてアメリカに頼らなければ生きていけなかった現状とそれに対する憎悪。

「イソップ物語に出てくる、コウモリのような存在が僕なんだ。日本人から見ればアメリカーなのに英語なんて喋れないし、アメリカーから見れば同じ国の人間に見えるんだろうけど英語の喋れないアメリカ人なんていないし。どっちつかずのコウモリと同じなんだ。中途半端なんだ」

圭は唇をかみしめた。

「圭君の通っていた中学は、他にアメラジアンの子はいなかったの。仲間になれるような子は」

「いないさあ。アメラジアンは基地の町か都会に集中してるから、こんなイナカには僕だけなんだ」

「そう。一人ぽっちなの」

「ねーねーはアメラジアンっていうけど、その言葉の意味は知ってるの?」

知らなかった。確か何かの造語だったような気がしたが。

「ごめんなさい。申しわけないけど、わからない」

素直に頭を下げた。

「アメリカーと、アジアの女の人の間に生まれた子供をいうんだ。だから、ウチナーとの混血児とは限らないんだ」

「あっ」

と燿子は小さな叫び声をあげた。迂闊《うかつ》すぎた。恥ずかしかった。

「ウチナーとアメリカーとの、僕みたいな混血児は本当は島ハーフっていうんだ」

「島ハーフ！」

こくんと首を倒す圭の顔はわずかに歪《ゆが》んでいた。唇をぎゅっとかみしめていた。

島ハーフ……きれいな響きだったが、嫌な言葉だと燿子は思った。ハーフだけならまだいい。そこになぜ島をつける必要があるのか。きれいな響きの向こうに棘《とげ》が見えた。悲しさにまみれた棘だった。

燿子はそっと圭を窺《うかが》った。うなだれた顔の鳶色《とびいろ》の目が潤んでいるように見えた。唇がかすかに震えていた。圭は声を出さずに確かに泣いている。燿子の胸を嘉手川の横顔がかすめた。よく似ていた。燿子は圭の右手の上に置いた手に力をこめた。握りしめた。柔らかな少年の手だった。胸が騒いだ。

「圭君」

と咽につまった声を出した。

燿子は、握りしめていた圭の手をそっとはずして肩を抱いた。圭の体がぴくりと震えるのがわかったが、かまわずに左手に力をいれて圭を引きよせた。圭の顔がすぐ隣にあった。顔を近づけて唇に唇をふれた。柔らかくて熱い唇だった。嘉手川と同じにおいがしたような気がした。

唇だけをこすりつけるようにして、燿子はそっと顔を離した。圭の鳶色の目が真直《まっす》ぐ見つめていた。見返す勇気が燿子にはなかった。後ろめたかった。自分はなぜ圭にキスをしたのか。幸せすぎるほど奔放な祐月への対抗心なのか、嘉手川に対する思いの代りなのか。それとも、自分はただ単に淫乱《いんらん》な女なのか。わからなかった。が、自分は確かに圭の体を欲したのだ。

「ごめんなさい」

視線を足下に移してかすれた声を出し、

「元気出そ。くよくよしたって始まらない。どうせなるようにしかならないんだから」

ことさら明るい声を出して、燿子は圭の背中をぽんと叩《たた》いた。

「ねえ、もう一杯さんぴん茶もらえる」

圭に向かって微笑んだ。

「いいけど……」

と奥に消える圭の姿を目で追って、燿子はふうっと長い吐息をもらした。

「誰かお客さんかい」

奥から女の声が聞こえた。トミが帰ってきたのだ。今度は短い吐息を燿子はほっともらした。

「おや、燿子さん。こんにちは」

トミがコップにいれたさんぴん茶を持ってきた。圭が奥に入ったまま出てこないのは気になったが、

「また、来てしまいました」

燿子は立ちあがり、トミに向かってていねいに頭を下げた。

「何か、嘉手川さんのことでわかったのねえ」

さんぴん茶を燿子の前においてぺたりと座りこむトミに、

「それをおばあさんに教えてもらおうと思って、また来たんです」

「さてなあ。おばあの知っていることはほんの少しだからねえ。知ってることは全部話したと思うけどさあ」

トミは小首を傾《かし》げて微笑を浮べた。

「いえ、確かもうひとつあるはずです。昨日おばあさんが話そうとして口を閉ざしたことが」

「さて、そんなことあったかねえ」

トミは皺《しわ》だらけの口の周りをもごもごさせながら、

「嘉手川さんに惚《ほ》れているというのはわかるけどさあ。燿子さんはなんでそんなに嘉手川さんに執着するのかねえ……それが、おばあにはよくわからないんだよお」

「約束したんです」

燿子は声を張りあげてトミを凝視した。

「嘉手川さんの洗骨は私がするって」

「洗骨！」

トミは素頓狂《すっとんきょう》な声を出してから、急に真顔に戻り、

「そういうことなんだねえ。嘉手川さんはもうこの世には……そういうことだったんだねえ」

盛んに首を振って目を瞬《また》かせた。

本当にそうなんだろうか。嘉手川の骨を見つけたら、自分は本当に洗骨するのだろうか。ひょっとしたら蹴ちらして踏みにじるのではないだろうか。執拗《しつよう》にあとを追っているのも、勝手に自分の前から姿を消した嘉手川に対する怒りと憎悪からではないのか。

「おばあは知ってるさあ」

トミが突然声をあげた。

「確かに嘉手川さんのことで燿子さんに隠していることが一つあるさあ。でも、おばあにはよくわからないさあ。燿子さんにこのことを喋ったほうがいいのか悪いのか」

「知ってるのなら、どんなことでも教えてください。お願いします」

耀子も叫んだ。

「迷ってるのさあ」

トミは大きく肩で息をしてから、

「明日の夕方、もう一度来てくれるかねえ。今夜ひと晩よく考えてみるからさあ。そうしてくれるかねえ耀子さん」

トミは真顔でいって肩を落とした。

圭の家からの帰り、耀子は照屋が入っていった、砂糖きび畑の小道に足を踏みいれてみた。小道は生い茂った砂糖きびの林を縫うように走り、三百メートルほど歩くと急に海の見える高台に出た。

雑草の生《は》えた高台は百メートルほどつづき、すとんと海に落ちこんで断崖《だんがい》になっている。向こうにはエメラルド色の穏やかな海が、陽《ひ》の光をあびて果てしなく広がっていた。

耀子はしばらくその美しさに見とれた。視野一杯の海が大きく揺れて輝き、無数の光が交錯した。明るすぎる海だった。

照屋は耀子の立っている場所から三十メートルほど先にいた。不自由な足を踏んばって、砂糖きび畑と高台の境い目あたりを脇目もふらずに掘っている。耀子にはまったく気づいていない。

照屋の周囲にはいくつもの穴があった。大きなものは直径十メートルほど、小さなものは二メートルほど。そんな穴がいくつも点在して、まるで工事現場のようだ。

燿子はゆっくりと照屋に近づいた。

「大変ですね」

ていねいに声をかけた。

やっと気がついたらしく、照屋が掘っていたスコップを止めて燿子を見た。汗だらけの顔は歪んでいた。悲しい表情に見えた。

「ああ、あんたか」

と照屋はぶっきら棒に答えて、首にかけたタオルで顔の汗を拭《ぬぐ》うが、汗は次から次へと流れてきた。

「この穴は全部、照屋さんが」

「そうさ、全部わんが掘った。おかげで周囲からは変人扱いされてるさあ」

「………」

「ここだけじゃない。このあたり一キロ四方はすべて掘りつくした」

「一キロ四方も！」

「向こうに広がる砂糖きび畑《ウージ》のなかもすべて掘ったさあ。掘っては埋め、掘っては埋めで六十年かかった。変人扱いされるのも仕方がないことさあ」

「……それで、遺骨は出てきたんですか」

恐る恐る訊いた。

「出た。ほんのわずかだったけどねえ」

「その骨は、どうされるんですか」

じろりと照屋が燿子を睨んだ。

「洗骨して、共同墓地に埋めている。しかし出ん。少ししか出ん。あとの骨はいったいどこへ行ってしまったのか、見当もつかないさあ」

「見当もつかないところを掘ってるんですか」

「アメリカーの爆撃がひどすぎた。このあたりは地形がほとんど変ってしまったさ。このあたりだけじゃない、ウチナー中がすべてずたずたに壊されてしまった。廃墟《はいきょ》にされてしまったさあ」

廃墟。燿子の脳裏に小谷の言葉がふいに浮びあがった。あの嘉手川の沈んだ写真を指していった言葉だ。

小谷は嘉手川の写真を、日溜《ひだま》りのなかの静けさと称してこういったのだ。

「――強烈な太陽の下で動くものはすべて蒸発してしまって、残っているのは無機質な物体だけ。つまり廃墟だな」

嘉手川の写真は沖縄の叫び、すべての沖縄の人たちの心に棘のように刺さって焼きついた、原風景なのかもしれない。母親の遺伝子から受けついだ、心象風景といってもいいのかもしれない。そんなことが可能なのかどうなのかはわからないが、嘉手川はその虚《うつ》ろな思いを自分の指先からシャッターに伝え、フィルムに焼きつけたのだ。

「廃墟」

と燿子は乾いた声を出し、

「沖縄は廃墟だったんですね」

「そうさあ、ウチナーは無理やり廃墟にされてしまったんだ。したのはアメリカーだが、させたのはヤマトゥなわけさあ。そしてわんは──」

照屋は燿子の顔から視線をそらせ、握っているスコップをぶつけるように土に突き刺した。燿子の存在など忘れたように黙々と土を掘り出した。

言葉をかける術《すべ》を失った燿子の目に、照屋の顔から汗の玉が滴《したた》り落ちるのが映った。次から次へと滴った。頑《かたく》なな汗に見えた。照屋は濡《ぬ》れた顔を拭おうともせずスコップを使った。

燿子は汗だらけになって、ひたすら土を掘りつづける老いた体を眺めながら、さっき照屋がいった言葉を何度も頭のなかで反芻《はんすう》した。

「したのはアメリカーだが、させたのはヤマトゥなわけさあ。そしてわんは──」

あのあと、照屋はどんな言葉をつづけたかったのか。燿子には見当もつかない言葉だったが、照屋はその贖罪《しょくざい》のために穴を掘りつづけているに違いないと思った。

そのとき燿子の目がそれを見つけた。

小さな木だった。砂糖きび畑の端っこに、その木は海に向かってひっそりと立っていた。

砂糖きびと同じほどの高さのその木には、真白な花がいくつか顔を覗かせていた。綺《き》麗《れい》な花だった。あれはひょっとしたらでいごの花……だが、でいごの花の咲くのは四月から五月だとトミはいっていた。それよりも何よりも、でいごの花の色は鮮やかな赤で白などではなかったはずだ。

「あれか」

燿子の視線に気がついたのか、照屋はスコップを動かす手を止めてぽつんといった。

「あの花は？」

「でいごの花だ」

吐きすてるような口振りだった。

「でも、でいごの花の色は真赤だと聞いていますが」

「そうだ。でいごの花の色は赤ときまってるさあ。けど、まれに白い花の咲くでいごの木があるというのは昔からいわれていた」

「白い花の咲くでいご……」

耀子が呟《つぶや》くようにいうと、

「たった一本だが、あの木は三年前に、わんがこの海の見える場所に植えたわけさ。ウチナーの血の色に、穢《けが》れのない綺麗な海の色を見せてやりたくて――だがどういうわけか、咲いたのは血の色なんかではなく軟弱な白い花だったさ。まあ、綺麗には違いないがな」

トミもでいごの花は血の色だといった。ウチナーの血の色だと。

「それにしても、でいごの花が咲くのは――」

「狂い咲きさあ」

照屋はしぼり出すような声を出した。

「狂い咲き！」

「今年はやたらとでいごの花が沢山咲いた。でいごの花が沢山咲くときは台風の当たり年だというが、今年はもう三つもウチナーを直撃しているわけさ。あの木は去年まで一つも花をつけなんだが、一週間ほど前に一斉に花が開いた。それもなんと白い花だ……正直なところびっくりしたさあ。ウチナーの大地がうめき声をあげて泣いとるのかもしれん」

照屋は一気にいい、再び力をこめてスコップを地面に突き刺した。喋りすぎたのを悔いているような動きだった。

ちっぽけな枝の先に放射状に咲いた白い花は、海からの風に小刻みに震えて体を竦《すく》ませているように見えた。たった一本だけの木は淋《さみ》しさに耐えているようにも見えた。

照屋に目をやると、汗にまみれた顔で唇をぎゅっと一文字に引き結び、体中を頑に縮みこませるようにしてスコップを動かした。

汗は際限もなく滴り落ちて土を濡らしたが、染みこむ間もなくすぐに乾いた。沖縄の土は汗も容易には受けつけてくれないようだ。照屋はむきになったようにスコップを握る両手に力をいれた。

「失礼します」

燿子はていねいに頭を下げてその場を離れた。

ペンションに戻ると四時を回っていた。

祐月はすでに学校から戻っていて、厨房《ちゅうぼう》のなかで夕食の仕度にかかっていた。

「お帰りなさい、燿子さん」

昨日のいさかいなど忘れたように、祐月は愛想のいい声をかけてきた。

「あ、ただいま」

と燿子も機嫌のいい声を返そうとしたが語尾が震えた。この子のほうが私よりもずっと大人《おとな》……そんな思いが湧いてきて胸がざわついた。正直いって悔しかった。

「よかったら、冷たいコーヒーでも持っていきましょうか」

また祐月の元気な声だ。

「いただくわ」

やはりぎこちない声だった。

すぐに祐月がアイスコーヒーをトレイに載せて、テーブルの前に座っている燿子のところにきた。

「ウチナーの夏は狂ったように暑いからね」

顔に微笑を浮べてコップをテーブルの上にそっと置いた。とても中学生とは思えない、しっかりした仕草だった。

「あっ、ありがとう」

と声をかける燿子の目が、祐月の顔をしっかりととらえた。微笑はしていたが目は笑っていなかった。沈んだ目だった。まるで物を見るような、燿子の存在など無視しきった目のように思えた。

ふいに怒りが沸きおこるのを感じた。同時に圭とかわしたキスの感触が蘇《よみがえ》った。柔らかな唇だった。心地いい唇だった。気持がすっと落ちつくのがわかった。

「今日も圭君に会ったわ」

するりと言葉が滑り落ちた。

「そうですか。あいつ、元気にしてましたか。私に会えなくて淋しそうにしてませんでしたか」

落ちついた声が返ってきた。

「そんな素振りは、全然感じなかったけれど」

「あいつしばらく私の顔を見ないと、すぐに泣き出しそうな表情《かお》をするからさ。だから、けっこう心配なんだ」

祐月はまた微笑を浮べ、ゆっくりと背中を向けて厨房に戻っていった。

祐月と圭はもう体の関係はあるのだろうか。中学生といえば体だけはもう立派な大人といえる。あるいはそういうことも、と考えてみて、こんなときに私は何を心配しているのだろうと燿子は一人で慌てた。ストローを乱暴にコップのなかに突っこんだ。

「いやあ、暑いですなあ。これは並や大抵の暑さやおまへんな」

勢いよく入口の扉が開いて、中井夫婦が帰ってきた。

「ほんまに殴られるような暑さや、半端やないなあ、沖縄の夏は」

中井と絹は肩で息をしながら、食堂の椅子《いす》に倒れこんだ。二人共、頭にはしっかり麦藁帽子をかぶり、首からタオルをぶらさげている。

「姉ちゃん。わいらにもアイスコーヒーくれるか」

と中井は厨房に向かって大声をあげてから、

「あっ、わいはビールにして。生ビールや、きんきんに冷えたやつ」

いい終えて額の汗をタオルで拭った。

「今日は、どこまで行ったんですか」

燿子が声をかけると、

「前の砂糖きび畑をぐるっと回ってな、海岸にまで下りてみたんやけど、さすがに砂浜はきれいやった。粒子の細かい白い砂でな、その向こうは目が染まるようなエメラルドグリーンの海や。思わず溜息《ためいき》が出たけど、この暑さだけはな。なあお前」

「ほんまですなあ。海も空も、とてつものうきれいな色なんやけど、暑さだけはすごうおますなあ。これで涼しかったら天国なんですけどねえ」

絹もタオルで顔を軽く拭う。

「沖縄が涼しかったら、沖縄やなくなるやないか。それはそれでまた悲しいもんや」

といったところへ、祐月がアイスコーヒーとビールを運んできた。

「あの海岸は泳ぐには上等の場所なのさあ。いっそ、泳いできたらよかったのに」

テーブルに、飲み物を並べながら祐月は機嫌よく声をかける。

「この年になって泳ぐのはしんどいからなあ。寝こむようなことになっても、どもならんしなあ」

中井はジョッキをつかんで口に持っていき、勢いよく咽の奥に流しこんだ。ふうっと満足げな吐息をもらし、

「そんでな。その海岸から砂糖きび畑が迫ってる崖《がけ》を見とったら突端《とっぱな》でじいっと海を見とるおっさんがおるやないか。よう見たらここのご主人や。そんで帰りに砂糖きび畑を横切って崖の上に行ってみたら、ご主人が一生懸命に穴を掘っとった。何の穴掘ってるんですかって訊いてみたんやけど、首を振るだけで何にも教えてくれなんだけど。あれ、いったい何の穴掘ってるんや」

　中井は祐月を見上げて訊いた。

「うちのおじいは強欲なんです。だからさ、少しでも砂糖きび畑を増やそうと思って、ああして崖の上を耕してるんです。本当に困ったおじいです」

　さらりと祐月はいった。

「砂糖きび畑をなあ——沖縄の男は怠け者やって聞いてたけど、ここのご主人は違うんやなあ。こんな歩いてるだけで汗びっしょりになるいうのに、滝のような汗流して穴掘っとるんやから偉いもんや。ほんまに頭が下がるなあ」

「おじいは死んでも、お金を天国《グソー》まで持っていくつもりだからさあ」

　顔に微笑を浮べて祐月はいう。

「に、してもや。なかなかできることやない。なあ、お前」

「そうですなあ。あなたもあれくらい精出して働いてたら今頃《いまごろ》、左うちわなんでしょうけどね」

絹も顔一杯に笑みを浮べる。

「男はいつも勝手なことばっかりやって、それで苦労するのは女ってきまっているさあ」

祐月はぺこりと頭を下げて厨房に戻っていった。

「燿子はんでしたねえ。あなたはなんでまた沖縄へきたんですか」

絹は笑顔を燿子に向けた。

「私は東京で雑誌の仕事をしていて、今度沖縄を取りあげることになったので、下調べとロケハンをかねてきました」

すらっと嘘《うそ》が飛び出してきて、口に出した燿子自身が驚いた。

「へえっ、雑誌の仕事ですか。そら華やかで、やりがいのある仕事ですなあ」

「ええ。今度、この奥にある原生林のヤンバル特集というのをやろうということで、それで第一陣として私が――確か中井さんたちは新婚旅行のやり直しでしたよね」

「ええ。まあそうです」

という中井の言葉を聞きながら、何だかみんな嘘ばかりいっているという思いが燿子の胸に湧きおこった。この中井夫婦にしても、新婚旅行のやり直しなどというのは偽りで、本当は他に目的があるのでは。

次の日の夕方、燿子はまた麦藁帽子をしっかりかぶって圭の家に行った。すぐに奥からトミが出てきて座敷に通された。冷たいさんぴん茶を座敷机の上に置き、

「暑いなか、わざわざ悪かったねえ」

トミは燿子をうちわであおぎながらいうが、圭は姿を現さない。

「いえ。嘉手川さんのことを聞かせていただけるなら、暑さなんか何でもありませんから」

いいつつ奥の様子を窺った。やはり圭のいる気配は感じられない。

「そのことさあ」

トミはうちわをあおぐ手を止め、

「昨日ひと晩よく考えたんだけどねえ。やっぱり話さないほうがいいと、おばあは思ったさあ。世の中にはさ、知らないほうがいいってこともあるんじゃないかねえ」

トミはそっと燿子から視線を外した。

「世の中には」

と燿子は思わず声を張り上げた。

「世の中には、知らないほうがいいという場合があることも確かですが、知らなければいけないことだってあると思います。私にとって嘉手川さんのことは、どんなささいなことでも知らなければいけないことなのです。だから教えてください。お願いします」

耀子は正座したまま後ろへ退《さ》がり、額を畳にこすりつけた。トミが知らないほうがいいというからには、決してささいなことではない。重要な情報に違いなかった。

「だめだよ、耀子さん、そんなまねをしたらだめさあ。許しておくれよ、おばあは喋れないさあ。聞いても辛《つら》くなるだけで何にもいいことはないさあ。だから頭をあげましょうね、あげましょうねえ」

トミはおろおろした声でいって立ちあがり、耀子のそばにきて肩に手をかけて揺すった。耀子は畳に額をこすりつけたまま、動こうとしなかった。トミは口のなかでぶつぶつ呟きながら、なおも耀子の体を揺さぶった。

「いえないさあ、いえないよう。おばあはやっぱりいえないさあ。恵子さんのことなんて知ったって、辛くなるだけで何にもいいことなんてないからさあ」

ふいにトミの動きが止まった。慌てて自分の口に手をやった。耀子は頭を上げてトミの顔を真直ぐ見た。

「恵子さんて、嘉手川さんの前の奥さんの恵子さんのことですね。おばあさんは恵子さんのことを何か知ってるんですね」

一息にいった。胸の奥で何かがざわざわと騒いでいた。トミはぺたんと畳に尻《しり》を落し、これ以上は何もいうまいというような顔で口を一文字に引き結んだ。

「教えてください。おばあさんは恵子さんの何を知ってるんですか」

今度は燿子がトミの両肩に手をかけて揺すった。

「おばあさん、お願いします」

必死の思いで燿子は叫んだ。が、トミは口を引き結んだまま宙を睨みつけた。シーサーの怖い顔にそっくりだった。

どれほどの時間が過ぎたのか。

「嘉手川さんは、私にとって単なる恋人じゃないんです」

燿子は低い声でゆっくりいい、

「私のお腹《なか》には嘉手川さんの子供がいます」

さらに低い声を出した。

トミの体がぴくんと震えたように見えた。閉じていた両目を見開いた。穴のあくほど燿子の顔を見た。

「子供《ワラビ》がいるのねえ……」

医者に診《み》てもらったわけでも、妊娠検査薬で調べたわけでもなかった。だが、生理がこなくなって二カ月が過ぎている。これまでも生理の遅れは度々あったが今回だけは違う。嘉手川の子供が宿っているような気がした。

「ワラビがいるのねえ、嘉手川さんのワラビがねえ」

トミの顔が優しいシーサーの顔に戻っていた。

「どれ、おばあにも見せてくれるかねえ」

トミはそういって、皺《しわ》だらけの右手を燿子の腹にぴたっと当てて両目を閉じた。

「ああ、いるねえ。本当にいるんだねえ」

ぽつんといった。潤んだような声だった。

「そんなこと、おばあさんにわかるんですか」

驚いた燿子に、

「わかるさあ。おばあはこれでもウチナーの女だよ。多少の霊能力《セジ》はあるさあ。ご先祖様がいつでもついてくれるからねえ。ウチナーは神様の島だからねえ」

トミは何かに憑《つ》かれたような恍惚《こうこつ》とした表情でいった。

「女の子だねえ。とっても可愛《かわい》い女の子だよう」

燿子の体がびくんと震えた。お腹のなかの子供は女の子……。

「幸子です。恵子さんが堕《お》ろした子供の名前です。その子と同じ名前を私はつけるつもりです」

言葉を叩きつけた。

「生まれ変りかもしれないねえ」

とトミはいい、

「おばあの知ってることはみんな話しましょうねえ。お腹のなかの子供のためにもねえ。

これは全部話しなさいという、神様のお告げなんだろうねえ。たとえどんなに辛いことになってもねえ」

トミはゆっくりと右手を燿子の腹から離し、のろのろと立ちあがって自分の座っていた場所に戻った。

「おばあは、その恵子さんのいるところを知っているさあ」

恵子の居場所。燿子の胸がぎゅっと縮まった。

「二年ほど前に嘉手川さんがここによったとき、ちょうど圭もいなくて、おばあは嘉手川さんといろんな話をしたんだよう。そのときに、別れた奥さんのことをぽつりと嘉手川さんは口にしたさあ」

「…………」

「何げなく訊いたんだよ。別れた奥さんはどこで暮しているのかねえって。そしたら嘉手川さんも何げなく答えたんだよ。あれは今日のために神様が仕組んだことかねえ。本当に何げない会話だったもんねえ」

「で、恵子さんはどこにいるんですか」

燿子は勢いこんでトミに訊いた。恵子に会うことができれば嘉手川の様々な情報が手に入るはずだ。少なくとも、嘉手川の故里《ふるさと》がしれることは確かだった。

「東京さあ」

トミはさらりといってのけた。

「東京！」

燿子は同じ言葉を思わず叫んでいた。

ちょうど離婚届に署名捺印《なついん》した日だった。嘉手川は恵子に、

「これからどうするんだ」

と訊いたという。

「東京に行くわ。ウチナーで暮すには悲しいことがありすぎたもん。東京に行って、兄さんの店をしばらく手伝ってみるのがいちばんいいような気がするからさあ」

恵子は嘉手川の顔を真直ぐ見つめて、はっきりこういったという。

「東京の兄さんのお店って、何の店かわかってるんですか」

燿子は食いいるようにトミの顔を見つめた。

「わかってるさあ。ウチナー料理の店だよ」

「沖縄料理の店……それでその場所をおばあさんは知ってるんですか」

「残念ながら場所は知らないさあ。けど、東京にウチナー料理の店がどれだけあるか、おばあにはわからないけど、何とか探す手段はあるんじゃないかねえ。そうそう、恵子さんの旧姓は安座間《あざま》っていうんだねえ」

安座間姓の沖縄料理店。それだけわかっていれば探すことはきっとできる。ひょっと

したら、職業別電話帳を調べれば一発でわかるかもしれない。

「安座間恵子さん」

燿子はゆっくりと口に出してみた。

「そうだねえ、安座間恵子さん。今でもその料理店にいるといいねえ」

「はい」

と返事をする燿子の胸は異様なほど高鳴っていた。

あれほどわからなかった嘉手川の別れた妻の居所が明らかになったのだ。急に具体性をおびてきたのだ。そして自分は嘉手川の情報を得るために、その恵子に会うつもりでいる。いや、情報は別にしても一度は会ってみたいと思っていた女性だった。

嘉手川の前の妻。いったいどんな容姿の女性なのか。気になった。情報よりも何よりも燿子は恵子の美醜が気になった。もし自分よりも綺麗な女性だったら……胸の奥がざわざわと音をたてた。

それから十分ほどして、燿子は圭の家をあとにした。

「どんなに辛いことになってもお腹の子のためだからね。きちんとけじめをつけなくっちゃあね」

別れ際のトミの言葉だった。

ペンションに戻ると、圭が厨房に入って祐月と一緒に洗い物をしていた。

圭はおそらく、学校帰りの祐月とどこかで待ち合わせてここに来たのだ。だから今日は家にいなかったのに相違ない。燿子の胸がぎりっと軋《きし》んだ。嫌な音だった。

「祐月ちゃん、生ビールくれる。それからチーズか何かあったら少し」

「はあい」

と厨房のなかから機嫌のいい声が飛んだ。久しぶりに圭と一緒なので、祐月はうきうきしているようだ。

厨房から生ビールの中ジョッキと、細切りのチーズをトレイに載せて運んできたのは圭だ。

「今日も家にいるかと思ったのに、逢えなくて残念だった。私はとっても圭君に逢いたかったのに」

顔を覗きこんで小声でいった。圭の耳が赤く染まるのがわかった。

「二人きりで逢いたいな、圭君と」

言葉が滑り落ちた。胸の奥ではまだ嫌な音が鳴り響いている。

「今日も圭君の家に行っておばあさんと話をしてきたんだけど、圭君がいないから変だと思ったら、祐月ちゃんがこんなところに隠してたんだ」

今度は厨房の祐月に向かっていった。これであの、大人びた娘がどんな反応を示すのか。

「変なこといわないでよ、ヤマトのねーねー。今日、圭と逢うことは前からきまってたんだ。私は圭を縛りつけておこうなんて気持はこれっぽっちもないさ。圭と私は自主的に逢ってるんだから」

祐月は厨房のなかでくるりと振り返り、燿子の顔をまともに見ていった。

「あらそうなの。私はまた誰かにとられるのが嫌で、隠しているんだとばかり思ってた」

燿子も祐月の顔を見返した。胸の奥がぎりぎりと軋んだ音をたてていた。

「私はそんなちっぽけな女じゃないからさ。ウチナーの女は、ヤマトの女と違って心が広いからさあ」

余裕を持って祐月はいった。

燿子の胸の奥の軋みがじょじょに固まって、ぼんやりとした形を作り出していた。ぬらりと何かが飛び出した。シーサーの顔だ。憤怒《ふんぬ》のシーサーの顔だ。鬼の顔のようにも見えた。青白い鬼だった。

「じゃあ私、明日、圭君を誘ってもいいかしら。ろくに観光もしてないから、圭君をガイドとして雇って。もちろん、バイト料はきちんと払うわよ」

祐月の両目がわずかに吊《つ》りあがったように見えた。一瞬だったが途方もなく怖い顔が燿子を睨んだ。

「いいよお。圭は私の持物じゃないからさ。ねーねーの役に立って、圭もお金がもらえれば一石二鳥。私がとやかくいうようなことじゃないさあ」

普段通りの顔でゆっくりと笑って見せた。一人前の大人の女の顔だった。

「じゃあきまり。明日は私とつきあってくれる、圭君?」

燿子の言葉に、そばに突っ立っていた圭が祐月を見た。

「行ってきなよ、圭。ねーねーから沢山バイト料もらうといいよお」

やわらかすぎるほどの声だった。

「十時にしようか圭君。前の道の砂糖きび畑が切れるところで待っててくれる。バイト料はそのときときめましょう」

「うん」

と圭は素直にうなずいて厨房のなかに戻っていった。

「よかったね、圭。お小遣いが増えて」

という祐月の声に、

「夕食まであとどれくらいかしら」

燿子は圭の持ってきたビールを、一気に三分の一ほど咽に流しこんでいった。

「ごめんね燿子さん。まだ一時間以上はあるけど」

「いいわよ。別にお腹が空《す》いていて訊いたわけじゃないから。ただ、こうやってのんびりした時間を過していると、何となく三度の食事だけが楽しみになっちゃって。ただそれだけの理由だから」

耀子の言葉を受けて、すぐに祐月のはりのある声が食堂に響く。

「今夜は特製のテビチ汁をつくりますから、楽しみにしててくださいね」

何てことのない日常会話がゆったりとかわされる。聞いているだけでは刺々《とげとげ》しい雰囲気はなかったが、二人のやりとりはぎりぎりの会話だった。咽の奥に割れたガラスのかけらがひっかかって血が流れているような。ひりひりと痛かった。

ビールを飲み終えた耀子はゆっくりと階段を上って部屋に戻った。ベッドに腰をおろして肩で大きく息をすると、体が縮んでいくような気がした。

そんな暇などないはずだが、自分は圭を誘ってどうしようというのか。嘉手川に酷似した圭の体が欲しいとでもいうのか、それとも祐月を困らせたいだけなのか。といっても祐月はまだ中学二年生なのだ。

どうかしていると頭を振りつつ、耀子はのろのろと携帯電話を取り出す。嘉手川の前妻の住所だ。東京の小谷に連絡して調べてもらうのがいちばん手っとり早い。商売柄、こういうことならお手のものだろう。万が一、小谷の手に余るようなら専門家に頼んでもらってもいい。東京には人探しのプロが何人もいるのだ。

燿子は携帯を手にして数字を睨みつけるが、指が動かなかった。何を自分は躊躇《ちゅうちょ》しているのか。ちょっと指を動かせば恵子の住所はわかるはずなのだ。知らなかった嘉手川の過去が手に入るのだ。

が、指は動かなかった。

燿子はベッドに携帯を放《ほう》り投げた。背中をベッドの上に投げ出した。躊躇の原因がわからなかった。そう思った瞬間、燿子は自分の体が小刻みに震えているのに気がついた。恐怖だ。いったい何に対しての恐怖なのか。燿子は震えながら体をさらに縮めた。

翌日もよく晴れた。

祐月は学校、照屋も午後になればまた穴を掘りに出かけていくのだろう。中井夫婦も燿子がペンションを出る、ほんの少し前に出ていった。

約束の場所に行くと、圭が自転車のハンドルをつかんで立っていた。タイヤが細く、スピードの出るロードレーサーだが荷台もちゃんとついている。

「自転車で行くの？」

「うん。歩いていける場所なんてしれてるからさあ」

背こそそれほど高くはないものの、Tシャツに短パン姿の圭はすらっと均整がとれて美しかった。

「どこへ行くの」

「このあたりだと、海洋博公園か今帰仁城《なきじんじょう》跡が定番だけど」

今帰仁城は沖縄関連の本で読んだ覚えがある。あれは確か、琉球《りゅうきゅう》統一前の北山《ほくざん》王の居城で壮大な石積みの城壁と、そこから見える景観の雄大さが特徴だ。

「今帰仁城跡がいいな」

燿子は子供のような声を出した。

「これからすぐに行くね、大体自転車で三十分くらいだけどさあ」

「あとがいいな。午後のほうが。それまではどこかでぶらぶらして。どうせお昼ももうすぐだし」

「ねーねーは何が食べたいねえ」

「おいしい、沖縄そば」

「わかった。じゃあさ、後ろに乗って僕にしっかりつかまっててよ」

燿子は素直に自転車の荷台に乗って圭の腰に手を回した。

自転車がゆっくり動き出した。すぐにスピードが増した。砂糖きび畑が風に揺れる乾いた音が聞こえた。耳許《みみもと》でも風が鳴った。心を弾ませる軽快な音だった。圭の項《うなじ》の産毛《うぶげ》が太陽に照らされて金色に光っている。燿子は圭の背中に顔を押しつけた。麦藁帽子がくしゃりとつぶれた。

沖縄はどこまで行っても沖縄だった。見渡す限りの砂糖きび畑に防風林のある民家。あとは荒れ地だったが、ウチナーは荒れ地までもあっけらかんとして白っぽかった。誰かの自転車の後ろに乗せてもらうことなど、何年ぶりだろう。あれは高校生のときか、それとも中学生。もっと前かもしれない。いくら考えても思い出せなかったが、妙に甘酸《あまず》っぱい感傷にかられて胸の奥がつんとこすれた。

「圭君。海のよく見えるところへ行こ」

圭の耳許で怒鳴った。

自転車をこぐ圭の足の動きが速くなった。燿子は圭の腰に回した手に力をこめた。自販機で買った、冷たい缶コーヒーを手にして圭と二人で砂浜に座った。粒子の細かい真白な砂だった。手ですくってみた。さらさらと風に舞った。風までが優しくて白っぽかった。

海は鮮やかなエメラルドだ。きらきらと光った。綺麗なものはいつまで見ていても飽きがこない。頭の芯《しん》が染まるほど燿子は目を見開いて海を見た。

「ねーねー、そろそろ熱くない？　お尻の下」

圭がいつもの低い声を出した。

鮮やかな海の色に見とれていて気がつかなかった。燿子はワンピースの裾《すそ》をひるがえして立ちあがった。

「あそこまで行こ」

燿子は防風林の立っているところを指差して明るい声でいった。

木陰に入るとひんやりと気持がいい。

咽を鳴らして缶コーヒーを飲んだ。

「圭君、祐月ちゃんとセックスはしたことがあるの？」

大胆な言葉がするりと口から出た。強烈な太陽が羞恥心《しゅうちしん》を消し去っていた。

「してないさあ」

圭はちらっと燿子の顔を覗いていい、慌てて海に視線を向けた。

「なぜなの。恋人同士なんでしょ。将来は結婚するんでしょ」

このあっけらかんとした空間と、強烈な太陽の下でならどんなことでもいえるような気がした。

「中学生だから、まだ早いって」

細い声を出した。

「じゃあ、何もやってないの」

圭は首をぶるっと振り、

「キスをして抱きあって、二人で触りあったりはする……」

「触りあって、どんなところを」

「いろんなところ」

と消えいりそうな声でいう圭の耳が真赤に染まっているのを燿子は見た。綺麗な色だと思った。

「へえっ、いろんなとこ触りあってるんだ。でもセックスは駄目なんだ」

こくっと圭はうなずいた。

「高校生になったらいいって、祐月はいつもいってるさあ」

「そうなの。でも、中途半端って辛いでしょ。男の子にしたら」

圭は首を前に倒して肩を落とした。

「でも、どこでそんなことやってるの。ペンションはお客さんがいるし、おじいさんもいるし。圭君の家は、おばあさんがいつ顔を見せるかわからないんでしょ。祐月ちゃんはペンションの仕事があって、夜出ていくこともそんなにできないんじゃない」

二人がどこでそんなことを密《ひそ》かにやっているのか興味があった。

「キスくらいならどこでもできるんだけどさ。触りあったりするのは無理だから、いつもは砂糖きび畑のなかでやる」

思いがけない答えが返ってきた。

「砂糖きび畑！」

燿子の心をふわりとしたものが包み、卑猥《ひわい》感が吹き飛んだ。急に心の底から楽しくなった。

「暑くないの？」

真面目《まじめ》な口調で訊いた。

「背が高いから葉っぱが太陽の光を遮ってくれるしさ、けっこう風があるから夏でもそれほど暑さは感じないわけさ」

「へえっ、そうなんだ。なんだかとっても楽しそう」

「でも、気をつけないと時々、ハブが寝ているからさ」

「ハブって、あの毒蛇の」

「うん。でも気をつけてれば大丈夫さ。驚かさなければあっちは何もしないから」

「…………」

「ウチナーでは昔から、ハブは人を咬《か》まない、人がハブに咬まれるっていうんだ」

禅問答じみたことを圭はいった。わかったようなわからないようないい回しだったが、ひどくいい言葉のように燿子には聞こえた。

二人は無言で海を見た。

「圭君」

と燿子は柔らかい声を出して圭の肩に手を回した。引きよせた。圭の体がびくっと震えるのがわかった。

そっと唇をよせた。圭の唇にぴたりと密着させた。しばらく唇だけを合わせていたが、燿子は尖《とが》らせた舌先を伸ばして圭の口を押し開いた。口をじょじょに開けながら大胆に舌を差しこんだ。柔らかな圭の舌があった。からませて吸いこんだ。

「うっ」

と圭が悲鳴に近い声をあげた。燿子にしがみついてきた。圭の体を優しく受けとめ、燿子はさらに舌を動かした。

ふっと唇を離した。手を伸ばして圭の股間《こかん》に優しく触れた。固い感触が伝わった。すぐに触れていた手を離し、

「圭君、私とセックスしたい？」

燿子は圭の顔を凝視した。

夢中でうなずく圭に、

「じゃあ、今度。私は少しの間、東京に帰ることになるけど、またここに戻ってくるから。そのときに絶対」

圭が燿子の顔を真直ぐ見た。

「東京のねーねーは、絶対に嘘はいわないから」

おどけた口調で燿子はいい、うなずいてみせた。小麦色に焼けた祐月の顔が浮んですぐに消えた。

人差指をゆっくりと伸ばして圭の唇に触れ、濡れて光っている唾液《だえき》をそっと拭った。

「さて、そろそろお昼にしようか。私はおいしい沖縄そばが食べたいな」

燿子は思いきり笑ってみせた。

二十分後。二人は県道に面した粗末な食堂で向かい合っていた。花茣蓙《はなござ》を敷いた床の上の座卓は安っぽかったが、頼んだソーキそばは文句のない味だった。

「おいしいね、ここ」

麺《めん》の上に載ったアバラ肉を頰張《ほおば》りながら、満足げな声をあげる燿子に、

「うん。店はぼろっちいけど、ここのそばはこの辺りではいちばんうまいんだ」

圭は得意そうな表情で燿子にいった。

「本当。だしも、こくがあるくせにさっぱりしていて、くどさを感じさせないから真夏でもとってもおいしく食べられる」

店内にクーラーは入っていない。全部の窓を開け放って自然通気にまかせてある。麺を頰張って熱くなった顔に、窓から入ってくる風が気持いい。体の芯からだらけてしまうような心地よさだ。

「圭君は大きくなったら何をやるつもりなの」

麺をたぐる箸《はし》を止めて燿子はいった。

「僕は」

と圭は言葉をつまらせて顔を輝かせ、

「学校にも行ってないし、何か手に職をつけたほうがいいと思って。たとえば嘉手川さんのように……」

といったとたん、急に燿子の顔から視線をそらせて表情を曇らせた。

嘉手川のことを思い浮べていると燿子は思った。嘉手川と関係のあった自分とキスをしたことを、圭は少年のもつ潔癖さで恥じているのだ。我慢がならないのだ。

「嘉手川さんのことは忘れなさい、圭君。あの人は勝手に私を抱いて、勝手にいなくなってしまった人。そんな人のことを考える必要なんてない」

ぴしゃりとした言葉が迸《ほとばし》り出て、燿子自身も奇異な気分に陥った。やはり自分は嘉手川を怨《うら》んでいるのか。

「あの人のようなカメラマンに圭君はなりたいのね」

燿子ははっきりした声でいった。

「うん」

とうなずく圭に、

「それはいいことだと思うわ。もし、カメラマンになる勉強が沖縄で難しいようだったら、いつでもいいからいって。どんなことでも力になるから」

「うん」

と圭は細い声を出した。

「つまらないことを気にしちゃ駄目よ。東京に出てくれば、そんなことやかくいう人なんて誰もいないんだから。それで手に職をつければ怖いものなし。立派に世の中渡っていけるから心配はいらないわ」

まるで保護者にでもなったような心境だ。

「でも、祐月ちゃんと結婚して、あのペンションをつげば、カメラマンになんてならなくったってちゃんとやっていけるわよね。そういう方法もあるじゃない」

意地の悪い言葉が出た。体の奥でまた何かが暴れている。鬼だ。シーサーの格好をした禍々《まがまが》しい鬼だ。

「ごめん」

と燿子は慌てて謝り、

「せっかくやる気になってるのに、水を差すようなことをいって」

箸をせわしなく動かしてそばをすすった。圭も黙々と箸を動かした。

ふいに燿子の口から、こんな言葉が飛び出した。

「ねえ、今度は私が圭君を乗せてあげる」

このあっけらかんとした景色のなかを、思いきりペダルをこいで走りたかった。白っぽい景色は燿子を童心に還《かえ》らせた。甘酸っぱい思いに浸りたかった。

表に出てサドルに跨《また》がった燿子は、圭を後ろに乗せて力一杯ペダルを踏んだ。風が体にぶつかっていい音をたてた。麦藁帽子が飛ばされないように顎紐《あごひも》をしっかり結んだ。ワンピースが風になびいた。まるで幼い子供になったようだった。

後ろの圭が燿子の腰におずおずと腕を回してきた。それも心地よかった。スピードをあげると圭は両腕に力をいれて燿子の腰にしがみついた。

圭の両手が燿子の腹の上でしっかり組まれ、スピードをあげるたびに腹に食いこんだ。燿子の腹のなかには嘉手川の子供がいるはずなのだ。ちょうど圭の手のすぐ下、そこには嘉手川と燿子の赤ん坊がひっそりと眠っているはずだった。妙な気持だった。

自転車はゆるやかな坂道をゆっくりと上っていた。上り切ったあとは下り坂だ。上りよりも急な坂が目の前に広がっていた。燿子は勢いよく自転車を滑らせ、ペダルをこいだ。

もの凄《すご》いスピードで自転車は坂を下った。圭が燿子にしがみついた。両手が下腹に食いこんだ。燿子はさらにペダルを踏んだ。圭のしがみつく力が強まった。ふいに下腹部に快感が走るのを覚えた。途方もなく強い快感だった。圭の手がもっと強く下腹をつかみ、赤ん坊を握りつぶしてくれれば……そんな凶暴な思いにとらわれて慄然《りつぜん》とした。体中がすっと寒くなった。

燿子は坂道の途中で悲鳴をあげた。

ブレーキをかけた。自転車はつんのめるようにして下り坂の途中で停止した。

「どうしたのさ、ねーねー」

耳許で圭が叫んだ。

「どうもしないわ。スピードが出すぎて怖くなっただけ」

低い声を出した。体が冷たかった。

「やっぱり代ってくれる。慣れないことはするもんじゃないわね」

燿子はそろそろと自転車をおりた。下腹部が濡れて疼《うず》いているのに気がついた。

——赤ん坊を握りつぶしてくれればと思いながら、私の体は昂《たかぶ》っていた。

胸の奥で呟きながら、下腹部に意識をこらすと熱いものがとろりと流れた。下着にじわりと染みこんだ。どうしようもない女……燿子は体をぶるっと震わせた。

「今度はどこへ行くの、ねーねー」

自転車のハンドルを両手でしっかり握って圭は後ろを振り向く。

「そうね。そろそろ今帰仁城跡に行くことにしようか」

時計を見ると二時を回っていた。

「ゆっくりでいいから」

「うん」

圭はいわれた通りにゆっくりと自転車をこぎ始めた。

いちばん暑い盛りだった。それまでそよそよと吹いていた風がぴたりと止まった。日《ひ》向《なた》を動いているのは燿子と圭だけ。辺りはしんと静まり返り、濃い影とひとつになった白っぽい風景だけがゆるゆると動いていく。焙《あぶ》られるほどの熱が全身に突き刺さったが、奇妙にのどかな風景だった。

圭のTシャツの背中が汗を含んできた。

じっとりと濡れてきた。のどかな風景のなかの猛烈な暑さだった。圭と自分だけがこの白っぽいのどかさのなかから疎外されている。そんな気持に襲われた。

燿子は圭の腰に回した腕に力をいれ、濡れた背中に右の頬を密着させた。圭の汗のにおいが鼻を刺した。舌を出して圭の汗をなめた。辛《から》さと酸っぱさの混じった味だった。あっけらかんとした、のどかさのなかで行う背徳の行為。この世の中には圭と自分の二人だけ……疎外感が一段と増して幸福感が全身を包みこんだ。

もしこの状況を嘉手川が撮ったら、やはり沈んだ廃墟の写真になるのだろうか。なってほしくなかった。この幸福感をそのまま切り取ってほしかった。燿子はもう一度圭の汗をなめた。

「着いたよ、ねーねー」

自転車が止まり、圭の声に燿子はふっと我に返る。ほんの少しだが意識がどこかに飛んでいたようだ。

耳に蟬《せみ》の声が鳴り響いた。見回すと辺りは樹木におおわれ、ひんやりとした風が流れていた。心の襞《ひだ》に何かが浸透してくるような不思議な感覚。これは清涼感なのだろうか、それとも圧迫感なのか。

「今帰仁城跡だよ」

という圭の視線をたどると、重厚な石積みの城壁の脇に、朽ちた古い石の階段がはるか先にまで延びている。

あっけらかんとした風景ではなかった。濃厚だった。凝縮されていた。

「城《グスク》のなかには拝所《うがんじゅ》や御嶽《うたき》もあるさあ。知らず知らずのうちに頭が下がってしまう聖なる場所だよ」

屈託のない口調でいう圭に、燿子の全身がぎゅっと引き締まる。体中に流れていた汗が一気に引いて、すうっと寒くなった。

「行こうよ」

と圭はふわりと微笑を浮べてうながした。今日、初めて見せる圭の笑い顔だった。いつもの圭とは違って見えた。

「行かない」

燿子はぽつりと口に出した。

「行かないって」

怪訝《けげん》な表情を浮べる圭に、

「急に気分が悪くなっちゃった」

気分が悪くなったのは本当だった。圭の口から、拝所と御嶽という言葉が出たとたん心が竦んだ。清浄なたたずまいに精神が拒否反応をおこした。圭の汗をなめて幸福感に酔った自分の入れる場所ではなかった。

「帰ろ、圭君」

呆気《あっけ》にとられた表情の圭に、燿子はうなだれていった。

三十分後。ペンションから五十メートルほど離れた砂糖きび畑の前で、燿子は圭の自転車からおりた。

「ねーねーは調子が悪いんだろ。ペンションの前まで乗せていくよ」

と不審な表情を浮べる圭に、体はもう大丈夫と燿子はいい、

「何となく、今日はもう祐月ちゃんが帰っているような気がする。二人で自転車で乗りつけるようなまねはしないほうが無難だと思って」

「こんなに早く、祐月が帰ってるわけがないさ」

「そうかもしれないけれど」

燿子はバッグのなかから白い封筒を取り出し、アルバイト料といって圭に渡し、

「じゃあ、東京から帰ったらまた逢いましょ。そのときに約束はちゃんと守るから」

圭の咽がごくりと鳴った。

軽く手を振って背中を向けた。

ペンションに戻って食堂に入ると、厨房のなかで祐月が洗い物をしていた。

「お帰りなさい、燿子さん。早かったですね。もっと遅くなると思ってたからさ」

にこやかな声でいった。

「内地の人間は駄目ね。炎天下をあっちこっち歩いてたら、段々気分が悪くなっちゃって。それで早目に帰ってきたの」

「そうだったんですか。それで気分のほうはもう大丈夫なのかなあ」

「涼しいところへきたら治ったみたい」

「じゃあさ、何か飲みますか」

「今はいいわ。気分のほうは良くなったんだけど、何だか疲れちゃって。部屋で少し横になることにするわ」

燿子はゆっくりと階段を上った。部屋に入って手にしていたバッグを放り出し、ベッドの上に乱暴に横になって目を閉じると、ペンションの入口のドアが閉まる音が聞こえた。

燿子は跳ねおきた。窓から外を窺うと、砂糖きび畑のなかの道を祐月が歩いていくのが見えた。

圭に逢いに行くのだ。

直感がそう教えた。圭に逢って砂糖きび畑のなかに入り、抱きあうのだ。今日の自分との逢引《あいびき》をなかったことにするように、祐月は圭の唇を自らの唇で徹底的に清めるに違いない。

燿子の胸がぎりっと鳴った。

バッグを手にして、なかから携帯を取り出した。もう躊躇はなかった。小谷の勧める雑誌社の編集部を呼び出した。

「東京から帰ったらまた逢いましょ。そのときに約束はちゃんと守るから」

さっき圭にいったばかりの言葉が頭のなかで踊っていた。

電話はすぐに通じた。懐かしい小谷の声が耳の芯に響いた。燿子はいきさつを話し、嘉手川の妻だった恵子を探してほしいと頼んだ。小谷は快く引き受けた。

窓に目をやると、背の高い砂糖きびが風もないのにさわさわと揺れていた。祐月と圭が一緒になって歩いていくのだ。揺れは畑の真中ほどでぴたりとやんだ。燿子は唇をかみしめた。

5

たった五日間離れていただけなのに、まるで別世界に迷いこんだようだった。人も車も建物も、すべてがひしめきあって喘《あえ》いでいた。体にまとわりつく空気までが重く感じられ、何もかもが濃厚だった。が、ここは自分の住んでいたところ、これからも住みつづける唯一の場所なのだ。

「電話帳で調べてみたら、沖縄料理店で『安座間』という店があった。一発だった。そこに電話して、安座間恵子さんをお願いしますといったら、すぐに本人が出た。こんなに人を見つけるのが簡単なら俺《おれ》にも探し屋ができる」

小谷は胡麻塩《ごましお》頭をかきながら、気持のいい笑顔を見せた。

「それで、その恵子さんとは何か話をしたんですか」

心配そうな口ぶりで燿子はいった。

「いや。本人が出たとたんに電話は切った。お前さんの仕事を奪うとあとが怖いから」

小谷は天井に向けてタバコの煙りを大きく吹きあげた。

「どんな声でした」

「どんな声って、俺に女の声の質なんてわからないよ。つまらないことを気にするんだな。しかし、はきはきしたいい声だった」

「美人タイプ？」

ぼそっという燿子に、

「元妻が美人だと嫌か」

「そりゃあ、やっぱり嫌ですよ。自分よりランクが上だったら気が滅入《めい》るわ」

「じゃあ、その逆だったらどうだ。醜女《しこめ》タイプなら」

「すごいこといいますね」

と燿子はじろりと小谷を睨《にら》み、

「やっぱり嫌ですね。気が滅入ります」

「要するに、相手がどんな女性でも駄目なんじゃないか」

小谷は軽く頭を振って煙りを吐き出した。

「そんなことはないですよ。美人タイプでも気持のいい美人ならいいんです。許すことができます」

「何だいその、気持のいい美人っていうのは。さっぱりわからんな」

「要するに心の問題です」

「じゃあ、美醜は関係ないいんじゃないか」

「ところが、やっぱり関係してくるから始末が悪いんです」

「また、わけのわからんことを……で、いつ逢《あ》いに行くんだ」

「わかりません。早いうちにとは思ってますけど、心の準備が必要だから」

「心の準備か。まるで十代の小娘だな」

「本物の恋をすると心はみんな十代に逆戻りするんです。編集長なんかは、そんな経験がないからわからないでしょうけど」

「おっ、開き直ったな」

と小谷はタバコを灰皿に押しつけ、

「で、首尾よく、彼女から嘉手川君の故里《ふるさと》を教えてもらうことができたらまた、沖縄へ戻るつもりなんだな」

「はい」

「こんないい方をして悪いが、彼はもうこの世にはいないというのが自然な考え方なんだろう。それを追っかけていってどうするんだ」

「あの人の骨を洗うのが私のつとめです。洗骨は長男の嫁《よめ》の役目ですから」

「洗骨か」

と小谷はぼそっといい、

「しかし、お前さんにしろ、ペンションのじいさんにしろ凄《すさ》まじい執念だな。じいさんは六十年間、沖縄戦でなくなった人の骨をたった一人で集めているんだろ。なぜ、それほど骨にこだわるんだろうなあ」

「貴《とうと》いものだから」

「貴いものか。しかし、不遜《ふそん》ないい方を許してもらえば、いずれは放《ほう》っておいても土に還《かえ》るものなんじゃないか」

小谷が燿子の顔を真直《まっす》ぐに見た。

「順序が違ってたわ」

と燿子も小谷の視線をしっかり受けとめ、

「粗末にしてはいけないものだからです。かけがえのないものだからです。だから貴いという言葉につきあたるんです」

「眩《まぶ》しい言葉だな」

と小谷はぽつりといい、

「沖縄に行ってから大分人間が変ってきたようだな」

「ウチナーは骨の島、そして神の島ですから。しばらくいれば誰《だれ》でも変ります」

はっきりした声で燿子はいった。

「骨と神の島か……気味の悪い言葉だが、とても清々《すがすが》しい言葉にも聞こえるな。そういう言葉をすらりと口に出せるお前さんが、羨《うらやま》しい気がするよ」

小谷の言葉に燿子の顔が少し赤くなる。圭の柔らかな唇の感触が蘇《よみがえ》る。決して立派なことばかりをやってきたわけではないのだ。むしろその逆……しかしそんな燿子の行為でさえ、あっけらかんとのみこんでしまう、強烈な太陽の光のような包容力が沖縄にはあった。

「こっちでの用事がすんだら、すぐにまた沖縄に戻るんだろ。そろそろ学校は夏休みに入るが、宿の手配は大丈夫なんだろうな。沖縄は若い連中に人気があるからな」

小谷が心配げな表情を見せた。

「大丈夫です。その点は万全ですから」

と答える燿子の胸に、祐月とのやりとりが思い出された。

小谷から恵子の居場所がわかったと連絡の入った夜、

「明日からしばらく東京に帰るわ」

燿子は祐月にこう告げた。

「あっ、帰るんですね」

祐月の表情に、勝ち誇ったような色が浮ぶのを燿子は見逃さなかった。

「じゃあ、宿泊は今夜までということで、明日からの分はキャンセルということでいいんですね」

祐月は嬉《うれ》しそうにいった。

「いえ、キャンセルじゃなく、部屋はそのままにしておいてくれればいいわ。数日間空けるだけだから最初の予定通りで」

祐月の顔色が変るのがわかった。

「そういうことなんですか」

「そういうことだから。祐月ちゃん、お願いね」

今度は燿子が勝ち誇ったような声を出した。

ここでキャンセルしてしまえば、このペンションには二度と泊ることができないかもしれない。燿子は『ちゅらうみ』にとって決して好ましい客ではないのだ。たとえ部屋が空いていても、すべて予約が入っているといわれる恐れは充分にあった。このまま継続にしておいたほうが無難だった。

「わかりました」

という祐月の顔にははっきり怒気が覗《のぞ》いていた。

五日間空けただけなのに、マンションの部屋に入ると黴臭《かびくさ》いにおいがした。すべての窓を一時間ほど全開にしてから燿子はエアコンをつけた。

大切にバッグの奥深くにしまっておいた、嘉手川の使いきりカメラを取り出して、そっとテーブルの上に置いた。何が写っているのか見当もつかない。何度も現像に出そうとして思いとどまったカメラだった。

「お前はいったい何者だ」

燿子はテーブルの上にちょこんと載っている安っぽいカメラに向かって非難がましく語りかけた。

「お前なんかいっそ、床に叩《たた》きつけて壊してやろうか」

穴のあくほど睨みつけた。

「いったい何が写ってるのよ。何がいいたいのよ」

燿子の声に湿りけが混じった。

「わけのわからないことするなよ、人の心をもてあそぶなよ、勝手に一人だけで死のうなんてするなよ……莫迦野郎《ばかやろう》」

つんと鼻をすすった。

その夜、燿子はそのカメラを抱きしめながらベッドに入った。


『安座間』は御茶ノ水にあった。

明治大学から南へ坂を下って裏路地に入ったところで、燿子がその店の暖簾《のれん》をくぐったのは十時を回ったころだった。

沖縄料理店というよりは居酒屋といったほうがぴったりの店で、料理の数も多く値段も安かった。

沖縄風角煮のラフテーと、アイゴの稚魚の塩辛を載せたスクガラス豆腐、それに島ラッキョウにビールを頼んでカウンターの前に陣取った。

ビールを少しずつ飲みながら店内で働く人間を観察した。店のなかで客の接待をしている女性は三人。みんな年恰好《としかっこう》からいけば恵子にあてはまる女性ばかりだ。

安座間の営業時間は十一時半まで。それまでに恵子をつかまえて時間をとってもらえるよう話をするつもりだった。

ゆっくり飲んでいたビールを一本空けたところで、何とか恵子とおぼしき女性に目をつけた。年齢は三十歳くらいで二重まぶたのきれいな、はっきりした顔立ちの女性だった。相当な美人に思えて燿子の胸がほんの少し萎縮《いしゆく》した。下腹に力をこめた。

十一時頃《ごろ》、燿子は目当ての女性に声をかけた。

「失礼ですが、安座間恵子さんでいらっしゃいますか」

「はい、そうですが。お客様は……」

嘉手川の妻だった恵子は訝《いぶか》しげな視線を燿子に向けた。

「お仕事中、申しわけありません。岩下燿子といいます。実は私、嘉手川さんの……それで安座間さんにお訊《き》きしたいことがありまして、少し時間をとっていただけないでしょうか」

「嘉手川の」

と恵子は燿子の顔をちらっと見て、

「あの人が何をしたのかは知りませんが、一風変った人ですから……それに私はもう、あの人とは一切関係のない立場ですから」

胡散臭《うさんくさ》いものでも眺めるように顔をしかめた。

「あの、決して変な話では」

すがるような声を燿子があげると、

「この前も妙な電話が、かかってきてますし」

「それは――」

編集長の小谷のかけた電話に違いない。

「失礼します」

恵子は硬い声をぶつけて、さっさとその場を離れていった。取りつく島がないという態度だった。それから恵子は決して燿子と視線を合わせようとせず、そばへ来ようともしなかった。

黙って引きさがるより仕方がなかった。何といっても初対面なのだ。強引に迫るより時間をおいたほうがよさそうだった。

次の夜の同じ時間、燿子は再び安座間を訪れた。こうなったら通いつめるしかなかった。通いつめて誠意を見せ、恵子に振り向いてもらうしか術《すべ》はなかったが、この夜も燿子は完全に無視され、言葉をかけるチャンスすら与えてもらえなかった。

ようやく恵子が振り向いたのは三日目だった。肩を落してカウンターの前に座っている燿子の脇《わき》にきて、

「あなたはいったい嘉手川の何にあたるんですか。私にどんな用件があるんですか」

腰に両手をあてて硬い声でいった。

「あっ」

と燿子は立ちあがり、

「私は決して怪しい者ではありません」

急いで名刺を取り出して恵子に渡した。

「フリーライター？」

「はい。ずっと嘉手川さんと組んで仕事をやっていました。そのあと、私と嘉手川さんは……」

消えいりそうな声を出すと、

「恋人同士になったということですか」

恵子ははっきりした口調でいい、

「それで、嘉手川がどうかしたんでしょうか」

探るような目を向けてきた。

「嘉手川さんは死にました……多分」

燿子は真直ぐ恵子の顔を見た。

「死んだ、んですか」

低い声と同時に一瞬呆然《ぼうぜん》とした表情を浮べ、燿子の顔からそっと視線をそらした。

「十一時半に終りますから、少し外で待っててもらえますか」

早口でいって恵子はその場を離れた。

燿子は看板前に店を出て、入口脇の路地にたたずんで恵子の出てくるのを待った。恵子は十一時半を過ぎてすぐに出てきた。

「お待たせいたしました」

と燿子にていねいに頭を下げ、

「嘉手川が死んだというのは本当なんでしょうか」

「百パーセントとはいえませんが、前後の事情を考えるとおそらく」

「自殺」

とぽつりという恵子に、

「はい」

と燿子は素直にうなずいた。

「それで安座間さんに、少し伺《うかが》いたいことがあってきました。この辺りにどこか遅くまでやっている店はないでしょうか」

「この時間でもやっているお店ですか」

と恵子は少し考えていたが、

「よかったら、私のアパートにきませんか。このすぐ近くにありますから」

「いいんですか、ご迷惑じゃないんですか」

「大した住まいじゃありませんけど、それでよろしければ。それに二度も失礼なことをしてますから、それぐらいのことは……」

「ありがとうございます。お邪魔します」

燿子は深々と頭を下げた。

二人は並んで歩き出した。歩きながら燿子はこれまでのいきさつを支障のない程度に恵子に語って聞かせた。

十分ほどで恵子のアパートに着いた。まだ新しい建物で玄関を入ってすぐの六畳の和室に通された。一人住まいだといっていたが室内はきれいに片づけられ、恵子の普段の生活ぶりがしのばれた。

手早くいれたお茶を卓袱台《ちゃぶだい》に並べて、

「私と一緒に暮しているときも不安定なところのある人でした。時折ふらりとどこかへ行ってしまったり……でも気持は優しい人だったと思います」

嘉手川と最初に出会ったのは国際通り裏の飲み屋街だと恵子はいった。週末の夜、女友達と三人で飲みに出かけたときに米兵三人にからまれ、それを救ってくれたのが嘉手川だということだ。

「といっても、かっこいい助け方じゃなかったですけどね」

米兵三人を相手に、どう立ち向かっても勝てるはずがなかったが、嘉手川は殴られても転がされても起きあがり、そのたびに敵意をむき出しにして向かっていったという。

「何度殴り倒されても歯を食いしばって起きあがってくるあの人を、米兵たちは幽霊でも見るような目つきで見ていたわ。そのうちにパトカーのサイレンの音が聞こえてきて、米兵たちは慌ててその場を逃げ去ったの。あとに残されたのはぼろぼろになったあの人だけ。ぼろぼろになったあの人が意識を失う寸前にいった言葉って何だかわかります？」

「…………」

「あいつらだけには絶対に負けねえ。ナイフでも持ってたら、躊躇《ちゅうちょ》なく薄汚ねえ体にめりこませてやったのにって」

この事件がきっかけで二人は知り合い、恋に落ちた。結婚したいと思った。身よりのまったくない自由業ということで恵子の周囲は反対したが、強引に押し切った。嘉手川が好きだった。あのどうしようもなく暗くて沈んだ目を、自分の手で何とかしてやりたかった。

嘉手川は結婚するとき、ひとつの条件を出した。子供はつくらないこと。子供は欲しかったが恵子はそれをのんだ。一緒になれば何とかなると高をくっていた。

「私のときも同じ。あの人、子供ができるのを極端に怖がってた」

と同調する燿子に、

「ちょっとあからさまなことをいうけど、いいかしら」

恵子はくぐもった声で断りをいれた。

「いいわ。この際、どんなことでも話して。私もそのつもりで話しますから」

「そうね。じゃあ、お酒でも飲みましょうか。何度も足を運ばせてしまったお詫《わ》びっていうか、あの人のことなんて、お酒でも飲まなきゃ話せないし」

「そんなに、嘉手川さんのこと憎んでるんですか」

燿子は覗きこむように恵子の顔を見た。

「憎んでなんかいないわ。ただ、悲しすぎるから。それだけのことよ」

立ちあがる恵子の後ろ姿を見ながら、この人はまだ嘉手川の影を引きずっている、忘れることができないでいると燿子は確信した。

「うちの店で出している古酒《クース》。ちょっと強いけれど、悲しい話をするときは最適」

恵子はありあわせのつまみと、厚めのカットグラスを卓袱台に置き、酒瓶を持ちあげてたっぷりと注《つ》いだ。

「乾杯というのも変だけど」

二人はそっとグラスを合わせた。

子供ができたかもしれないと思ってから、燿子はなるべくアルコール類をひかえるようにしていたが、今夜はそうもいかないようだ。

ごくりと恵子は咽《のど》の奥に流しこみ、

「あの人、徹底していた。セックスをするときは必ず避妊具を着けた。避妊具のないときは絶対にセックスをしなかった。その気になって抱きあってても、たまたま避妊具が切れてることがわかると、さっと引いて背中を向けた。どれだけ体が昂《たかぶ》っていても躊躇はしなかった。憎らしいくらいにそのあたりは徹底していた」

「私のときも同じようなもの」

古酒をごくりと飲みこんで燿子は相槌《あいづち》を打った。咽の奥がひりっと痛んだ。

「どうしようもない人間の屑《くず》の子孫はこの世の中に残すわけにはいかないって、しょっちゅういってたわ。自分のところで根を絶たなければって」

とつづける燿子に、

「そうね。そんなことをしょっちゅういってたわね」

恵子は一息でグラスのなかの酒をあけた。

「本当に自分のところで根を絶っちゃったのね」

大きな吐息をもらした。

根は絶たれてはいない。私の体のなかには嘉手川の子供が確かに息づいている。医者にはまだ行っていなかったが、燿子は昨日、市販されている妊娠検査薬を使ってみた。結果は陽性だった。トミのいった通り嘉手川の子供を宿していることはほぼ間違いなかったが、このことを恵子にいっていいものなのかどうなのか。

「そうそう、あの人の生まれ故郷だったわね。ちょっと待ってて」

燿子の胸がざわっと騒ぐ。ようやく嘉手川が向かった場所がわかるのだ。誰もが口をつぐんで教えてくれなかった嘉手川の生まれた村。これであとを追うことができるのだ。

「ヤンバルの端っこに近いところで、与原村《ようばるそん》という名前。もっとも四半世紀ほども前に廃村になって誰も住んでなんかいないけど。世皮崎《ゆっぴざき》と辺戸岬《へどみさき》の中間ぐらいにあたるんじゃないかしら。正式な住所はここに書いておいたから持って帰るといいわ」

恵子は住所を書いたメモを手渡した。

「その村の御嶽《うたき》の話を聞いたことはないですか」

「聞いたことはないわ。それでなくても、子供のころの話はあまりしたがらない人だったんだから」

「そうですか」

といって燿子は嘉手川が失踪《しっそう》する前に残していったメモの話を恵子にした。

「ウチナーには御嶽は多いから、ひとつの村のなかに何箇所もってところもあるし。それがばっかりは現地へ行って実際に歩いて確かめてみなくてはわからないでしょうね」

すまなさそうにいう恵子に、

「じゃあ、白い穴という言葉を耳にしたことはないですか」

「白い穴？」

恵子は怪訝《けげん》な表情を顔一杯に浮べた。

「なんでも、その御嶽のそばにあるらしいんですけど、どういう意味なのか私にはわからなくて」

「ごめんなさい。私にもわからないわ。どんな意味なのか見当もつかない。何なんでしょうね。ロマンチックな響きだけど」

「洗骨した骨を納める場所じゃないかって、一度嘉手川さんに訊いたことがあるんですけど、嫌な顔をされました。聖なる白い穴って嘉手川さんはいってたけど」

「聖なる白い穴――ますますロマンチックな響きね。でも燿子さん、よく洗骨なんて言葉知ってたわね」

「嘉手川さんに教えてもらって。お母さんの骨は、嘉手川さんが小学生のとき洗ったっていってたわ」

ふいに恵子の顔が歪《ゆが》んだように見えた。

「どうかしましたか」

と不審な声をあげる燿子に、

「何でもない。ごめんなさい」

恵子は大きく首を振った。

「嘉手川さん自身は、俺は野たれ死にするから洗骨なんていらない、野ざらしでけっこうっていってましたが、私にはそれが強がりのように思えて、とても本心だとは」

「そうに違いないわ。無茶なことをする反面、妙に信心深いところがあって、淋《さみ》しくて苦しくて身も心もずたずたになっているのに、本心を知られるのが嫌で強がりばかりいって」

恵子はグラスに手酌で古酒を満たし、一気に飲んで重い吐息をもらした。

「あの人は……本当は淋しがり屋の甘えん坊。ただそれを表に出さないだけ。精一杯、我慢してるだけ。子供のころから一人ぼっちだったから、そんなことを表面に出すのは恥ずかしいことだと心の底から思いこんでるのよ。本当はとても弱い人。そんな気がしてならないわ」

「私もそう思います。あの暗く沈んだ目も淋しくて心が泣いている表れ、誰も気がつかないだけで、嘉手川さんはいつも全身で泣いていたんだと思います」

「そうね。そんな人だもの、自分の骨は野ざらしでけっこうなんて嘘《うそ》。洗骨してほしいにきまってる。そしてちゃんとお墓のなかに納めてほしいと思っているに違いないわ」

恵子は燿子のグラスにも古酒を満たした。

「飲みましょうよ、もっと。元妻と元恋人が一緒になってグラスを傾けるなんて変な宴会だけど」

仕方なく燿子もグラスを一気にあけ、

「そうですね。本当に変な宴会」

「お通夜代り」

ぼそっと恵子はいい、

「あの人のことを忘れない人間なんて、どうせ私たち二人くらいだから。お通夜代りに精一杯飲んでやれば、あの人もきっと喜ぶんじゃないかしら」

二人はむきになったようにグラスを口に運んだ。

恵子はかなり酒に強そうだ。いくら飲んでも顔に表れず、背筋をぴんと伸ばした妙に行儀のいい姿勢を保っている。燿子はそれほど酒に強くはないが、気が張っているせいか今夜ばかりはなかなか酔いが回ってこなかった。強い酒のはずだが味もそれほど感じられず、水のようだと思った。

「燿子さんて、よっぽどあの人のことが好きだったのね。生きてるのは絶望的なのに、それを承知であとを追って、生まれたところまで行こうだなんて。しかも洗骨をするのは自分の役目だなんてなかなかいえない。頭がさがるわ、羨しい限り」

本当に羨しそうな表情を恵子は素直に顔に浮べた。

それればかりじゃない、私のお腹《なか》には——という言葉を咽の奥にのみこんで、

「恵子さんは嘉手川さんの子供を身籠《みご》ったことがありますよね」

乾いた声でいった。

一瞬たじろぎの様子を見せたものの、

「あるわ。いくら避妊具を着けても絶対というわけじゃないから。あのとき私は嬉しくて神様に両手を合わせたわ」

恵子ははっきり答えた。

「でも、結局恵子さんはその子を堕《お》ろした。それはどうしてですか」

「あの人が、堕ろさなければ離婚するっていったから」

「そんな言葉なんかつっぱねて、産んでしまえば何とかなるって考えなかったんですか。生まれてしまえば、いずれ嘉手川さんのほうが折れるだろうって」

「考えたわ、でも」

かすれた声を出して恵子はうつむいた。今までには見られない仕草だった。

「でも、何ですか」

燿子はまた乾いた声を出した。

「堕ろそうと思ったのはもうひとつ大きな理由があったから……あの人がそれを私にいったから、だから」

やはりそうなのだ。自分が恵子の立場なら、いくら離婚するといわれても簡単には引き退《さ》がらない。愛する人の子供なのだ。その大切な命を闇《やみ》のなかへ葬り去ろうなどとは、よほど切羽《せっぱ》つまった理由でもない限り、女としてできることではない。

他に何か理由があったのだ。

おそらく嘉手川がいつもいっていた、どうしようもない人間の屑の子孫は、この世の中に残すわけにはいかないということに関係する……そうに違いないと燿子は確信した。

「だから何ですか。教えてください」

という燿子の言葉を封じこめるように、

「教えるわけにはいかないわ」

強い口調で恵子はいった。

「なぜ。どんなことを聞いても驚きませんから教えてください。お願いします」

「知らないほうがいいことも、この世の中にはあるわ。聞いたあとであなたは必ず後悔することになる」

また、この言葉だ。

「後悔なんて絶対にしません。それに」

よく光る目で恵子を見た。

「それに？」

怪訝そうな表情を燿子に向けた。

「私のお腹には、嘉手川さんの子供がいますから」

恵子の表情が驚きに変った。

「あの人の子供が！」

「ええ。一度だけでいいから、避妊具を着けずに抱いてほしいって嘉手川さんに頼んだんです」

「あの人はそれを承知したの」

「決して乗り気ではありませんでしたが」

「あの人は子供ができたことを知ってたの？」

「うすうすですけど……その前に嘉手川さんは私の前からいなくなりましたから」

「今、何カ月なの」

「三カ月目です」

「そう」

恵子は矢継ぎ早に質問をあびせかけてから、短く答えて黙りこんだ。顔が幾分青ざめている。肩で大きく息をひとつした。

「三カ月ということは、まだ堕ろすことができるということね」

声をしぼり出した。

「じゃあ、やっぱりいわないわけにはいかない。本当はいわないほうがいいのかもしれないけど、燿子さんには知る権利がある」

睨みつけるような視線を向けた。

「全部話します。話を聞いて、お腹のなかの赤ちゃんをどうするかきめるといい。じっくりと考えて結論を出すといいわ」

恵子はグラスのなかの古酒を一息に飲み、低く小さな溜息《ためいき》をもらした。


いったい何時に戻ってきたのか。

タクシーに乗りこんだことは覚えているが、あとは曖昧《あいまい》でぼんやりしていた。古酒のせいもあったかもしれなかったが、恵子の話の内容が衝撃的だった。ベッドに体を横たえたものの、ほとんど一睡もせずに朝を迎えた。こめかみの辺りに疼《うず》くような痛みがあった。

嘉手川が小学三年のときのことだと恵子はいった。

その半年ほど前から村は廃村になっていて、住んでいたのは嘉手川の一家だけだった。

といっても嘉手川の母親の美佐江《みさえ》は那覇に働きに出ていて、家に残っているのは嘉手川とその祖母のナエだけで、電気も水道もない生活だった。

中学を卒業して村を飛び出した美佐江は那覇で米兵相手に体を売り、家に帰るのはせいぜい年に数度で、ひどいときには一度も顔を見せない年もあった。嘉手川は美佐江が十九歳のときの子で、相手は米兵だったが父親はすでに本国に帰ってしまい、嘉手川は乳飲み子のころから祖母のナエに育てられた。

ナエはこの土地の神人《カミンチュ》だった。霊感《セジ》の強い、ウチナーグチでいうセジ高生《サーダカウマ》まれで、集落の祭祀《さいし》も司《つかさど》り、自分が死ぬのはここしかないと信じて廃村になっても頑としてこの地を出ようとはしなかった。

「おばあはこの地を守るカミンチュだから、死に場所はここしかない。だから動くことはできんさあ」

ナエの口ぐせだったが、ここを出て、さあどこへ行くといっても当てがないのも確かだった。美佐江は仕送りなどしたことはなく、嘉手川の家は書類上は転居したことにして、そこの役場から生活保護を受けていた。

ナエの毎日は畑仕事と拝所《うがんじゅ》との往復で、小学生の嘉手川も畑仕事から飯の仕度まで何でも手伝った。学校も廃村になってからなくなり行っていなかった。

事件の発端は村が廃村になって三カ月目におこった。

ふいに美佐江が村に戻ってきた。それも一人ではなく白人の米兵と一緒だった。

「この人、私の婚約者さ。前からウチナーの田舎《いなか》が見たいといってたから連れてきた。三日で休暇は終るから、それまで面倒をみてやってよ」

美佐江と米兵は嘉手川の家に泊りこんだ。

二人は朝から酒を飲み、集落のなかを見て回り、それに飽きると無人の村内のいたる所で互いの体をまさぐりあって卑猥《ひわい》な行為をくり返した。美佐江は自分の子である嘉手川にはあまり興味がないらしく「重吾ちゃあん」と時折笑いかけるぐらいでそれ以上の接触はしようとしなかった。

二人の村内での様子を見知ったナエは、

「あの子もこの村を出るまではちゃんとした子で、おばあの祭祀の手伝いもきちんとしてたのにねえ。霊感だってちゃんと備えて、中学生になったときにはもう村人から一人前のカミンチュとして認められておったさあ。あのままいってたら、おばあ以上のカミンチュになれると楽しみにしてたのに、あの有様ではただのメス豚さあ。おばあは情けないさあ、ご先祖様や神様に合わせる顔がないさあ」

仏壇の位牌《トートーメー》に向かって体を縮めて手を合わせた。ぽろぽろと涙をこぼし、小学生の嘉手川に向かって、

「何が婚約者であるもんか。アメリカーを信用しとるとえらい目にあうさあ。何度同じ

目にあってもあの子はこりないんだから。すぐにすてられるにきまってるさあ」

嗄《しわが》れた声で吐きすてた。

そのすぐあとだ。ナエの背中がしゃきっと伸びた。両目が異様な輝きを放った。体がぶるぶると小刻みに震えた。神憑《カミダーリ》だ。ナエの体に神が降りたのだ。

「美佐江は死ぬ。私より早く死ぬ。もうすぐだ。神様がそういっておられる。美佐江は禊《みそぎ》を受けねばならん」

疳高《かんだか》い声でナエは叫び、このあとも意味不明の言葉を吐き、大粒の涙を流しつづけた。

二人が帰るという三日目の昼過ぎのことだ。嘉手川がいつものように村の御嶽に手を合わせに行くと、母親の美佐江と米兵の姿が目に入った。嘉手川の胸がぎゅっと縮んだ。

二人は供養の品物を載せる平たい大石の上にいた。素っ裸だった。

米兵が大石の上に仰向《あおむ》けになって寝転がり、その上に美佐江が跨《また》がって体を揺らしている。米兵の体は毛だらけで美佐江の体はぶよぶよと肉がたるんでいた。美佐江は体をくねらせ、獣《けもの》のような声をあげた。

知識はなかったが、二人が何をしているのかおおよその見当はついた。嘉手川の全身に悪寒が走った。神聖な御嶽の供物石の上で……二人の姿態はあまりにも薄汚かった。

米兵に跨った美佐江と目が合った。

美佐江は嘉手川を見て顔に笑みを浮べた。そして寝転がっている米兵にわからぬように、嘉手川に向かって手を動かした。あっちへいけというように、笑みを浮べながらひらひらと手を振った。

嘉手川は夢中でその場を離れた。

家に帰ると、何もかも見ていたような怖い顔をしたナエが、

「罰当《バチカンジャー》たり」

と嗄れた声で呟《つぶや》いた。

その日の夕方、美佐江と婚約者だという米兵は上機嫌で村を離れていった。

美佐江が次に訪れたのは、それから二カ月ほどたった九月の終りだった。

「しばらくここで暮すわ」

と投げやりな口調でいい、

「あの米兵野郎、アメリカ《アメリカー》に帰りやがった。私に何にも連絡しないでさあ」

美佐江の酒浸りの毎日が始まった。

一日中、何もしないで酒を飲んでごろごろと過した。以前と変ったところは嘉手川をかまうようになったことだ。

「重吾ちゃあん、重吾ちゃあん」

といいながら抱きしめたり、酒臭い息を吐きながら嘉手川の顔にキスの雨を降らしたりした。そんなとき、嘉手川はいつも身をよじって逃れるか突きとばすかしたが、美佐

江は執拗《しつよう》にべたべたとまとわりついた。

ひと月ほど過ぎたころ。ナエが畑に出ていくと、美佐江は寝ていた体を起こして家のなかを物色し始めた。家探しだ。ここでの生活も飽きたに違いない。どこかへ行くための金を探しているのだ。

「やめれー」

と叫ぶ嘉手川に、

「うるさい、クソ餓鬼《ヤナワラバー》」

美佐江は怒鳴り声をあげて悠々《ゆうゆう》とあちこちを探し回った。

「あいつは吝嗇《けち》だから、必ずどこかにごっそりためこんでるはずさあ」

独り言をいいながら手を動かしつづける美佐江に、やめれーと嘉手川は何度も叫んだが、逆に怒鳴り返されるだけだった。三十分ほどして、

「あった《アタン》」

と美佐江は嬉しそうな声をあげた。

祖父の写真を飾った額の裏だった。茶色の封筒が出てきて、なかに一万円札やら千円札やらがつめこまれているのがわかった。わずかな生活保護の金を何年もかかってためた、ナエのへそくりだった。

「大した額じゃないけど、一週間くらいはもつか」

くしゃっと丸めて胸の谷間に封筒をつっこんだ美佐江の姿を見て、嘉手川の頭のなかが真白になった。何かが切れる音を嘉手川ははっきり聞いた。

「何だよヤナワラバー、その顔は。本当に私に似ず無愛想な子だねえ、最低の子だねえ」

美佐江は眉間《みけん》に皺《しわ》をよせて顔をしかめた。

嘉手川はくるりと背中を向けて台所に走った。戻ったときには右手に柳刃包丁をしっかりつかんでいた。思いきり美佐江に体当たりをした。包丁は鳩尾《みぞおち》のあたりに刃元まで埋まった。血が飛び散って美佐江は尻餅《しりもち》をつくように床に崩れ落ちた。

「重吾ちゃん、救急車。重吾ちゃん、救急車呼んで。重吾……」

と、しばらく美佐江はかすれた声で訴えていたが、やがて静かになった。

幼い嘉手川の顔は返り血をあびて真赤に染まっていた。畳の上にも血があふれた。嘉手川は美佐江の血を吸った畳の上にぺたんと座りこみ、声も出せずにいつまでも体を震わせつづけた。部屋中に生臭い血のにおいが充満していた。包丁を握っていた右手はぬるぬるした血にまみれ、体以上に震えがひどかった。

畑から帰ってきたナエはこの様子を見ても驚きの声ひとつあげなかったが、目を潤ませて、

「ゆるちきみそうりょお」

と嗄れ声で謝りの言葉を口にして両手を合わせた。

遺体はナエと嘉手川で裏山に穴を掘って埋めた。警察に届けようとは一言もナエはいわなかった。美佐江は定住者ではない。このままにしておいても怪しまれることはなかった。いずれ行方不明ということで片がつくはずだった。

この半年後、ナエは心臓の発作で倒れ、薄い布団に痩《や》せた体を横たえて枕許《まくらもと》に座る嘉手川の手を握りしめ、

「ごめんやあ」

と呟くようにいって息を引き取った。

独りになった嘉手川は遠い親戚《しんせき》の間を盥回《たらいまわ》しにされ、中学を卒業すると同時に那覇へ飛び出した。母親の美佐江の骨と祖母のナエの骨は事件から三年後、嘉手川が掘り出して洗骨し、村の共同墓地に本埋葬したという。

凄まじい話だった。

燿子は放心状態でこの話を聞いた。

「小学六年のときに二人の骨を掘り出して、きれいに洗骨したっていってたけど、母親の骨を洗っていたとき初めて涙が流れ出て止まらなかったってあの人、いってたわ。全身が小刻みに震えて止まらず、泣きながら何かに向かって大声で吼《ほ》えたともいってた」

恵子はこういってこの話を結んだ。

しばらく沈黙がつづいたあと、

「ヤナワラバー……」

とぽつんと呟く燿子の声にかぶせるように、

「あの人、この話を私にして、これでもお前は俺の子を産む勇気があるかって訊いたわ」

低すぎるほどの声を恵子は出した。

「結局私は子供を堕ろした。産めば離婚するといわれたからといえば、まだ可愛《かわい》げがあるけれど。むろんそれも理由のひとつには違いないのも確か。だけどもっと本音の部分をいえば、たとえ世間には知れていなくても殺人者の子供というのが……正直なところ迷ったわ、でも、そういうことなのよ。何もかも放り出してね」

恵子はグラスの縁を指で弾《はじ》いて視線を落した。

「誰だって」

と燿子は咽にひっかかった声を出した。

「誰だってそんな話を聞けば逃げると思います。恵子さんだけじゃない、誰だって」

恵子が視線をあげた。燿子を見た。

「あなたも」

嗄れた声を出した。

「私は……」

今度は燿子がうつむいた。

「正直いって、あまりに衝撃が大きすぎて心の整理ができてません。今ここで答えをいえば感情的なものになってしまいそうですから。とにかくよく考えてみます。よく考えて産むか堕ろすか結論を出します」

「考えれば考えるほど否定的な言葉が出るわよ。私がそうだったからいちばんよくわかる。考えるのもほどほどにしないと」

「じゃあ恵子さんは、堕ろしたことを後悔してるとでもいうんですか」

「そうね。後悔してるかもしれない。でも堕ろさなかったらもっと後悔していたかもしれない。どちらにしても地獄なのよ。あの人と知り合ってしまったこと自体が地獄の始まり」

恵子は持っていたグラスをそっと卓袱台に戻した。

「恵子さんはまだ、嘉手川さんのことを愛しているんですね」

抑揚のない、それでもはっきりした声を燿子は出した。

「そんなこと……嘘よ」

恵子はいって肩を落した。

「私、今つきあってる人がいるの。お店にしょっちゅう顔を見せる、普通のサラリーマンの男の人。多分、来年あたり結婚することになりそう」

「そうなんですか」

「そうよ。そういう選択肢だってちゃんと残されてるのよ。それなりに幸せな生活を送ることができるという」

「………」

「もちろん、燿子さんにも」

恵子はやけに明るい声を出した。

それからしばらく二人は口を閉ざし、恵子は何度も古酒を口に運んだ。

「でも、嘉手川はなぜ今になって命を絶とうとしたのかしら。もちろん、いつそういうことをしてもおかしくない雰囲気は持っている人だったけど」

グラスを持ったまま、ふいに恵子はいった。

「それは」

と燿子はグラスを両手でつつみこみ、

「やはり、子供のせいとしか」

「そうね。ひょっとしたら子供ができたのではと、嘉手川はずっと疑っていた。その疑いが確信に近いものになったとき、あの人のなかで何かが弾けた」

「…………」

「さっき燿子さんもいってたけど、俺のような人間の屑の子孫を、この世の中に残すわけにはいかないっていう、あの人がよく口にしていた言葉」

恵子は吐息をふっともらし、

「私は嘉手川がいつもいっていたこの言葉には二つの意味があると思ってるわ。一つは言葉通りの恐怖感と、もう一つは自分のような犯罪者が人並な家庭などつくってはいけないという戒《いまし》めの意味」

「恐怖感と戒め――」

呟く燿子に、

「そう。この二つに対する、あの人流の責任の取り方が、死を選ぶということにつながっていったのだと思う。つまり、あの人は逃げ出したのよ。居ても立ってもいられない場所から飛び出したんだと思うわ」

「あの人は肩肘《かたひじ》を張ってたけど、本当は弱い人だったから」

燿子はまたぽつりといった。

「弱いという言葉を、優しさという言葉に置きかえてもいいけどね」

恵子は手にしていたグラスの古酒を一気にあおるように飲み、

「あの人、よく夜中にうなされていたわ。体中に嫌な汗をかいて、うめき声をあげて……燿子さんのときは、そんなことはなかったの」

「ありました。必ず右手を宙に差しのべて、泣き出しそうな表情をして、苦しそうに咽につまった声をあげて、体中を汗びっしょりにして」

「でしょう」

燿子の顔を真直ぐ見て、

「母親を殺した右手」

恵子はしぼり出すような低い声でいった。

「あっ」

と燿子は声にならない小さな悲鳴をあげた。

そうなのだ。嘉手川の右手は母親殺しの凶器ともいえるものだった。嘉手川はその右手で音のない廃墟《はいきょ》の写真を撮り、燿子の体の隅々までを愛撫《あいぶ》したのだ。

燿子の脳裏に嘉手川の右手が鮮明に浮んだ。細くて長い指だった。とても繊細で熱すぎる手だった。あの右手で嘉手川は母親を……が、燿子にとっては愛《いと》しすぎるほど優しさにあふれた手だった。

「すべてはあの右手から始まったのよ。沖縄戦での大量虐殺とウチナーのアメリカ統治、母親の自堕落な生活、その結果、アメラジアンとして生まれてきたこと、自分のなかに流れるおぞましい血――すべてが一本でつながってるわ。母親殺しはそうしたものを終らせるための衝動殺人だったはずだけど、そこからまた、あの人の地獄が始まったんだと私は思うわ」

恵子は淡々と口にしてから、ふわりと笑みを投げかけた。燿子は笑顔を受け止めきれず、そっと右手を古酒のグラスに伸ばして口に運んだ。この人はまだ嘉手川に心を残している。

「私のときは、自分の過去をすべて話し、堕ろすのか別れるのか二者択一を迫ったのに、燿子さんの場合、あの人はそれをしなかった。何も話さず、何も求めず、ただ姿を消しただけ。死に場所を探すために、自分の目と耳をしっかりふさいで現実逃避をしただけ……ねえ、これって不公平だと思わない。ねえ、そう思わない、燿子さん？」

淡々とした口調だったが一気にいった。

「それは」

燿子は口ごもった。

「なぜなの」

うめくような声を出す恵子に、燿子はグラスを両手でしっかり握りこんでうつむいた。何も答えられなかった。目を伏せて両肩を落すくらいしか、為《な》す術《すべ》がなかった。

「あの人は燿子さんを真剣に愛していたから。だから怖くて何を話すこともできず、何をすることもできなかった。燿子さんの前から姿を消すぐらいしか」

そうかもしれないし、そうでないかもしれない。恵子の視線が体中に突きささるのを感じた。

「ごめんなさい」

ふいに恵子の柔らかな声が耳をつつんだ。

「来年、結婚するつもりの女がつい莫迦なことをいっちゃった。全部忘れて。何がどうなろうと、私と嘉手川はもう縁のない間柄なんだから。私もこれからはしっかり幸せになるつもりだから、燿子さんも……」

語尾がかすれて部屋の空気に熔《と》けこんだ。

「飲も」

ことさら明るい声を恵子はあげた。

「はい」

とうなずく燿子の胸に、嘉手川の右手が再び鮮明に浮びあがった。二人は無言でグラスを口に運びつづけた。

燿子はベッドからのろのろと起きあがり、洗面所に向かった。

鏡のなかには昨日までの自分とはまったく違う女の顔が映っている。顔が変るはずはないが、少なくとも燿子にはそう見えた。

恵子の話を聞いてあらゆるものがひっくり返った。燿子がいまだに嘉手川を忘れられないのも、もし子供ができていれば産むつもりでいたのも確かだった。だが今は。

心が揺れている。ふらふらと揺れている。世の中には知らないほうがいいことがあると、何人もの人間がいった。その通りだと今は素直に思う。もし恵子から嘉手川の過去を知らされなければ、自分は迷いはしても結局はお腹の子を産むことにしただろう。シングルマザーなど掃いてすてるほどいるのだ。

「どうするの、燿子」

鏡に向かって声を出してみた。

とまどい気味の生気のない顔が燿子を見ていた。ひどく間の抜けた顔に見えた。

「私は醜くなっている」

確かな思いだった。

こみあげるものを感じた。鏡のなかの顔がくしゃりと崩れた。だが泣くわけにはいかない。自分は泣く資格のない女なのだ。

「私はどんどん嫌な女になっていく」

鏡のなかの醜い顔の女がいった。

燿子は鏡のなかの顔を凝視しながら、無理に笑みを浮べてみた。やはり醜い顔だった。どんなに意識的に顔を変えようと、鏡のなかの表情は同じだった。

その夜、燿子は小谷と一緒に渋谷のサモンに出かけた。強い酒が飲みたかった。嘉手川の飲んでいた生《き》のバーボンだ。気心の知れた相手と強い酒が飲みたかった。一人で飲むのは辛《つら》すぎた。

「おや、岩下様。お久しぶりでございます」

吉村の温かみのある懐かしい声が燿子を迎えた。

「今晩は」

とわずかに会釈を返す燿子に、

「今日はまた、随分と渋くて大人《おとな》でいらっしゃる紳士とご一緒で」

「紳士といわれたのは生まれて初めてだな。光栄の至りだが、着てるものだってそのへんの量販店のつるしだぜ」

小谷が面白そうに反論すると、

「紳士の第一条件は中身です。中身が本物なら、どんなものを着ていらしても一流のブランドものに無理なくスライドするものなのです」

「ほうっ、そういうものなのか」

小谷はどっこいしょといいつつカウンターの前に腰をおろす。燿子も隣にそっと体をすべりこませ、

「バーボンのストレートを」

と吉村にかすれた声でいう。

「ストレートって。お前さん、そんなに酒が強かったかな」

「強くはありませんが、懲罰のためにはストレートがいちばんいいのです」

「懲罰？」

と怪訝そうに小谷はいい、

「じゃあ俺も同じもので水割を」

「かしこまりました」

吉村は大袈裟《おおげさ》に喉仏《のどぼとけ》を上下させながら、柔らかな声でいう。蝶《ちょう》ネクタイがぴくっと動いた。

「しかしまあ、彼の故里がわかってよかったじゃないか。あとは現地に飛んで自分の心を満足させれば一件落着だ」

ことさら明るい口調で小谷はいった。

「そんなに簡単にはいかないわ。いろいろ複雑な問題がありますから」

「複雑な問題か。それは困ったな。だが、問題を複雑にするのは他の動物にはまねのできない人間の特権でもある。それだけお前さんが人間らしいということだ。なあ、マスター」

「もちろんです。わざわざ懲罰のためにストレートをお飲みになるなど、並の人間にできることではありません。岩下様はやはり本物です」

吉村は二人の前にストレートと水割をそっと置く。

「おい、誉《ほ》められたぞ」

「本物の嫌な人間なんです」

ストレートをごくりと咽のなかに流しこんだ。焼けるような刺激が咽の奥を突き抜ける。嘉手川がいっていたように、まさに打擲《ちょうちゃく》される感覚だ。

燿子は躊躇なくストレートを咽の奥に流しこみ、小谷は水割をちびちびと口に運んだ。

「もしですよ」

と燿子が視線を前に向けたまま口を開いた。

「もし、編集長が好きになった女性が、殺人の前科を持っていたらどうします。すぐに別れますか、それともそんなことは関係ないといってそのままつきあいますか」

「ううん」

と小谷は低く唸《うな》ってから燿子の顔をじろりと見て、

「また、難しいことを訊いてくるなあ。そうだな、もし俺が十代の若者ならそのままつきあうし、四十代の壮年だったら別れるだろうなあ」

「二段構えですか」

「そうだ。人間というのは悪知恵が働くからな。ちなみにいえば、どちらの行動が美しいかというと十代で、四十代の選択は賢いといったところだな。むろん、どちらがよくてどちらが悪いと、いちがいにいえないのは確かだ。美しさをとるか賢さをとるかという問題だな」

小谷は水割をちびりと口に含む。

「じゃあ、吉村さんならどうします」

燿子は質問を、カウンターのなかでグラスを磨いているバーテンダーに向けた。

「私ですか。お客様のお話には見ざる、聞かざる、言わざるを通すのが鉄則なんですが……それでは駄目でしょうか」

蝶ネクタイがぴくぴく動いている。

「駄目よ。ちゃんと聞いてたんでしょ、私の質問を」

「それはまあ」

と吉村は磨いていたグラスを下に置き、

「私はそろそろ七十になりますが、いちおう六十代の意見としていわせてもらえば、眩《まぶ》しいほうをとりますね」

「眩しいほうって？」

「それはいわなくても自明の理じゃございませんか」

吉村は上品な微笑を口許《くちもと》に浮べ、

「もうひとつついでにいわせていただければ、どちらを選択いたしましても、人間というものは必ず後悔するものです。でしたら……それに百年も二百年も人間は生きられるものではありませんし」

「そうだ。人間は百年も二百年も生きられない。苦労なんぞしたってしれたもんさ。だったらなるべく面白いほうを選べ。そのほうが人生は楽しい」

小谷が大きくうなずいた。

「面白いほう？」

「面白いほうは面白いほうさ。楽しいのでもなく幸せというのでもなく、文字通り面白いほうさ。後ろに手が回らなければ、何をやっても大丈夫だ」

燿子が首を傾《かし》げると、

「現場へ行ってきめろ。考えれば考えるほど堂々巡りになるだけだ。それより直感だ。動物的勘《かん》だ。考え抜いて間違ってたら人間は腹を立てるが、直感できめて間違えてもそれほど腹は立たないものだ」

「直感ですか」

「そうだ。で、今度はいつ発《た》つんだ」

「明日の午前の便で行こうと思っています」

「そうか。帰りはいつになるんだ」

「さあ」

と燿子は困惑した表情を浮べ、

「一週間ですむのか二週間かかるのか。ひょっとしたら本土へはもう戻らないという選択肢もありますし」

「もう戻らないか……そうだな、あるいはそれが正解かもしれんな」

「…………」

「どちらへ、いらっしゃるんですか」

カウンターのなかから吉村が、ひょいと口を出した。

「沖縄です」

という燿子の答えに、

「沖縄ですか。いいですね。年を取ると暖かなところがいちばんです。永住するには最適でしょうね」

「そうですね」

と答える燿子の胸に、それもいいかもしれないという考えが、ふいに湧《わ》いた。

6

沖縄の空は今日も抜けるように青い。

白っぽい風景と青い空。こんな色彩のなかにどっぷりとつかれば大抵の悩みはどこかへ行ってしまう。しかも陽《ひ》の光は火傷《やけど》をするほどに熱いのだ。のんびりふわふわと楽しく生きなければ体のほうがもたなくなる。

燿子はそんなことを考えながら『ちゅらうみ』の扉をそっと押した。食堂につづくカウンターの向こうには祐月がいた。目が合った。祐月はもう夏休みなのだ。

「お帰りなさい、燿子さん」

という祐月に、ただいまと言葉を返しながら、「お帰りなさい」とは祐月もいいことをいうと燿子は一人で納得する。

「東京のほうはどんなでしたか」

やけに機嫌のいい声を祐月は出して、ルームキーをカウンターの上に置いた。

「暑くて人が多くて、いいことなんてひとつもない。こっちのほうがまだいいわ」

その言葉通り、いいことなどなかった。あったのは衝撃的な事実を知ったことだけだ。

「お客さんの入り具合はどう」

と訊《き》いてみると、

「来週からほとんど満杯になるみたい。現在は中井さんご夫婦と燿子さんだけ。ダイビング目当ての若い人たちは昨日チェックアウトしましたから」

「そう。それなら静かでいいわね」

燿子は提《さ》げていた紙袋をカウンターの上に置き、

「東京のおみやげの人形焼」

「わあっ、ありがとうございます」

祐月は素直に礼をいい、

「圭、燿子さんが、おみやげをくれたよお」

と奥に向かって大声をあげた。

祐月の機嫌の良さの原因は圭だ。夏休み中、祐月はずっと圭と一緒にいられるのだ。片づけ物でもしていたのか、裏につづく扉があいて圭が顔を見せた。燿子の顔を見てぺこりと頭を下げた。燿子の胸に圭との約束がふいに浮びあがる。

東京から戻ってきたら——砂浜で圭とキスをしたあとにかわした約束だ。

圭がちらりと燿子の顔に視線を走らせ、すぐにそらした。熱い視線だった。どうやら二人はまだ体の関係はないようだ。祐月のことだから自分が東京に行っている間にと、考えたりもしたが、そんなこともなさそうだ。

「それで、裏の片づけはすんだの、圭」

「もう少し」

ぼそっという圭に、

「じゃあ早くすませて。そうしたら二人でおじいが戻るまで外に出られるからさ」

「うん」

といって圭はまた裏につづく扉を開けて出ていった。

余裕のある笑顔をいっぱいに浮べて祐月は厨房《ちゅうぼう》の仕事に戻った。

「これ、ありがたくいただきます。私も仕事がありますから」

二階につづく階段を上り、部屋に入って大きなバッグを床に置き、ほっと吐息をもらす。バッグから地図を取り出してベッドの上に広げ、へりにそっと腰をおろす。

那覇の図書館に行き、今は廃村になっている嘉手川の生まれた与原村《ようばるそん》の詳細な地図を探して、コピーしてもらったものだった。

これがあれば村までは何とか行けるだろう。問題は御嶽《うたき》の場所と白い穴だ。これは行ってみなければわからない。村といってもけっこう広い。はたして本土の人間である自分にそんなものが探しだせるかどうか。

燿子は体を仰向《あおむ》けにベッドの上に倒した。

市場通りの様子が脳裏に浮んだ。

那覇空港に着いてから燿子は今日も市場《マチグワー》によってみたのだ。あの猥雑《わいざつ》感が忘れられなかった。心の襞《ひだ》を揺さぶる何かがあった。人の多さは同じでも東京の雑踏とはまったく違う。東京の人込みには猥雑感などはなく、人のにおいは希薄で乾いていた。

燿子は最初に来たときと同じ道筋をたどって歩いた。みやげ物屋のなかには老婆《ろうば》がいて、サーターアンダギーを揚げている。

「あい、この前の魂《マブイ》を落したねーねーじゃないねえ。そうだねえ。おばあはちゃんと覚えているさあ」

一つ買うと老婆は、この前と同じようにもう一つおまけしてくれた。

頰張《ほおば》りながら、嘉手川が仕事をしていた『模合プロ』の前まで行くと、年代ものの建物の扉が固く閉ざされているのがわかった。表に貼り紙《はりがみ》がしてあり、

『模合プロは都合により解散することになりました。長い間、お世話になり、本当にありがとうございました。なお、御用がおありの方は各自の携帯電話におかけください。よろしくお願いします——代表・山里』

あの沖縄の若者たちはもうここにはいないのだ。どんな理由からなのか、ばらばらになって一人一人の道を歩むことになったのだ。

燿子はしばらくぼうっとその貼り紙を見つめつづけた。訪ねたのはまだほんの十日ほ

ど前のことだった。奇妙な淋《さみ》しさが胸全体をおおった。赤瓦《あかがわら》の上にちょこんと座っているシーサーもどことなく覇気がなく、体を小さく竦《すく》めているように見えた。

すぐ上に広がる公園に行ってみると、先日と同様、たくさんの猫がいた。気持よさそうに草の上に体を投げ出している。ほっとした。何の変りもなかった。

大きな白い猫が草のなかで手足を伸ばしてあくびをした。ミャーッと鳴き声をあげて耀子の顔を見た。目が合った。ふいに嘉手川の顔が浮んだ。

「莫迦野郎《ばかやろう》」

胸の奥に乱暴な言葉が湧《わ》いた。

公園の上から屋並を見おろした。

初めて訪れたときの、沖縄に対する違和感は徐々になくなりつつあった。

このすぐあと、耀子は図書館に向かったのだ。

寝ていた体を起こし、もう一度地図を眺めようとすると、目の端が窓の外をとらえた。人がいた。祐月と圭だ。二人は仲よく並んで砂糖《ウージ》きび畑のなかの道を歩いていく。耀子の目が二人を追う。やがて二人の姿が砂糖きび畑のなかに消えた。砂糖きびがさらさら揺れた。耀子の胸がぎりっと鳴った。立ちあがって部屋を飛び出し玄関に降りた。

外に出ると暑さが体中に突き刺さった。

砂糖きび畑のなかの道を耀子もたどるが、圭と祐月のあとを追ってなかに分けいる勇気は持っていなかった。燿子は道を歩きながら、圭の家に行ってみようと思った。圭がいなくても、畑に出ていなければトミはいるはずだ。むしょうに顔が見たかった。

庭先に入って声をかけると、奥からトミの声が聞こえた。

「あい、燿子さん。東京へ行ったって聞いたけど戻ってきたんだねえ」

トミは燿子を手招きして座敷のなかへ誘った。すぐに座敷机の上に冷たいさんぴん茶が置かれた。風がすうっと通った。

「嘉手川さんの別れた奥さんに会ってきたんだねえ」

「はい。おかげさまで恵子さんに会うことができました。ありがとうございました」

燿子は深々とトミに頭を下げた。

「よかったさあ。それで肝心の話は聞くことができたかねえ」

「はい。知りたいことはすべてわかりました。恵子さんが全部教えてくれました」

トミは大きく何度もうなずいた。

「嘉手川さんの故里《ふるさと》は与原村というところで、二十五年ほど前に廃村になったそうです」

「ああ、与原だったんだねえ。ヤンバルの先っぽにあった村だねえ。嘉手川さんは与原で育ったんだねえ」

トミは遠くを見るような目つきで燿子を眺めた。

「それで、今日那覇の図書館に行って、与原村の古い地図を探してもらってコピーをとってきたんです。それを見ながら行けば私でもたどり着くことができると思って。ただ、たどり着いても御嶽のある場所はなかなかわからないだろうと思って困っていますが」

「燿子さん。そりゃあ駄目さあ」

トミは顔の前で大きく手を振った。

「駄目というのは」

「地図があっても、内地《ヤマト》の人が与原にたどり着くなんて無理にきまってるさあ。廃村になってるんだよう。道だってあるかないかわからないさあ。草ぼうぼうで道の形なんか消えていると思うよ。ウチナーの人間ならともかく、内地の人には無理な相談だねえ。ハブに咬《か》まれるのが関の山さあ」

「…………」

「ヤンバルの原生林を甘く見たら駄目だよお。燿子さん一人じゃ迷子になって野たれ死んじゃうさあ」

トミは頭を何度も振った。

「じゃあ、どうすれば」

「照屋のおじいに頼めばいちばんいいんだけどねえ。頼みづらいだろうからさあ、おばあが頼んであげようかねえ」

「いえ。そこまで甘えては罰《ばち》が当たります。自分で頼んでみますから大丈夫です」

与原がそんなやっかいな場所だとは考えもしなかった。地図があれば誰《だれ》でも行けると思いこんだのが大きな間違いだった。町のなかと山のなかでは条件がまったく違うのだ。いわれてみれば、道などがそのままの形で残っているはずがなかった。

「一人でちゃんと、あのおじいに頼めるかねえ。あのおじいは相当な頑固者《グアンクー》さあ、ちゃんと話を聞いてくれるかねえ」

「大丈夫です。きちんと話は聞いてくれるはずですから、力にもなってくれるはずですから心配ないと思います」

確信があった。照屋は自分と嘉手川の間には、互いによく似た同じ業《ごう》のようなものがあるといっていた。もし、そうであるなら照屋のほうは……とにかく必ず話は聞いてくれるはずだ。

「そうかねえ、それならいいけどさあ」

とトミはなおも心配げな表情で耀子の顔を見つめ、

「耀子さん。あんたひょっとして、東京で何かとんでもない辛《つら》い話を聞いてきたんじゃないのかねえ。おばあはさっきから、そんな気がしてならないさあ」

耀子の胸がとたんに疼《うず》いた。

辛い話だった。あんな辛い話になるとは思わなかった。耀子は下腹に意識を集中する。

この赤ん坊をいったいどうしたらいいのか。いまだに結論は出ていなかった。

「辛い話を聞いたのは確かです。世の中には知らないほうがいいということがあるのを、身をもって知りました」

口に出したとたんに目の奥が熱くなった。歯を食いしばってこらえた。

「燿子さんを見たときからそんな気がしてたさあ。東京へ行く前とは顔つきが全然違うものねえ。魂《マブイ》が泣いているもんねえ。ずっと涙を流しつづけているもんねえ。ひょっとしてお腹《なか》の赤ん坊に関係のあることとなんじゃないのかねえ」

「…………」

「おばあにはわかるさあ。沖縄《ウチナー》の女だからねえ。母親の気持はよくわかるさあ。辛かったんだねえ。どうねえ、おばあに話してみる気はないかねえ。話して楽になりましょうねえ」

柔らかなトミの言葉に燿子の胸がぎゅっと締めつけられた。ようやくわかった。むしょうにトミに会いたかった理由だ。自分はトミに慰撫《いぶ》されたかったのだ。優しく慰めてほしかったのだ。だから足がこの家に向かったのだ。

「どうかねえ、燿子さん」

再びうながすトミに燿子は夢中で首を振った。何度も何度も振った。トミに慰めてもらうわけにはいかない。

燿子の胸に圭の顔が浮んでいた。どんな理由からなのか、燿子自身よくわからないものの、自分は圭に執着している。誘惑してキスさえしている。そして……。

トミは圭の祖母だった。いくら嫌な女になり下がったとしても、圭の祖母であるトミに慰めてもらうわけにはいかない。そこまで甘えることなど許されることではなかった。

「燿子さん」

と、またトミが呼んだ。

思わず涙が湧き出そうになった。泣いてはいけないと我慢した。涙を見せるのは甘えることだ。甘える資格のない女だった。

「おばあさんに話すわけにはいきません。私だけのことではなく、これは嘉手川さんのことでもありますから。どんなに辛くても自分の胸に納めておかなければ……」

歯をくいしばりながら答えた。

「わかったさあ。悲しいねえ。母親になるということは辛いことだねえ。男にはわからない生の辛さだねえ。大丈夫ねえ燿子さん。耐えられなくなったら、いつでもおばあに話せばいいさあ。おばあはいつでも待ってるからねえ、いつでもねえ」

体をまるごとふわっとつつみこむような、柔らかな声だった。

「今日は帰ります」

思わず立ちあがっていた。

「そうなのかい。じゃあ、おばあの顔が見たくなったらいつでもおいでねえ。おばあはいつでも待ってるからねえ」

トミはかんで含めるようにいった。

外に出ると六時近いというのに、まだ充分に陽は高かった。熱気がさっと燿子の全身をおおった。

砂糖きび畑に囲まれた道を少し行くと前から人が歩いてくるのがわかった。胸がどきっと鳴った。圭だ。祐月と別れて帰ってきたのだ。

「ねーねー」

と圭がすがりつくような目を向けてきた。

「あら、圭君。祐月ちゃんとのデートはもう終ったの。どう、楽しかった」

また嫌な女になりつつある。さっき辛い思いをしたばかりなのにこの言葉は何なのだ。とまどいを覚えたが、言葉はさらに燿子の口から迸《ほとばし》り出た。

「私、見ちゃった。圭君と祐月ちゃんが砂糖きび畑のなかへ入っていくところを。圭君とっても嬉《うれ》しそうだったじゃない」

「そんなこと……」

圭がかすれた声でいった。泣き出しそうな声だった。

「そうなのかしら。私にはそう見えたけど。それで今日は砂糖きび畑のなかで何をしてきたの？」

嫌な言葉が次から次へと湧いて出た。

「正直にいいなさい。いわないと私、圭君のことをきっと嫌いになると思う」

圭の両目に怯《おび》えが走った。

「抱きあった」

ぼそっといった。

「それだけ、本当に」

「キスもした」

「キスもしたんだ。他にも何かしたんじゃないの」

睨《にら》みつけるように圭の顔を見た。

「祐月が僕のを触ってくれた。それだけさ、それで本当に終り」

「さわってもらったの。どんなかんじだった。気持よかった？」

いったい自分は何をいっているのか。これ以上は口を開かないでおこうとしたが、自然に言葉がすべり出た。

「どうなの、圭君。はっきりしなさい」

叱《しか》りつけるようにいった。

「気持、よかった……」

圭は低い声を出し、完全にうなだれてしまった。

「そう。それでも私とセックスがしたいの」

びっくりするほど高飛車な声が口から飛び出した。圭がゆっくりとうなずいた。燿子の胸に満足感が走った。

「わかったわ。じゃあ、圭君は明日どんな予定になってるの」

「おばあの手伝いで畑仕事。でも抜け出そうと思えばいつでもできる」

「じゃあ抜け出しなさい。明日の午後一時。この前のところで待ってるから。私は絶対に約束は守るから」

圭がこくっとうなずいた。

「じゃあ、明日」

燿子はさっと圭の前を離れた。

唇をかみしめた。自分で自分に腹が立った。何という情けない女なのだ。大股《おおまた》で道路を蹴《け》りつけながら歩いた。すぐに肩が落ちた。自己嫌悪だ。日増しに嫌な女の度合いが強くなっていくのを燿子は感じた。

悄然《しょうぜん》としてペンションの玄関に通じる道に曲がると、前を二人の男女が歩いていた。中井夫妻のようだったが、いつもとは様子が違って見えた。いつもは正面で今日は後ろ姿ということだけでもなさそうだった。背中が縮んで元気がないように見えた。後ろ姿の全部がくすんでいた。

妙な夫婦だった。本当にちゃんとした夫婦なのだろうか。燿子の目には、わけありの男女としか見えなかった。あの年齢で炎天下を毎日歩き回って、いったい何を見物しているのか。どう考えてもわからなかったが、わけありといえば燿子自身がそうなのだ。他人のことをとやかくいえた身分ではなかった。

中井夫婦が、ちゅらうみの玄関に消えた。ふいに、このペンション自体がわけありという言葉にぴったりなのに燿子はやっと気がついた。

夕食のあと、燿子は厨房に行き、まだ包丁を握っている照屋に声をかけた。

「ちょっとお話があるんですが、聞いてもらえないでしょうか」

照屋はじろりと燿子を睨みつけたものの、そのまま無言で視線を外した。

「東京へ行って嘉手川さんの別れた奥さんに会ってきました。恵子さんです。いろいろなことを教えてもらいました。嘉手川さんの故里が、今は廃村になっている与原村だということも聞きました」

照屋の視線がまた燿子をとらえた。大きく見開いた目だった。

「嘉手川さんがその村に小学三年生までいたこと、その三年生の秋に那覇に行っていたお母さんがその村にやってきて家のなかで諍《いさか》いになり――」

「待ちなさい」

突然、照屋が大声をあげて燿子を制した。厨房のすみで後片づけをしていた祐月が驚いた表情で二人を見た。

「九時でいいかな」

と照屋は小声でいって燿子を見た。

「はい」

「じゃあ、その時間にここで。話はそれからするさあ」

嗄《しわが》れた声だった。両目に困惑の色が浮んでいた。

「はい」

燿子は乾いた声で返事をして厨房を出た。

そのまま階段をあがり、部屋に入ってベッドに腰をかけた。九時まではまだ一時間半ほどあった。

燿子は、傍らのバッグのなかから嘉手川の使いきりカメラを取り出した。

何の変哲もないカメラだった。ちっぽけで安っぽい、軽すぎるほどのカメラだったが、燿子の手にはずしりと重かった。いったい何が写っているのか。現像に出せばすぐに答えが出るのに、自分は何を畏《おそ》れているのか。自分に対する嘉手川の気持……嘉手川は燿子を真剣に愛していたと恵子は東京でいったが、しかし——。

燿子はカメラと一緒に置いてあったメモの文面を胸のなかで反芻《はんすう》する。

『何とか精一杯生きてきたつもりだった
でも、もう限界を超えたようだ
楽になりたい
ささくれた命が悲鳴をあげている
御嶽に戻って眠りたい
悪かった……岩下燿子様』

なぜ、嘉手川はこの文面の最後で謝っているのか。急に姿を消したことに対する単なる謝罪。それともこの一年間の燿子との関係は淋しさを紛らわせるためのきまぐれだったとでもいいたかったのだろうか。その証《あか》しがこの小さなカメラのなかに納まっていたとしたら。

燿子はぎゅっと唇をかみしめる。

もしそうだとしても、燿子はやはり嘉手川が好きだった。きまぐれであろうが慰みであろうが、好きになったものはどうしようもなかった。嘉手川が自分のことをどう思っていようが、燿子は嘉手川が好きだった。だからあとを追って沖縄まできたのだ。殺してやりたいほど憎かったが、心の奥底は嘉手川を求めて血が滲《にじ》むほど疼いている。

たとえ、ひとかけらの骨でもいい。嘉手川が欲しかった。嘉手川重吾という人間の確かな証しが欲しかった。

だが自分は、そんな気持を胸の奥底に封じこめながら、この沖縄で何をしているのか。

「圭」

と燿子は口に出して名前を呼んだ。

柔らかな唇と辛《から》さと酸っぱさのまじった圭の汗の味が蘇《よみがえ》った。

もしかしたら圭とのことは一種の保険ではないのか。否定的なものがカメラに写っていた場合の衝撃をやわらげるためのもの。現実からの逃避だ。そんなときのために圭の心を手許《てもと》に置いておきたいのではないのか。

燿子は大きな吐息をもらした。

手の上のカメラを睨みつけた。

自分の下腹部にカメラをおずおずと押しあてた。小さな命がすぐ下にいるのだ。嘉手川と燿子の子。両目を閉じた。カメラを押しつける手に力をいれた。奇妙な快感が下腹部全体に走った。

燿子はかすかに声をあげた。ふいに腹のなかの何かが動いたような気に襲われた。まだ三カ月目だった。動くはずがなかったが、燿子の神経は確かにそれをとらえた。

「幸子」

言葉が迸り出た。

嘉手川の証しといえばこれ以上の証しはなかった。正真正銘、二人の子供だった。だが自分はこの子を……。

燿子は肩を落して唇をかんだ。

九時に厨房に行くと、すでに照屋は待っていて椅子《いす》に腰をかけてうなだれていた。

「すみません、お待たせしたようで」

燿子が声をかけると、

「あっ、いや」

と照屋は低い声をあげて、自分の前に置いた椅子に座るように燿子をうながした。

そっと腰をおろす燿子に、

「何もかも知ったんだねえ」

照屋は嗄れた声を出した。語尾が震えていた。

「しかし、よく嘉手川さんの前の奥さんがあのことまで、あんたに」

頭を振った。何度も振った。

「最初は教えてくれませんでした。知らないほうがいいことも、この世の中にはあるっていって。でも」

「でも、どうしたもんかねえ」

照屋がまた嗄れた声をあげた。

「私のお腹には嘉手川さんの子供がいるんです。三カ月になります。そのことを恵子さんにいったら、あなたにも知る権利があるからって、小学三年生のときのことを——」

「子供！」

照屋の口から悲鳴のような声があがった。

「あんたは嘉手川さんの子供を身籠《みごも》っているのか。嘉手川さんはそのことを」

「知りませんでした。ひょっとしたらという危惧《きぐ》は抱いていたかもしれませんが」

「あんたは、その……子供を、どうしようと思っているねえ。産むつもりなのか、それとも」

つっかえつっかえ、照屋はいった。

「わかりません。恵子さんから、嘉手川さんの母親殺しのことを聞くまでは産もうと思っていたんですが、あの話を聞いてから私の決心はぐらつきました。産んでもいいものなのかどうなのか、正直なところをいえば迷っています。いったいどうしたらいいのか」

耀子は両肩をすとんと落した。

「そうか、子供がなあ」

照屋は自分にいい聞かせるようにいい、

「それを最初にいってくれれば、すぐに与原の村まで案内しよったのに」

「案内してくれるんですか」

耀子の視線が照屋の顔をとらえた。

「あたりまえさあ。いつでも案内するよ。あんたは嘉手川さんにとって特別な人なんだからねえ」

ほっと溜息《ためいき》がもれた。耀子は照屋が案内を拒むようであれば、威《おど》してでも同行させるつもりだった。

照屋は嘉手川と同じような業を背負っているといっていた。嘉手川が親殺しの罪を犯しているのなら、照屋も同じような罪を背負っているはずだった。

「照屋さんは以前、嘉手川さんとは互いによく似た、ひどいものを引きずっている間柄だとおっしゃってましたよね。それって」

耀子の言葉が終らないうちに、

「そうさあ。わんも人殺しさあ。もう六十年も前だが、わんはこの手で人を殺したさあ」

低い声だったが、照屋ははっきりといった。

「六十年前って、ひょっとして太平洋戦争の沖縄戦」

「そう、あの無意味な戦いさ。日本軍はウチナーを死守するつもりなど、最初からなかったよお。ウチナーを米兵にぶつけて時間かせぎをしたかっただけさあ。米軍が内地《ヤマト》に攻めてくるまでの」

「…………」

「その無意味な戦いで日本兵は十万人、米兵が五万人、ウチナーの民間人は二十万人も死んでるんさあ。あれほど民間人をまきこんだ戦いは世界でも例がないよお。日本軍はウチナーの人間を人質にして米軍に戦いを挑んだわけさあ」

「民間人を人質に！」

「そうさあ。どれほど沢山のウチナーンチュが、日本兵に殺されたやら。ウチナーンチュはいつもいってたさ、米軍より、日本軍のほうが怖かったってなあ」

照屋は一気に喋《しやべ》った。肩が大きく喘《あえ》いでいた。陽に焼けて無数の皺《しわ》を刻む照屋の頑固な顔が歪《ゆが》んでいた。照屋は話をしながら体を小刻みに震わせ、両の拳《こぶし》を力一杯握りしめていた。

「照屋さん！」

と低く叫ぶ燿子に、

「燿子さん、聞いてくれるか。六十年も昔のおぞましい出来事を。今までわんがこのことを話したのは嘉手川さんただ一人だったが、その嘉手川さんもおそらく死んでしもうとるだろうし。なあ、燿子さん。あんたが代りにおじいの話を聞いてくれるかねえ」

照屋は、深い皺でおおわれた顔を真直《まっす》ぐ燿子に向けた。

「はい。聞かせてください」

燿子ははっきりいってうなずいた。

7

昭和二十年四月十八日。

照屋たち本部《もとぶ》半島の住民約三十人は、二十人ほどの日本兵と一緒に天然の洞窟《ガマ》を利用した壕《ごう》のなかにいた。

入口は狭かったが、なかに入るにつれて膨らみを見せ、広い場所では二十人ほどの人間が寝起きできた。起伏のある洞窟《どうくつ》は袋小路になった枝道もあり、本道の長さは三十メートルほどで出口はなかった。

照屋たちが洞窟にこもって半月ほどが過ぎていた。最初は土地の者だけだったが、途中からこれに日本兵が加わった。

海を埋めつくすと形容された、米軍の千四百をこえる艦船と総数五十万以上の大兵力が、本島中部西海岸の嘉手納《かでな》海岸に上陸作戦を開始したのが四月一日だった。

その一週間ほど前の三月二十六日に米軍は慶良間《けらま》諸島を攻略し、四月十六日には本部半島の沖合にある伊江島に上陸した。

伊江島には昭和十八年から島民を総動員して造られた、東洋一といわれる伊江島中・

東飛行場があった。米軍が咽《のど》から手が出るほど欲しい飛行場だった。日本軍は米軍に使用されるのを畏《おそ》れ、上陸前にこの飛行場を破壊した。

当時伊江島には二千七百人の日本軍と三千八百人の島民がいたが、守備隊は米軍の上陸を迎え撃つために、島中央にある城山《ぐすくやま》の地下に島民をひきつれてこもり徹底抗戦した。島民の女性にまで、竹槍《たけやり》や手榴弾《しゅりゅうだん》を持たせて米軍に立ち向かわせるという無謀な戦いがつづいていた。

本部半島の主力である国頭《くにがみ》支隊は後方にそびえる八重岳にたてこもっていたが、米軍は四月十四日にここの総攻撃を開始する。十七日には国頭支隊二千数百人はほとんどが戦死したが、この八重岳から逃れた兵隊たちの一部が照屋たちのひそむ洞窟に合流してきたのだ。

砲弾の飛びかうなかを駆けこんできた、総勢二十人ほどの兵隊たちの長は飯塚《いいづか》という陸軍少尉だった。年は四十歳前後で、肩で大きく息をして洞窟に侵入してきたときから居丈高だった。

「ここは今より帝国陸軍が借りうける。これから先、お前たちは我々の手となり足となって働くことを命令する」

飯塚はいい終るなり、腰の軍刀を引き抜いて照屋たち住民に向けて一振りしてから、睥睨《へいげい》するように見回した。

洞窟にひそんでいた住民は女や子供、年寄りがほとんどで若い男は照屋一人だった。照屋は二十五歳で三つ下の妻のユキと一歳になる正作《しょうさく》とともにこの洞窟にじっとひそんでいた。万が一のときには沖縄全土に無数にある洞窟にこもって住民ともども米兵に立ち向かうという、いわゆる洞窟戦が沖縄守備隊の戦法で、こもる洞窟もそれぞれに割り当てられていた。

「おいお前」

飯塚が照屋に軍刀の切っ先を向けた。

「その若さで、なぜこのようなところにいる。兵役はどうなっているんだ」

「自分は」

と照屋は一瞬口ごもり、

「徴兵検査で丁種不合格となりました……自分は足が不自由なもので満足に歩くことができません」

できる限り標準語に近い言葉で答えた。軍人の前では沖縄語を使うな——軍からの厳命だった。

「足が不自由だと」

飯塚は抜き身を手にしたまま照屋のそばに近づき、

「徴兵忌避で自分で傷つけたんじゃないだろうな。見せろ」

照屋の足は小学生のとき、砂糖きび《ウージ》の刈り入れの手伝いをしていて牛の引く荷車の上から振り落とされ、踝《くるぶし》の上を車輪でつぶされたものだった。決して新しいものでないことは一目瞭然《いちもくりょうぜん》だ。

「非国民が」

ズボンをまくりあげた、照屋の変形した踝を眺めて飯塚は吐きすてるようにいい、

「八重岳にたてこもった、宇土《うど》大佐率いる国頭支隊は全滅した。米軍はなおも伊江島を占拠すべく今も攻撃の手をゆるめていない。すでにこの辺りにも上陸を開始している。我々はここに陣を構え、押しよせる米兵を迎え撃つ。もとより玉砕《ぎょくさい》は覚悟のうえだ。お前たちもそのつもりで鬼畜米英に立ち向かえ。投降は許さん。もしそのような者が出た場合即座に射殺する」

凄《すさ》まじい目で住民を睨《にら》みつけた。が、その目が落ちつきなく、左右に揺れているのに照屋は気づいた。

「すべては沖縄を守るためだ。お前らのためだ」

飯塚はようやく軍刀を納めて獣《けもの》のように吼《ほ》えた。

が、最初はともかくとして、日本軍には沖縄を死守する気持は薄かった。時間かせぎといってもいい。米軍の主力が本土に矛先を向けるまで、できる限り多くの時間をかせぎたいのだ。戦線が進むにつれ、沖縄は徐々にすて石の様相を濃くした。

前年の十一月。沖縄を守る第三二軍の許《もと》へ、突然大本営《だいほんえい》から一師団を台湾《たいわん》へ転出させよという命令が下った。一師団といえば沖縄全軍の三分の一だった。この、沖縄戦を甘く見た大本営の考えによって、三二軍は防衛戦略を根底から変えなければならないはめに陥るのだ。

それまでは米兵の上陸に対して水際で総力をあげて迎え撃つというのが主戦法だったが、これができなくなり、本島南部の島尻《しまじり》地区に下がって持久戦に持ち込む戦法に切り換えられた。島尻地区は人口密集地域で、これが多くの住民を巻きこむ結果になる沖縄戦の悲劇の始まりだった。

「ここには食い物があるか」

飯塚がまた怒鳴った。

「はい。少しくらいなら」

「少しとはどれくらいか」

「ここにいる者の一週間分くらいさあ。兵隊さんたちが加われば、三、四日分ということになるでしょうか」

年寄りのなかの一人がいった。

「水は」

「井戸は近くにはありませんからねえ。自然水を利用して、みんなで分けあって飲んでますよお」

年寄りの言葉に、

「自然水が湧《わ》いているのか」

「いえ。岩からたれてくる水のことですよお。これを甕《かめ》で受けて」

年寄りは洞窟の天井から下がる鍾乳石《しょうにゅうせき》を指差した。飯塚は顔をしかめて、

「医薬品などはむろん、ないだろうな」

「晒《さら》し布《ぬの》と泡盛《あわもり》が――」

とたんに兵隊たちから、どよめきが上がった。

「それはいいな」

飯塚は大きくうなずいてから、

「おい、負傷者をどこか平らなところに運んでやれ」

よく見れば兵隊たちのほとんどの衣服は破れ、むき出しになった肌には血が滲《にじ》んでいたが、そんなものは傷のうちには入らない。

血の気の失《う》せた三人の兵隊が両脇《りょうわき》を抱えられて運ばれ、村人たちの傍らに寝かされた。一人は右の肘《ひじ》から先がちぎれてなくなり、もう一人は太股《ふともも》のあたりが大きく裂けて骨が見えるほどの穴があいている。最後の一人は脇腹が真赤に染まり、大量の血が滴《したた》って息をするのも辛《つら》そうだった。三人からは異臭が漂っていた。

「看病はお前たちの役目だ」

飯塚が奥に向かって歩き出そうとしたとき、洞窟がぶるっと震えた。至近弾だ。すぐそばに落ちたらしい。きょろきょろと飯塚はあたりを見回した。

「おい、この洞窟は丈夫なんだろうな」

「これくらいの揺れは、ここのところしょっちゅうです」

「そうか」

ぼそっといい、奥の浅い枝道のなかに入っていった。他の兵隊もてんでんばらばらに好きなところを陣取り、腰をおろした。天井からぱらぱらと土がこぼれた。洞窟は絶え間なく震動した。

居住区は二つに分かれた。

兵隊たちは曲がりくねった洞窟の奥に陣取り、照屋たち住民は入口付近だった。奥へ行くほど穴は地中に潜って強度が増した。それに入口付近は米兵に手榴弾を投げこまれる恐れもあったし、火炎放射器で焼かれる恐れもあった。だが、始終顔をつき合わせていなくてもいいので気は楽だった。

三人の負傷者は村人たちのいる場所に近い、比較的大きな枝道に寝かされた。手当をしろといわれたが、薬も何もないこの洞窟ではどうしようもなかった。村人たちが交代で枕許《まくらもと》につくことになった。

足は不自由だったが、それ以外は頑健で若かった照屋はここの住民たちのリーダー格で、最初に看病の役目を買って出た。

「すまんな」

と肘から先がない兵隊がいった。米田《よねだ》と名乗った。上等兵だという。

「腕の包帯を取りかえましょうか」

と照屋がいうと、

「傷にこびりついていて、無理にとろうとすれば血が出るだろうから。それよりもあっちの具合はどうかな」

あっちとは脇腹のあたりが真赤になった、ほとんど動けない状態の兵隊だった。

「ここへ来る前に、至近弾が落ちてな。破片で腹をえぐられたんだ」

「見てみます」

と照屋がその男のそばによると、あれほど流れていた血が止まっていた。これはいい傾向かと顔を覗《のぞ》きこんでどきっとした。死人の顔だった。あわてて胸に耳をあててみるが鼓動はなかった。

「あの！」

と米田に声をかけると、

「死んだか」

ぽつんといった。

「毎日毎日、こうやっておびただしい数の人間が死んでいくんだ。俺《おれ》もそのうちに同じことになるんだろう」

「そんな……」

と照屋はかすれた声をあげ、

「少尉さんに報告したほうがいいですね」

「そうだな。あの人はうるさいからな。しかしあわてることもないさ。それよりもそっちの一等兵の足にたかっている蛆虫《うじむし》を取って、余った酒があったら洗ってやってくれないかな」

いわれるままに隣に寝かされている男に視線を向ける。まだ若い。二十歳に満たないかもしれない。

「すみません。かってに入りこんでご迷惑をおかけして。下川《しもかわ》一等兵です」

若い兵隊はていねいに礼を述べた。

ランプの灯《あか》りを近づけると、太股がぱくりと割れて肉がすでに黒ずんでいた。

「半分腐りかけているんです」

下川はやけに明るい声でいった。黒い肉のなかにうごめくものがあった。三ミリほどの大きさだ。這《は》っていた。蛆だ。ざわざわと揺れるように動いていた。傷からは強烈な臭気が漂った。

照屋は下川に断りをいれ、急いで立ちあがって箸《はし》と泡盛の入った小さな甕を持って戻ってきた。

「取っても取っても、わいてくるんです。払ってもなかなか落ちないんです。一匹ずつつまないと」

申しわけなさそうにいう下川に、

「はい」

と照屋は短く答えて左手でランプの灯りをかざし、右手で箸を持って乳白色の虫を一匹ずつつまんだ。虫は柔らかだった。力をいれてつまむとくしゃりとつぶれた。照屋は無言で箸を使った。

「消毒しましょうか」

全部とり終えて声をかけると、

「いやいいです。今更消毒しても痛いだけで治るはずもないから。足を切り落さないとどうしようもありません。それより、米田さんに泡盛を飲ませてあげてください。自分はいりませんが」

やはり明るい声だった。

そういうこともあるかもしれないと、持ってきた茶碗《ちゃわん》に酒を満たして米田に手渡す。

「おう、すまんなあ」

米田の両目がほんの一瞬だけだが明るく灯《とも》る。

「俺の家系は根っからの酒好きでなあ。軍隊に入っていちばん困ったのが、めったにこいつにありつけないということだったんだ。しかし、こんな体になっても、まだ酒を飲みたがるとはなあ」

「腕は痛くはないんですか」

「なれたよ」

低い声でいい、

「痛さにはなれたが、爆弾の音は駄目だ。全然なれない。あの音が聞こえるたびに、体がびくっと反応して首がちぢむ……本当に首が体のなかにめりこむようにちぢむんだから情けないなあ」

米田はちびちびと酒を咽の奥に流しこんだ。

「この戦争は負けですね」

下川が小声でぽつんといった。

「死ぬのが間近に迫ってきたら、ものごとが冷静に見えてくるんです。大本営発表はもう沢山です。大本営のいうことを信用していたら、とっくに勝っていなくちゃならない。それがいまだにこの有様ですから」

「下川。お前、本当にそう思うのか」

酒をなめる手を止めて米田が低い声を出す。

「米田さんだってわかってるでしょ。規模が違いますよ。飛んでくる砲弾の数がけた違いじゃないですか。雨霰《あめあられ》ですよ。あんなやつらと戦っても勝てるはずがない。伊江島の飛行場も爆破したそうですが、あの大兵力ならすぐに修理して使えるようにしますよ」

「それも、そうだな」

米田もあっさり肯定し、

「だがよ、死ぬなよ、お前」

「死にたくはないですけど、仕方がありませんよ。足手まといになりますから、いずれ置いていかれます」

「それは」

一瞬米田は黙りこみ、

「こいつは頭がいいんだ。まだ大学生なんだよ。こんな若いやつがよ」

初めて一気に酒を呷《あお》った。

「そろそろ、少尉殿に死んだことを知らせたほうがいいかもしれんな。こんな物騒な話を聞かれるとまずいしな」

「はいっ」

といって酒の入った甕はそのままに照屋は立ちあがった。歩くたびに体を傾けさせながら、洞窟の奥の兵隊たちがいるところに行くと、同じように酒盛りをしていた。

「腹をやられた方が息を引きとられました」

低い声で飯塚に報告すると、

「そうか」

といっただけで何の反応も示さず、飯塚は酒を口に運びつづけた。


兵隊たちが壕に入って三日がたった。

洞窟は相変らず揺れつづけ、砲弾の炸裂音《さくれつおん》は日増しに多くなり大地全体を揺さぶった。音が少なくなるのは夜間だけだ。

洞窟のなかに異臭が漂っていた。

死体の腐敗するにおいと糞尿《ふんにょう》のにおいだ。

死体は奥行きのある枝道に安置し、便所も別の枝道の奥に大きな穴を掘り、板を二枚渡してすませていたが人数が多すぎた。眉間《みけん》のあたりが痛くなるほどにおいは強かった。

持ちこんだ酒が切れた。

飯塚も酒好きらしく苛立《いらだ》った声を出した。

「本当にもう酒はないのか」

どうしようもなかった。

「少尉は米田さんと違って真の酒好きじゃない。酒でも飲んで酔っていないと怖くて仕方がないから荒れてるんですよ」

下川がこんなことをいった。

「あの隊長さんは、ここにこもって、いったい何をしようとしてるんでしょうねえ」

素朴な問いを照屋は口にした。

飯塚少尉たちはこの三日間、洞窟にこもって酒を飲んでいるだけで、時折外の様子を窺《うかが》ってはみるものの、それ以上の行動は何もしなかった。

「さあ、何をしようとしているんでしょうかね」

下川が低い声でいうと、

「夜になったら斬《き》りこみをかけると、何度もいっていたが」

米田が壁にあずけていた背中を少しずらした。昨日の夜までは米田も下川もずっと寝たきりの状態だったが、今日になって一日のうちの数時間は二人とも半身を起こせるようになっていた。

「あれはふりだけですよ。あの少尉にそんな度胸などありませんよ。ここに逃れてはきたものの自分でもどうしたらいいのかわからない状態なんですよ」

下川が辛辣《しんらつ》な言葉をすらっといった。

「おい、声が高いぞ。そんなこと思ってても口に出すんじゃねえ。少尉の耳に入ったら下手《へた》をすれば反逆罪で銃殺だぞ」

「そうですね。この莫迦《ばか》げた戦争では本当のことをいう人間はみんな非国民扱いですからね。大本営のいうことを疑ったりなんかしたら、敵の間諜《かんちょう》と見なされますからね」

「そういうことだ。見ざる、聞かざる、言わざるが賢い人間のやることだ」

「賢い人間がこの国には多すぎるんですね。だからにっちもさっちもいかなくなって、今になって頭を抱えてる」

「おい、下川。言葉が過ぎるぞ」

という米田の言葉にかぶせるように、

「あのっ」

と照屋は疳高《かんだか》い声をあげた。

「この島は……いったいどうなってしまうんでしょうねえ」

「沖縄は」

といって下川は一瞬口ごもってから、

「日本にとって南西諸島は大切な地域には違いないんですが、それはあくまでも戦略上からという意味で、そこで暮している人間は軍部にとってどうでもいいことなんです。

つまり、沖縄は大切だけど、沖縄人は消耗品《しょうもうひん》だということです。そうでなければ、こんな民間人を巻きこむような莫迦な作戦をとるわけがない。この作戦はどう考えても異常です」

下川ははっきりいい、汚れた手拭《てぬぐ》いを首から外して、えぐられた足の傷を思いきり払った。蛆が数匹地面にこぼれた。

もともと沖縄を見る軍の視線に偏見があったことは確かだ。

昭和九年に沖縄連隊区司令官から陸軍省に出された沖縄防衛対策によれば、島民には事大主義がはびこって国家意識と愛国心がはなはだ乏しいという意見が述べられ、米本土やハワイへの移民者が多いことから考えても非常に危険な地域であると結ばれている。昭和十九年に軍司令官として沖縄に入った牛島満《うしじまみつる》中将は「防諜《ぼうちょう》に厳に注意すべし」といい、その翌年、米軍が上陸を始めると、島民のなかからスパイが出ることを畏れ、「標準語以外の使用を禁ず。沖縄語を以《もっ》て談話しある者は間諜とみなし処分す」と軍会報で通達している。

本土の言葉とは大きな違いのある沖縄語を話すなと島民に強制しても無理なことであり、このためにスパイ容疑という名目で多くの島民たちが日本軍によって殺害されているのも事実だった。

「下川」

と低いがはっきりした声を米田があげた。

「めったなことをいうな。命がいくつあっても足りなくなるぞ。お前はまだ若い。何としても生きて帰らんでどうする」

「命ですか」

ぽつんと下川はいい、

「命なんかちっぽけなもんです。本当は大きなはずなんだけど、いつのまにかちっぽけなものに成り下がってしまいました。とうに諦《あきら》めています」

「…………」

「自分より米田さんこそ生きて帰らなくちゃ。郷里では奥さんとお子さんが待ってるんでしょ。自分にはそんなものはいませんから」

「お前には母親がいるじゃないか」

叫ぶようにいった。

「母さんですか」

下川は鍾乳洞の天井を見上げ、

「もう一度、あのぼたもちが食べたかったなあ。母さんの」

澄んだ声でいった。

「食べられるさあ。戦争が終って故里《ふるさと》へ帰ればいくらでも食べられますよお」

無意識のうちに照屋は叫んだ。

「いい人だなあ、照屋さんは」

下川は微笑《ほほえ》んだ。まだ少年の顔だった。

「おい、非国民」

ふいに後ろから声がかかった。米田の体がびくっと震えた。照屋が慌てて振り向くと、飯塚の取りまきの酒田《さかた》という兵隊が腰に手をあてて立っていた。

「あのうるさく泣いているのは貴様の子供だろ。敵の標的になるから黙らせろ」

飯塚が最初に一言口にしてから、照屋は兵隊たちから非国民と呼ばれていた。

「はいっ」

照屋は立ちあがり、体を左右に揺らして村人たちがひとかたまりになっている洞窟の入口に急いだ。怯《おび》えた顔で村人が照屋を見た。洞窟内に日本兵が侵入してきてから島民たちは極端に無口になり、負傷兵の世話以外、日本兵との接触は照屋一人で受け持っていた。

「おい、なにしよるとね」

照屋は妻のユキに大きな声をあげた。

一歳になる一人息子の正作が、小さな顔を赤くしてユキの腕のなかで泣き叫んでいた。泣き声は洞窟の壁に反射して四方にこだました。

「おしめを乾かす場所がないからさ。濡《ぬ》れたものばかり当てているから気持悪がってむずかっているのよ」

「乾かす場所がないって、昨日までは煮炊きをするとき、その横に置いてちゃんと乾かしていたじゃないさあ」

ユキが泣き出しそうな顔で照屋を見て、首を激しく振った。

「莫迦者が。いやしくも帝国陸軍の軍人が、おしめなどをそばに置いて煮炊きしたものが食えるわけがないだろうが」

酒田が怒鳴りつけた。島民たちは体をぎゅっと縮め首をすくめた。

「そんな」

照屋は途方にくれた。島民が洞窟にこもって半月以上が過ぎていた。燃料の薪《まき》は残り少なくなっている。おしめを乾かすためだけにその燃料を使うわけにはいかない。

「腹が減ってるんじゃないか」

酒田が下卑《げび》た笑いを浮べた。

「お乳はさっきやったばかりです」

ユキは白い顔をうつむけたままいった。くっきりした二重《ふた》瞼《えまぶた》と、形のいい小さめの唇を持ったユキはかなりの美人だった。

「いいから、試しにやってみろ」

酒田が低い声でいった。両目が異様な光を放っている。

「やれ」

すさまじい目で睨みつけた。

ユキの体がびくんと震えた。おずおずと着物の合わせ目を右手で押し開いて乳房をむき出しにし、背中を向けた。

「なぜ背中を向けるか貴様、こちらを向いて堂々とやれ。赤ん坊が乳を飲むか飲まないか、帝国陸軍のこの俺がきちっと見届ける。これは命令である。こちらを向かんか莫迦者が」

酒田が怒鳴った。

泣き出しそうな表情で目を伏せたユキが、小刻みに体を正面に向けた。

薄暗い洞窟のなかに白い色が鮮やかに浮んだ。酒田の咽がごくりと音を立てた。照屋は両の拳《こぶし》を爪《つめ》が食いこむほど握った。顔をそむけた。

ユキは乳房を正作の口に含ませようとするが、正作は顔を左右に振って嫌がり、さらに泣き声をあげた。

「やっぱり、おしめのようです」

乳房を着物のなかにしまいこみ、かすれた声でユキはいった。

「そ、そのようだな」

酒田は一瞬声をつまらせ、

「とにかく黙らせろ、泣かせるな。敵が近くにいれば格好の標的になって洞窟のなかに手榴弾を放《ほう》りこまれる。そうなれば俺たちは全滅だ」

「そんなことをいっても」

涙ぐんだ目でユキが酒田を睨みつけた。

「何だ、その目は。貴様は帝国陸軍に逆らうつもりか」

喚《わめ》く酒田に照屋があわてて口を挟んだ。

「おしめは私が集落まで行って取ってきます。食糧もそろそろなくなりかけていますから」

米が残り少なくなっていた。誰《だれ》かが取りに行かなければ今以上に飢えることになる。毎日の食事は村人が握り飯一個、兵隊たちは二個だった。

「貴様の集落まではどれほどの距離だ」

「半里ほどですが」

「貴様の家などは、すでに木端《こつぱ》微塵《みじん》になって吹き飛んでるんじゃねえのか」

「それにしても、そろそろ食べ物が底をつきかけてますから」

照屋の言葉に一人の老婆《ろうば》がふらっと立ちあがった。目に憎しみの色があった。

「全部の家が吹き飛ばされてることはないさあ。残っている家からいる物を工面してくればいいさあ」

すぐに住民たちがうなずいた。

「それも、そうか」

うなずく酒田に、

「それに、もし酒があるようでしたら、それも持ってきます」

「酒か」

と酒田は太い声でいい、

「よし、じゃあいってこい。もうすぐ日が暮れる。暗くなったらここを忍び出ろ。くれぐれも目立った動きはするな。特に洞窟を出てからしばらくは匍匐前進《ほふくぜんしん》して行け。この場所を敵にさとられるとまずい。少尉殿には俺からいっておく。酒を忘れるな」

酒田はユキにちらっと目をやってからその場を離れた。

「外道《ヤナムンヒャー》め」

先ほどの老婆が吐きすてた。

「あなた、大丈夫ねえ」

ユキが右手で胸元を押えていった。

「わからんさ。わからんが行ってこんとな。食い物がないのは確かだし、酒でもあてがっておかんと、あいつら何をしでかすかわからんからさあ」

照屋の声が震えた。

「すまんな」

ふいに背後から声がした。腕の肘から先をなくした米田がふわっと立っていた。

「すまん。許してくれ」

米田はもう一度いい、頭をがくっと折るように下げてよろよろと枝道に戻っていった。

幸い空には雲がかかっている。

洞窟を抜け出した照屋は、いわれた通りしばらくは地面を這って前に進んだ。ところどころに火柱があがり、鼓膜が破れるほどの音が響き渡った。

昼間ほどではないにしても、米軍の艦砲射撃は間断なくつづいている。闇《やみ》をすかして見ると地形がすっかり変っているのがわかった。地面のいたるところがえぐられていた。穴の連続だ。背中がぞくっと震えた。

伊江島のほうを見た。

真赤だった。島が燃えている。草も木も地面もすべてが燃えている。照屋は目を閉じた。自分の体が焼かれるように熱かった。

照屋は体を震わせながら村に向かった。

村の半分がなくなっていた。

煙りがまだ立ちのぼり、ものの焦《こ》げる刺激臭と硝煙のにおいが鼻を襲った。照屋は自分の家に急いだ。あった。前庭には大きな爆弾の穴が空いて、家は大きく傾いていたが倒れてはいなかった。

照屋はあるだけのおしめを風呂敷《ふろしき》に包み、米の袋の上に黒砂糖を載せて肩に担いだ。泡盛の瓶を縛って腕に抱えたが三本が限度だった。体中がずしりと重い。力をふりしぼってよろよろと歩き出した。

村中が熾火《おきび》のようにぐすぐすと、赤い色に染まっていた。炉のなかにいるように熱い。ふらつきながら歩いた。時折、あちこちで爆弾が破裂してぱっと明るくなった。

洞窟に戻ると村人の間から低い歓声があがった。照屋が村の様子を手短に語って聞かせると、洞窟内はしんと静まり返った。

「何だ、酒はたったこれだけか」

洞窟の奥の兵隊の溜《たま》り場《ば》に急いで持っていくと、飯塚が不満そうな声をあげた。

「すみません。米がかなりの量で重かったもんで」

「それで、食い物はあとどれぐらいもつんだ」

「あと一週間くらいは」

「たった、一週間か」

酒田が鼻で嗤《わら》うようにいい、

「おしめが多すぎて他のものが持てなかったんじゃねえのか。それにしても、てめえのかみさんのおっぱいはみごとなもんだのう」

「ほう。そんなにみごとか」

　飯塚が目を細めた。

「はあ、少尉殿、それはみごとなものであります。真白で滑らかで大きくて。しかも臆《おく》面《めん》もなく人前で、それをおっぽり出して赤子に乳を飲ませるんでありますから、自分は目を疑いました」

　しゃあしゃあと酒田はいった。

「さすがに南国の女はやることが違うな。臆面もなくか」

　飯塚は下卑た笑いを浮べた。

「あれではこの男が、この非常時に子作りに励むのも自分にはわかるような気がします。大方、毎日せっせと励んだのでしょう。あっちの具合もさぞかしいいんでしょうな」

　酒田の言葉にどっと嘲《ちよう》笑《しよう》が湧きおこった。

「失礼いたします」

　照屋はかっと熱くなった頭でようやくそれだけいい、急いでその場を離れた。歩くたびに、いつもより大きく体が左右に揺れた。照屋の胸に徴兵検査で丁種不合格になったときの担当の男の言葉が浮んでいた。

「不忠者め。この上は一日も早く嫁をもらい、男子を沢山儲《もう》けて国に報いることだ」

不忠者とはどういうことだ。誰も好き好んで踝を砕いたわけではない……あのときも理不尽な悔しさが湧いたが、今日はそれ以上に悔しかった。体中が熱くなった。

村人のところに戻ると正作は泣きやんでいた。ユキがおしめを換えたのだ。照屋の顔を眺めてにこっと笑った。無垢《むく》な笑いだった。体の芯《しん》がすうっと柔らかくなった。

「誰が兵隊になんぞ行かせるものか」

心の奥底で叫んだ。

ユキの手から正作を抱き取った。赤ん坊特有の乳くさいにおいが鼻を打った。誰もが着の身着のままで嫌なにおいをさせているのに、正作だけは別だった。不思議だった。正作の首筋に顔をうずめた。においがいっそう強くなった。幸せのにおいだった。

正作が笑い声をあげて顔中をくしゃくしゃに崩した。いかにも嬉《うれ》しそうな顔だった。照屋の顔も思わずゆるんだ。

三十分ほどして、照屋は小さな握り飯を二つ持って米田と下川の許へ急いだ。

握り飯には倒れかけた家から持ってきた黒砂糖を練ったものが塗ってあった。ぼたもち代りの握り飯だった。

暗い顔をしてうずくまっている二人に声をかけると、すぐに米田も下川も姿勢を正し、

「すみません、照屋さん」

かすれた声を出して頭を下げた。

「飯塚少尉と腰巾着《こしぎんちゃく》の酒田曹長《そうちょう》は、部隊のなかでも札つきの嫌われ者なんです。同じ軍人として合わせる顔がありません。あんな連中が幅をきかせているようでは……」

いつもは明るすぎるほどの声を出す下川が沈んだ声でいった。

「よく無事で帰ってこられた。あんたがもし帰らなかったらと思うと、気が気ではありませんでした」

米田も沈んだ声でいい、頭を深くたれた。

「まあ、いいじゃありませんか。こうしてちゃんと帰ってきたんですから。そんなことより、ほらこれを」

二人の前に黒い握り飯を差し出した。

「小さくて申しわけありませんが、黒砂糖で作ったぼたもち代りの握り飯です」

「うっ」

と下川が声を詰まらせた。

「照屋さん、あなたって本当に……」

「さあさあ。礼なんかいらないですから、他の兵隊たちに見つからないうちに早く食べましょうね」

「ありがとうございます」

二人は手を伸ばして黒い握り飯をすぐに口に運んだ。

「うっまいなあ」

米田が切なすぎるほどの声をあげた。

「本当にうまいです。自分はこんなうまいぼたもちを食べたのは初めてです。こんなうまいぼたもちを——」

泣き出しそうな声だった。実際に下川は泣いていた。泣きながら下川は黒い握り飯を頬張《ほおば》った。

「下川さんのお母さんのぼたもちにはかないませんが、時が時だからこれで我慢してくださいね」

「そんなこと」

下川は肩を震わせ始めた。

「こんなことまでしていただいて、それなのに自分たちは沖縄を……」

しぼり出すような声に、

「じゃあ、あとでまた妻のユキでもよこしますから、蛆を取ってもらいましょうね」

照屋は二人の前をそっと離れた。

次の日、洞窟内は騒然としていた。

「伊江島が陥《お》ちたらしい」

斥候《せっこう》から戻った兵隊の口からこんな報告がもたらされ、洞窟内の兵隊たちの動きが慌ただしくなった。

「守備隊は住民ともども玉砕したようだ」

「いよいよ、米軍の本格的な上陸作戦が始まる」

口々にこんな言葉が飛びかった。

村民たちは洞窟の入口のすみにじっとかたまり、息をひそめて体を縮めこんだ。やがて午後になり、兵隊たちは奥の溜り場に集められ洞窟内は静まり返った。どうやら飯塚がこれからのことを指示しているらしい。

しばらくして酒田が照屋たちの前にきて、

「どうやら伊江島は敵の手に陥ちたようだ。我々がここにいる理由はなくなった。よって今日深夜、飯塚少尉以下二十名はここを引きあげて次なる場所に移り、反撃の機会を待つことにする。ただしお前たちはここに残らなければならん。大勢で動き回れば敵の目につく。お前たちは明日の夜、ここを出ればいい。それまでは決して動いてはならん。わかったな、以上」

兵隊たちがここを出る。安堵《あんど》感が照屋の全身を包みこんだ。しかし、米軍の本格的な上陸作戦が始まるとなると、自分たちはいったいどうしたらいいのか。照屋は米田と下川のいる枝道に走った。

「あの男の大声は、ここまで充分に聞こえました」

と壁に背中をあずけたまま米田はいった。

「それで、私たちはいったいどうなるんでしょうねえ」

照屋はたたみかけるように訊《き》いた。

「置きざりということになるのか」

ぼそっとした声で米田はいい、

「やつは引きあげといったが、要するに少尉たちはここを逃げ出して安全な場所に移ろうという寸法だ。照屋さんたちのことや俺たちの都合なんて何も考えていない。自分たちが生き延びればそれでいいのさ」

「へたをすれば、逃げ出すときに洞窟の入口を爆弾でふさいでいくかもしれませんね。残った者が外へ出られないように」

下川は明るすぎる声でいった。

「そうだな。もしくは手榴弾を置いていくかだ」

「自決用ですか。自分たちは逃げ延びて、あとの者には降伏を許さずですか。僕たちはいいとしても照屋さんたちは」

下川の声が湿りけをおびた。

「降伏すれば、米軍になぶり殺しにあうと聞いていますが」

恐る恐るいう照屋に、

「そんなことは嘘《うそ》ですよ。米軍はそんなことはしませんよ」

「嘘なのか」

きょとんとした顔を米田が下川に向けた。

「捕虜をむやみに殺害することは国際法で禁じられています。捕虜を虐待するのは日本軍ぐらいのものです」

「じゃあ、手榴弾を持たされて置き去りにされたほうがいいのかもしれんな」

「そうですね」

と下川はうなずいてから、

「しかし、爆弾を使って入口をふさいでいくほうが、可能性が高いような気がしますね」

「そのときは掘りましょうね。みんなで力を合わせて下から掘ればいいさあ。いつかは出られるはずですからね」

「そうだ。掘ればいいんだ。希望さえあればどんなことでもできるはずだ」

米田が勢いこんでいうと、

「そうですね。掘ればいいんですね。簡単なことです。みんなで力を合わせて一生懸命掘ればいいんです」

下川も明るすぎる声を出した。

ほっとした面持《おもも》ちで照屋が村人たちのところに戻ると、正作が村の女の胸に抱かれていた。

「照屋さん、ついさっきさ、またあの酒田という兵隊がきて、ユキさんを連れていきよった」

「…………」

「何でもさ、隊長の腰が痛んでいるようだから、揉《も》みほぐしてやってほしいといって。でもあれは」

照屋の胸がどんと音をたてた。

思わず正作の顔を見た。両手を広げてあどけない笑いを浮べていた。無邪気な笑顔だった。ユキの顔に似ていた。

「ユキっ」

照屋は叫んで洞窟の奥に向かって走った。体が左右に大きく揺れた。何度も転んだ。這いあがって走った。

飯塚の居室になっている枝道に飛びこんだ。番をするように一人の兵隊が立っている脇を体を左右に揺らしながら走り抜けて奥に進んだ。争うような音が聞こえた。ユキが飯塚に押えこまれていた。着物の襟元がはだけて白い乳房がむき出しになっていた。

「あなた、助けて」

ユキが照屋に向かって右手を伸ばした。

「何だ、お前は。ここをどこだと思っている。いやしくも帝国陸軍の司令室だぞ。民間人が勝手に入りこむとは何事だ」

「ユキを離してやってください。ユキは私の妻です、正作の母親です。お願いですからユキを離してやってください」

照屋はその場に土下座して額を地面にこすりつけた。

「離してやるさ。一時間もしたら離してやるからとっとと出て行け」

飯塚が怒鳴った。

「今すぐ離してください。今すぐです。お願いします、隊長さん」

照屋は泣き出しそうな声で懇願した。

「うるさい。とっととうせろ」

と飯塚が叫んだとき、

「それはまずいですよ、少尉殿」

後ろから聞きなれた声がかかった。

「いくら何でも、それはやりすぎです」

振り向くと銃剣を左手にしっかり持って米田が立っていた。蒼白《そうはく》な顔がさらに白くなっていた。

「まずいですよ、それはまずいですよ」

米田はふらりと照屋をかわして飯塚の前に立った。気迫に押されたのか飯塚がユキの上から離れて後退《あとずさ》った。

「照屋さん、奥さんと一緒にみんなのところに戻ってください」

低すぎる声でいった。

ユキがはね起きた。照屋がユキの手を握った。銃剣を左手に持って米田がまた一歩飯塚に近よった。

「待てっ、米田上等兵――それ以上近づくな。話せばわかる、話せば」

疳高い声を飯塚が張りあげた。蒼白な顔がひきつって体中が震えこんでいる。

「まずいですよ、それはまずいですよ」

米田がまた低い声でいって一歩近づいた。

「待てっ、米田。貴様、自分のやっていることが――」

両手を前に突き出して、押しとどめるような格好をする飯塚の左胸がふいに弾《はじ》けた。

米田が撃った。飯塚がすとんと尻餅《しりもち》をつき、右手を前に伸ばしたまま転がった。

すっと米田はその脇に立った。左手に持った銃剣を無造作に飯塚の顔に突き立てた。

飯塚の顔から血が噴き出て、伸ばしていた右手が空をつかんだ。米田は銃剣を引き抜き、何度も何度も飯塚の顔に突き立てた。

顔に薄笑いが浮んでいた。子供が無邪気に遊んでいるように、米田は顔に銃剣を突き立てた。飯塚の顔は血と肉が弾け飛んでどろどろの状態だった。米田はいかにも楽しそうだった。目が吊《つ》りあがって焦点はさだかではなく、口の端から太い涎《よだれ》が何本もどろりとたれていた。

照屋はユキの右手を力一杯握りしめた。震える体の下腹に力をこめ、ぽかんと為《な》す術《すべ》もなく突っ立っている番兵の横を、ユキの手を引っぱって枝道の入口に向かって走った。

二人とすれ違うようにして数人の兵隊が枝道のなかに走りこんだ。すぐに数発の銃声が洞窟の奥で鳴り響いた。照屋の胸がぎゅっと縮んだ。

二人は村人たちのところにたどりついて倒れこんだ。ユキはあずけておいた女の手から正作を奪い取るようにしてしっかり抱きしめた。

しばらくすると、数人の兵隊たちと一緒に酒田がやってきた。兵隊たちは米田を両脇から抱きかかえていた。

「飯塚少尉殿は事故のために急死された。今後の指揮は俺がとることになった。お前たちも俺の命令に従うことになる。わかったな」

怒鳴り声をあげて傍らの兵隊たちに向かって顎《あご》をしゃくった。米田の体が地面に投げ出された。胸が真赤に染まっていた。

「反逆罪で処刑した。死体置場に放りこんでおけ」

酒田が怒鳴ったとき、洞窟がぐらっと揺れた。至近弾だ。洞窟はつづけて何度も揺れた。天井から鍾乳石が折れて落ちた。凄まじかった。攻撃は数分後にぴたりとやんだが、洞窟はその後もかすかに揺れつづけた。

「握り飯をできる限り作っておけ。俺たちはそれを持って数時間後にここを出る」

伏せていた酒田が立ちあがりざま、蒼白な顔で叫んだ。

「すぐに始めろ」

酒田は再び叫んでさっと背中を見せた。

女たちがのろのろと動き始めた。

照屋は横たわった米田の許ににじりよった。

「米田さん」

体を揺さぶった。何度も揺さぶった。米田はぽかっと口を開けていた。溢《あふ》れ出た血で口のなかは真赤だった。右肘に巻かれた包帯は茶色に変色して汚れきっていた。

照屋は村人に手伝ってもらって、米田の遺体を下川と一緒にいた枝道に運びこんだ。

「米田さん」

わずかに耳に届いている会話から、すでに状況を察していたらしく、下川は両方の目を潤ませて米田を迎えた。

「ここに安置してもいいですか」

沈んだ声で訊く照屋に、

「もちろんです」

と下川は夢中で何度もうなずいた。

「私《ワッター》たちのために、米田さんはこんなことに……」

「照屋さんたちのせいじゃないですよ。原因は飯塚少尉です。もっと元をたどれば多くの民間人を巻きこんだ、この無茶な作戦のせいですよ。それに、照屋さんのあとを追って、ふらつきながらここを出ていくとき、米田さんはすでに覚悟をきめていました」

きっぱりした口調で下川はいい、

「覚悟をきめなければ、軍隊というところは本音などはいえないところですから。軍隊での順位は人間性ではなく階級がすべてですから」

「はい」

照屋は小さくうなずき、村人を帰して自分は下川の隣に座りこんだ。

「米田さんのご家族に申しわけない気持で一杯です」

「ここを出るとき米田さんは自分に、もしお前が生きて本土に戻れたら自分の家族に最期の言葉を伝えてくれといって出身地を教えてくれました」

「最期の言葉を……」

「はい、米田さんはこういいました。自分は莫迦げた戦争のためではなく、人のために立派に戦って死んだと」

照屋の両目に涙が溢れて地面にこぼれた。その米田が狂った。銃剣を飯塚の顔に突き刺す米田の姿は、どう見ても異常だった。

「そして、お互い、最後にぼたもちが食えてよかったなと」

照屋は嗚咽《おえつ》をもらした。両の拳を爪が手のひらに食いこむほど握りしめ、肩を震わせた。涙と鼻水で顔中がべたべただった。

「あんな、黒砂糖を塗っただけの……」

「いえ、とてもおいしいぼたもちでした。立派すぎるほどのぼたもちでした」

下川も両目を潤ませていい、ふいにうつむいて押し黙った。

「下川さん」

と照屋がしゃくりあげながら声をかけると、

「実は」

と下川は嗄《しわが》れた声をあげ、

「自分は卑怯者《ひきょうもの》なんです。偉そうなことをいえる人間ではないんです」

「卑怯者……下川さんが」

「照屋さんが奥さんの名前を叫んだ声は、充分にここまで聞こえました。何がおこったのかは米田さんも自分もすぐに察しがつきました。自分と米田さんは思わず顔を見合わせました」

下川は地面に視線を落したまま、嗄れた声で話しつづけた。

そのとき下川は、自分が足を負傷して歩けないことに感謝したという。ことを起こさないですむ。このままここに居座っていられる。勝手な安堵感が瞬時に体中をかけめぐったと下川はいった。そんな下川の顔を米田はじっと見て、

「俺が行くから。お前はまだ若い、生きて母親の許に帰らなくっちゃな」

下川の肩にそっと手を置いて米田はふわりと笑った。下川はその笑いをまともに受け止められなかった。視線をそっとそらした。

「年長者は若い者より先に死ぬ。それが普通だ。お前はまだまだ生きなければならん」

そういって、家族に対する最期の言葉を下川に託して米田は出ていったという。

「あれは」

と下川はうつむいていた顔をあげ、照屋の顔をまともに見た。

「眩《まぶ》しい笑顔でした。眩しすぎました。正視できませんでした。それに較《くら》べて、僕は薄汚い卑怯者です」

また視線を下に落した。

「そんなことを気にしちゃ駄目です。切羽《せっぱ》つまれば人間はみんな同じです。私だってユキが連れていかれたのを知ったとき、なぜ自分の妻なのだ、なぜ他の女じゃないんだと胸のなかで叫んでいたというのが本音です」

照屋はかんで含めるようにいった。

「本当のことをいえば、腕をなくした米田さんより、足の腐りかけた自分のほうが死に近い人間なんです。この足を早急に切り落さなければ自分は確実に死ぬはずです。そんな状態になっている自分が……」

かける言葉が見つからなかった。下川の肩に手を置いて優しく叩《たた》いた。照屋にできるのはそれくらいしかなかった。

「米田さんがいったように下川さんはまだ若いんです。早く元気になるのがいちばんの仕事です」

明るい口調で言葉をそえた。

「米田さんのあの笑いが羨《うらやま》しい。自分もあんな笑いができるようになりたい。自分は……自分は人間の屑《くず》だ」

「下川さん」

と照屋が柔らかな口調で語りかけると、

「そんな優しい声を出さないでください。自分は獣《けだもの》なんですから、人間の屑なんですから」

下川は低い声を出して頭をかきむしった。

照屋には下川のいっている意味がわからなかった。いったい何のことなのか。

「照屋さんのいいつけで、奥さんが自分の足にわいた蛆虫をとりに二度きてくれました。奥さんは痛くないですかと何度も声をかけて、ていねいに蛆虫を箸でつまんで取ってくれたんです」

「…………」

「そんな奥さんの横顔を盗み見ながら、自分は欲望を体中にたぎらせていたんです。胸元から覗く肌の色を見ながら、どうしたら奥さんを犯すことができるだろうか……そんなことばかりを考えていたんです。頭のなかには奥さんの裸の姿が渦巻き、自分は頭のなかで何度も奥さんを犯しつづけました。もし、あの場に米田さんがいなかったら、自分は確実に奥さんを地面に押し倒していたはずです。確実に……」

照屋の咽がごくっと音を立てた。

「こんな体になって、こんなに優しくされながら、奥さんの体を汚しつづけたのです。たまたま米田さんがいたので手を伸ばさなかっただけで……自分は獣です。獣とわかっている今でも、自分は奥さんの体を思いきり抱きたいと心底から思っているんです。我慢できないんです。自分は異常です。このまま異常さが進んで狂ってしまえればどんなに楽か。狂うことができれば」

下川はがくりと首を前に倒し、両の拳を皮膚の色が変るほど握りしめた。

狂うことができれば楽になれる。

まさにその通りだと照屋は思った。狂うことさえできれば……だが、自分にはユキと正作がいる。そんなことはできるはずがなく、嵐《あらし》の通り過ぎるのを待つよりほかはなかった。じっと耐えるより方法はなかった。

かける言葉を照屋は失い、下川の肩を軽く叩いてそっと立ちあがった。米田の遺体に深々と頭を下げて合掌した。

「じゃあ」

とその場を離れようとする照屋の背中に、

「ぼたもち、本当においしかったです」

やけに明るい、いつもの下川の声が聞こえた。

そっと頭を下げて村人たちのところに戻ると、女たちは兵隊たちに持たせる握り飯をつくるため、米を炊くのに大わらわの状態のはずだったが、動きは緩慢で覇気が見られなかった。みんな相当に参っているようだった。

数時間後にはここを酒田たちは出ていく。そうなればもう、兵隊たちの理不尽な所業に怯えなくてもいいのだ。照屋がふっと吐息をもらすと同時に、洞窟がぐらりと揺れた。

至近弾だ。米軍の攻撃は確実に激しくなっていた。

照屋は正作を抱いているユキの隣に座り、肩に手を置いた。ユキの体が小刻みに震えているのが手に伝わった。

「大丈夫さあ。このガマは簡単にはつぶれることはないから」

ユキは大きく首を振った。

ユキは砲弾に怯えているわけではないのだ。ユキの怖がっているのは兵隊たちだ。あの酒田という曹長だ。

「あと少しすれば、兵隊たちはここを出ていく。何も心配することはないさあ」

照屋はユキの細い腰に手をまわし、ぎゅっと力をいれた。ユキが照屋の顔を見た。照屋の胸をすっと怯えのようなものが掠《かす》めた。ユキの両目の焦点が合っていない気がした。虚《うつ》ろな目の光だった。泣き出しそうな顔ではあったが、表情が乏しかった。唇の端から、涎が一筋流れていた。神経がおかしくなりかけているのでは……。

「ユキっ」

耳許で叫んだ。

「大丈夫ね」

こくっとユキはうなずいて、うなだれるように視線を自分の両腕に落としたが、体の震えはとまらなかった。まだ大丈夫だ。兵隊たちが出ていけば、ユキの神経も元に戻るはずだ。そう考えながら、周囲を見回すと、煮炊きをしている女たちも、体は忙しく動かしてはいるものの、みんな表情が乏しいように見えた。機械のような動作だった。意志の力が希薄に感じられた。

洞窟は絶え間なく揺れつづけ、天井からはぱらぱらと土がこぼれ落ちていたが、砲弾の攻撃は三十分ほどしてぴたりとやんだ。静けさが周囲をつつみこんだが、声を出すものは一人もいず、女たちは黙々と動いた。

ユキはまだ震えつづけていた。

そのとき洞窟内に疳高い声が響いた。

正作だ。赤ん坊の正作が火のついたように泣き出した。ユキの体がぴくりと波打って、照屋を見た。目の焦点が合っていない。正作はユキの腕のなかで泣きつづけた。静かな洞窟のなかに、疳高い声は突き刺さった。ユキは正作の頭をゆっくりとなでるだけで、何の動作もおこさなかった。

照屋はユキの腕から正作を奪い取るように抱きとった。必死になってあやした。高い高いを何度もやったが正作は泣きやまず、おしめに手をやってみたが濡れている様子はなかった。子供心にもこの異常な状態を敏感に嗅《か》ぎとり、神経を尖《とが》らせているのかもしれなかった。

しかし、いずれにしても泣きやませなければ、また兵隊たちに無理難題を吹っかけられるのはわかりきっていた。照屋は汗みずくになって正作をあやした。

洞窟の奥から十人ほどの兵隊たちが走ってくるのがわかった。照屋の目に、鬼のような表情をした酒田の顔が映った。

「何をしている、黙らせろ」

照屋の前にきて酒田が怒鳴った。

「今が大事なときだというのがわからんのか。すぐそこに米兵が迫っているかもしれないのだぞ。すぐに黙らせろ、莫迦者が」

「はいっ」

といいつつ、照屋は正作を抱きあげたり、さすったりしたが何の効果もなかった。正作は泣きつづけ、照屋の胸は早鐘のように鳴り響いた。どうしていいかわからなかった。

洞窟がどんと揺れた。

至近弾だ。また攻撃が始まったと思ったが、その一回だけで洞窟はしんと静まり返った。

伏せていた酒田がゆっくりと起きあがった。両目を吊りあげて照屋を睨みつけた。

「殺せ」

低い声でいい放った。

照屋は何をいわれたか、まったく理解できなかった。

「その赤ん坊を殺せ」

酒田が再び低い声でいった。

ようやく理解できた。とたんに体ががたがたと震え出した。思わず傍らのユキを見た。焦点の合わない目が照屋を見ていた。虚ろな目だった。

「そんなことは」

歯の根が合わなかった。体中のすべてが震えていた。

「かんべんしてくださいよお。この子と一緒にすぐに私はここを出ていきますから、かんべんしてください。お願いします、お願いしますよお……」

哀願した。照屋は必死の面持ちで酒田に訴えた。

「外に出れば、よけいに声が響きわたって俺たちの居場所がわかってしまうだろうが、莫迦者が」

「だからといって、正作を殺すなど」

照屋が叫んだ。

「赤ん坊を殺さなければ、俺たち全員が死ぬことになるのだぞ。どちらがいいかは考えなくてもわかるだろうが。さっさと殺して静かにさせろ」

鬼の顔だった。鬼が一匹そこにいた。

「お前が殺せないというなら、俺が殺してやろう。こっちにガキをよこせ」

右手をぐっと差し出す酒田に、照屋は赤ん坊をぎゅっと抱いて背中を向けた。その場にへたりこんだ。

「あくまでも逆らうというのなら、お前たち全員を殺す。そのほうが手っとり早い。足手まといにならなくてすむ」

照屋の胸がぎゅっと縮みこんだ。

全員を殺す……村人全員を。

「おい」

と酒田が後ろの兵隊に声をかけた。

「こいつら全員を殺せ。音が出るから銃は使うな、銃剣を使え。これは命令である。躊躇《ちゅうちょ》はするな」

酒田が叫んだ。

照屋は村人たちの顔を見た。覇気のない表情だったが、そのなかに怯えの色が浮き出ていた。涙を流している者もいた。体の震えが止まらない者もいた。虚ろな目が照屋を見ていた。

「やれっ」

低い声を出す酒田に、

「待ってくれ」

と照屋は叫び声をあげた。

正作を抱いたまま、のろのろと洞窟のすみに歩いて、農作業用の鎌《かま》を手に取った。軍からの通達で持ちこんだ鎌だった。万が一の場合の自決用の……。

「やるなら、早くやれ」

酒田がまた怒鳴った。顳顬《こめかみ》に太い血管が浮き出ていた。

泣き叫ぶ正作の顔を照屋は見た。細い首に顔を埋《うず》めた。赤ん坊特有の乳臭いにおいが鼻一杯に広がった。幸せのにおいだった。そのはずだった。

うおっと照屋は吼えた。

鎌を正作の首に押しあて、一気にかき切った。血が噴いた。正作の血を照屋は顔全部で受けた。残らず受けた。正作の目が照屋を見たような気がした。可愛《かわい》い目だった。

正作はことりと静かになった。

血だらけの照屋の顔が涙に濡れた。照屋は正作をかき抱いた。壊れるほど強く抱きしめた。

「ごめんしてくれやあ、ごめんしてくれやあ」

照屋は血だらけの顔で叫んだ。

ごめんしてくれやあ……照屋はその場にしゃがみこんだ。

しんと静まり返った洞窟に、

「よしっ」

という酒田の声が響いたとたん、乾いた音が聞こえた。あれは銃声だ。照屋がゆっくり振り返ると、酒田が地面に崩れ落ちるのがわかった。

下川だ。歩けない下川が這っていた。芋虫《いもむし》のように洞窟の枝道から這ってきて、銃を構えて照屋を見ていた。下川は薄ら笑いを顔中に浮べていた。周囲の兵隊たちが一斉に下川に向けて銃を乱射した。下川の体はずたずたにちぎれた。

再び洞窟がしんと静まり返った。

「ひゃあっ」

異様な叫び声があがった。ユキだ。ユキがふらふらと洞窟の入口に向かって歩き出した。そのときまた、洞窟がどんと揺れた。かなり大きな揺れだった。兵隊たちは地面に伏せた。米軍の砲撃が始まった。洞窟はたてつづけに揺れ、天井の鍾乳石がばらばらと落ちた。ユキはそんなことには無頓着《むとんちゃく》に、洞窟の入口に向かってふらふらと進んでいた。外に出れば砲撃でずたずたにされる。

照屋は周囲を見回した。水をためていた甕が目についた。急いで近よった。なかに水ははいっておらず空っぽだった。抱きかかえていた正作の小さな遺体をその甕のなかに落しこんだ。

「必ず洗骨して、ちゃんと葬るからよお。許してくれよお、正作」

照屋は甕の縁に頭をがんとぶつけてから、揺れ動く地面を這うようにしてユキのあとを追った。ユキはすでに洞窟の外に出ているようで姿は見えなかった。照屋は必死になって地面を転がり、外へ這い出した。五十メートルほど前方に、ユキが空を見つめながらしゃがみこんでいるのがわかった。

火薬のにおいが鼻をついた。土が飛びちって、あらゆる地面がえぐられていた。照屋は揺れる地面をふらつきながら走った。ユキに飛びついた。

「ユキっ、ユキっ」

耳許で怒鳴ったが、何の反応もなかった。

ひときわ大きく地面が揺れた。鼓膜が破れるほどの大音響だった。傍らの洞窟が崩れ落ちた。何もかもがなくなり、照屋の意識もすうっと遠のいた。正作の無邪気な顔が意識を失う寸前の照屋の胸をよぎった。

8

照屋の長い話は終った。

周囲は重い空気につつまれ、燿子の咽《のど》はからからに渇いていた。

「わんとユキはそのあと米軍に保護されて、病院に送られたさあ。奇跡的にわんもユキも体のほうの怪我《けが》は大したことはなかったが、ユキのほうは精神に少し異常をきたしていてな……」

言葉を止めた照屋に、

「はいっ」

と燿子は悲鳴に近い声を返した。

「無理もなかったが、元の精神状態には戻らなんだわけさ。だがわんはユキが愛《いと》しくて愛しくてなあ。子供も欲しくてたまらなかったわけさあ。それが祐月の父親さあ。わんは生まれてきたその子に……わんが殺した子供と同じ、正作という名前をつけたんさあ。わんがこの手で殺した子供の名前をなあ」

照屋は拳《こぶし》をぎゅっと握りしめ、体のすべてを小刻みに震わせた。

「その正作も、今は出稼ぎでコザの街の米軍のキャンプで働いてるさあ。沖縄《ウチナー》の地形が変るほど砲弾を撃ち込んだアメリカーの基地でな。皮肉なもんさあね。わしら《ワッター》は米軍に頼らんと生きてゆけん……ヤマトからはずっとほったらかしの状態だったしなあ」

照屋は全身の力を抜いて体をまるめた。

「それで」

と燿子は声をつまらせた。

「それで、照屋さんは六十年も、たった一人でこの辺りを掘り返していたんですね。赤ん坊の骨を見つけるために」

「赤ん坊だけじゃないさあ。あの洞窟で死んだ、すべての骨を見つけて弔ってやらんと、きれいに洗骨して埋葬し直してやらんとねえ。それが生き残った、わんの使命じゃと思ってるさあ」

「すべての人って、日本の兵隊もですか」

思わず不用意な言葉を口にし、燿子は顔色を変えた。

「そうさあ」

照屋はぼそっと低い声を出し、

「死ねばみんな天国《グッソー》に行くからね……だからみんなさ。いい兵隊も悪い兵隊も。それに、正作を殺したのはわんだからな。わん自身なんだから」

照屋は声をしぼり出した。歯をかみしめる音が聞こえてくるような声だった。

「ごめんなさい」

と燿子は素直に謝り、

「赤ん坊を殺したのは照屋さんじゃないわ。日本の兵隊よ。私はそう思う。照屋さんなんかじゃ絶対ないわ」

照屋がちらっと視線を燿子に向けた。

「それで、ユキさんはどうなったんですか」

照屋が何かを喋《しゃべ》るのを封じるように、燿子は上ずった声で訊《たず》ねた。

「ユキか……」

照屋の声が沈みこんだ。

「ユキは死んださ。祐月の父親を産み落してから半年後に急にね」

「…………」

「自殺じゃないさ、寿命さあ。ぽっくり病っていうやつらしいさあ。体はどこも悪くはなかったんだけど、子供を産んで自分の役目はもう終ったと思ったんだろうかねえ。ある朝、正作の隣で冷たくなっていたさ。苦しんだ様子はなかった。安らかな死に顔だったさ。それがたったひとつのなぐさめのようなもんかねえ」

「自然死ですか」

「ああ。気力がすっかりなくなったんだろうねえ。子供を産んで、自分がこの世に存在する理由がなくなったと、漠然と悟ってしまったんじゃないかねえ。早く楽になりたかったのかもしれんなあ」

「そんなこと」

燿子は言葉を失った。かける言葉がなかった。何を喋っても嘘《うそ》のように感じられた。無力な自分が情けなかった。

無言の時が流れたが、気まずくはなかった。燿子は無言で照屋と会話した。無言の会話が心に染み透る、本物の言葉のやりとりのように思えた。

「あんたは」

と照屋がふいに問いかけた。

「嘉手川さんの子供をどうするつもりねえ」

「私」

燿子は一瞬言葉につまり、

「まだきめていません。産むのか堕《お》ろすのか。照屋さんの話を聞いてすぐに、こんなことをいうのは不謹慎なんですが、産んだほうがいいのはわかってるんですけど、どうしたらいいのかまだ……それに、あの人自身が子供をつくるのを望んでいませんでしたし」

「人殺しの子供か」

照屋はぽつんといい、

「あの人はそのことを、とても気にしていたなあ。前の奥さんと別れたのも、そのことが原因だといってたし」

「はい」

と燿子は低い声を出した。

「わんは子供を殺し、嘉手川さんは母親を殺した。しかし、わんは次の子供を望み、嘉手川さんは拒否した。その違いはいったい何かねえ。わんにはそれがいくら考えてもわからん。燿子さんにはわかるかねえ」

照屋は軽く頭を振った。

「私は」

燿子は照屋の顔をしっかり見つめた。

「違いなどないと思います。ただ、嘉手川さんは、いろんな意味から、自分自身が生まれてこなかったほうがよかったと最初から自分を否定していました。子供をつくればそれを根底からくつがえすことになります。自分を肯定することになるのが嫌だったんだと思います。あの人は臆病《おくびょう》なんです。小さな子供と同じように臆病な心を持った人なんです」

「臆病か……」

「はい。でも私も照屋さんのさっきの話を聞くまでは臆病でした。母親を殺してしまった人の子供を産んでもいいものだろうかと。さんざん迷ってまた沖縄へきたんです。しかし」

と燿子は照屋を見る目に力をこめた。

「照屋さんの話を聞いて、私の臆病はどこかに消えてしまいました」

「消えたとは」

怪訝《けげん》そうな表情をする照屋に、

「人は誰《だれ》しも人を殺す可能性があることを知りました。たとえ殺したくなくても、人は人を殺す事態に陥ることを知りました。人は人を殺すのです。いえ、殺せるのです。条件さえ重なれば……私はそれは運だと思います。たまたま殺人を犯さない人間がいたとしたらそれは運です。殺さないのではなく、殺さなければいけない状況に陥らなかっただけだと思います。照屋さんも嘉手川さんも不可抗力だったんです。自分で好んで人を殺したわけじゃありません。だから私は、嘉手川さんの過去がどうであっても、それはもう気にしないことにしました」

「それは」

照屋は燿子の顔を見返して深々と頭を下げた。

「ただ」

燿子は両肩をすとんと落した。

「私のほうは気持の整理がついても、相変らず、嘉手川さん自身が子供を望んでいなかったという事実は残ります。照屋さんとユキさんの場合とは大違いです。そんな嘉手川さんの気持を無視して、自分一人で勝手に子供を産んでもいいものだろうか。私は今、それで迷っています」

といいつつ、私は本当にそう思っているのだろうかと、燿子は胸の奥で反芻《はんすう》する。本当に人を殺した嘉手川の子供でもいいと納得しているのだろうか……ひょっとしたら、単なる詭弁《きべん》、照屋に対するいいわけではないのか。

燿子は胸の奥で激しく首を振る。いいわけではないはずだ。私は腹を括《くく》ったはずだ、先ほどの照屋の凄絶《せいぜつ》な話を聞いて。もし嘉手川が自分の子供を残すことを望んでいたとしたら、必ず産むはずなのだ。しかし、嘉手川はそれを望んでいない……だからこそ、嘉手川が殺人者であったとしても私は産むことができるなどという、体裁のいい言葉を口に出せるのかもしれない。と考えてみて、燿子はまた胸のなかで激しく首を振る。何が本音で何が嘘なのか、よくわからなくなっていた。

「わんの場合はユキも子供を望んでいたが、燿子さんの場合はさ、嘉手川さんは子供を望んでいなかった」

照屋は独り言のように呟《つぶや》き、かすれた声であとをつづけた。

「難しいさあ、本当に難しい……しかし、わんにしてみたら、無理な相談かもしれんが燿子さんに嘉手川さんの子供を産んでほしい。大きな荷物を背負うことはわかっていても、何とか産んでほしいと思ってるさあ。年寄りの勝手ないい分だけどねえ」

「はい」

返事はしたものの、この、はいの意味が燿子自身にもわからない。

「与原村《ようばるそん》にはわんが連れて行くさあ。多分、村のなかを歩きまわれば、御嶽《うたき》の場所もわかるはずだからねえ。わんはこれでも、ウチナーの人間だからね」

と、照屋がようやく柔らかな声を燿子に投げかけたとき、

「私が一緒に行くわ」

厨房《ちゆうぼう》の扉の向こうから突然、声がかかった。扉を開けて入ってきたのは祐月だ。

「お前……」

照屋が疳高《かんだか》い声をあげて、椅子《いす》から腰を浮かしかけた。

「夕食のあと、おじいが燿子さんに九時に厨房で話をするっていってたのを耳にはさんだからさ。あのときのおじいの様子は徒事《ただごと》じゃなかったし、だから廊下で全部聞いてたさ」

「そうか」

照屋は一言いって、浮かしかけていた腰を椅子に戻した。

「赤ん坊を殺したのはおじいじゃない。殺したのはヤマトの兵隊たちさあ。だからさ、おじいは、おじいは……」

祐月の言葉のあとはつづかなかった。語尾が震えていた。

「祐月ちゃん」

と、思わず声をあげる燿子に、

「ねーねーのお腹《なか》のなかには、嘉手川さんの子供がいたんだね。だから、ねーねーは沖縄へ来たんだね」

祐月はたたみかけるように言葉を吐き出した。

「産みなよ、嘉手川さんがいくら産むなといっていたとしても、嘉手川さんはもういないさあ。産むか産まないかは、ねーねー一人できめればいいことさあ。何にも難しいことじゃないよお。死んだ人は何もいわないからさあ」

「何いっているか。死んだ人間にも意思はある。形がなくなっただけで、魂《マブイ》はちゃんと存在するよお。お前もウチナーの女なら、そんなことはちゃんとわかっているはずさあ」

「じゃあ、おじいは、燿子さんのお腹のなかの子を堕ろせっていうの。さっきは産んでほしいっていってたじゃないねえ。話が違うさあ」

祐月は照屋を睨《にら》みつけた。

「それとこれとは話が別さあ。わんはマブイのことをいってるんだ。死者をおろそかにしてはいかんといってるんだ」

嗄《しわが》れた声を照屋はあげた。

「お二人とも、私のことでいい争いはやめてください。お願いですから」

仲に入ろうとする燿子に、

「そうだよ。ねーねーのことなんだよ。だから、さっさと自分できめれば事は丸く収まるんさあ」

「…………」

「産みなよ。それがヤマトゥの償《つぐな》いってもんだよ。これ以上、ウチナーの人間を殺すなよ。お腹のなかの子はウチナーンチュなんだからさ、それを忘れるなよ」

祐月は一気にいった。

「言葉がすぎるぞ、祐月」

照屋が声を荒らげた。

お腹のなかの子はウチナーンチュ……。

燿子は祐月の言葉を胸の奥でかみしめた。

「とにかく」

と祐月は照屋と燿子を交互に見て、

「与原には私が一緒にいくから。おじいは車で村の入口まで送ってくれればいいよ。日帰りが無理だったら家の一軒や二軒はまだ残ってるはずだからさ、一泊すれば村のなかを全部見て回ることはできるさあね。目的が達成できたら、燿子さんの携帯で連絡してもらって、おじいがまた迎えにくればいいさあ」

「それはまあそうだが、お前だけで大丈夫ねえ」

心配そうな照屋の口ぶりに、

「大丈夫だよ。私はこれでもウチナーの女だからさ。おじいは洞窟《ガマ》のなかで死んだ人の骨を探さなきゃならないっていう大事な仕事があるんだから。そっちに専念すればいいさあ」

祐月はきっぱりとした口調でいい、

「で、ねーねーはいつがいいの。明日か明後日《あさって》なら、まだ平日だからちょうどいいけど」

明日は圭との約束があった。照屋の話を聞いた今となっては気が重い約束だったが、すっぽかすわけにはいかなかった。

「明後日でいいわ」

ぽつんといった。

「じゃあ、それできまり。明後日の朝、出発ということで」

祐月はふっと溜息《ためいき》をついてから、

「私、ずっと、おばあは自殺したんだと思ってた。村の噂話《うわさばなし》でも、大体みんなそんなこといってたし。でも今日、本当のことがわかって安心したさあ。おばあは自殺じゃなくて寿命だったって」

照屋の顔を真正面から凝視した。

「ありがとう、おじい」

さっと背中を向けて厨房を出ていった。

照屋が小さな吐息をもらした。

ようやく嘉手川の生まれた村へ行ける。

部屋に戻った燿子は、テーブルの上に手紙と一緒に残されていた使いきりカメラをそっと置いて、睨みつけるように見た。

もし嘉手川の足取りがつかめても、このカメラの謎《なぞ》は依然として残る。いったい何が写っているのか。さっさと現像に出せばはっきりするのだが、燿子はいまだに踏ん切りがつかなかった。

どこにでもある使いきりカメラ。嘉手川はどんな被写体にこのカメラを向けて、あの長い指でシャッターを切ったのか。

燿子の好きだった、嘉手川のあの手。

脳裏にまざまざと浮んだ。愛しすぎる手だった。嘉手川に逢《あ》いたかった。燿子は激しく首を振ってから、使いきりカメラをていねいにバッグのなかに戻した。

翌日もいい天気だった。

真白な積乱雲が青い空にくっきりとそそり立ち、目に突き刺さるほど眩《まぶ》しい。連日の晴天つづきで空気はからりと乾いていた。

燿子は重い気持で砂糖きび《ウージ》畑に囲まれた小道をゆっくりと歩いた。もう少しで一時になろうとしていた。圭との約束の時間だった。

砂糖きび畑の端に圭が立っていた。

いつものように短パンにTシャツ姿だったが、今日は頭に麦藁《むぎわら》帽子を載せていた。大きな廂《ひさし》が邪魔をして表情がよくわからない。ひょっとしたら、まともに燿子と顔を合わせるのが恥ずかしいのかもしれない。

燿子はゆっくりと圭に近づいた。

いつから待っていたのか、圭の首筋からは汗が流れて、Tシャツに黒っぽいシミをつくっている。

「圭君」

さりげない調子で声をかける燿子に、

「ねーねー」

圭は恥ずかしさと期待感を滲《にじ》ませた声を返した。

「海辺へおりてみようか」

圭の肩に手を置いて燿子は歩き出した。

手のひらに圭の汗の湿りけが伝わった。つい先日、自転車のうしろで舌を出してなめた汗だ。あのときはときめきを感じたが、今はただの湿りけだった。同じものがたった何日かでまったく別のものになっていた。

燿子は圭の肩に手を置いたまま、砂糖きび畑のなかの小道をずんずん歩いた。畑の向こうでは今日も照屋が汗を滴《したた》らせながら、不自由な足で土を掘っているはずだった。六十年も前に埋もれてしまった悲しい骨を探すために。

十分後、二人は砂糖きび畑を載せた断崖《だんがい》を見上げる砂浜にいた。白くて肌理《きめ》の細かい砂浜だった。目の前にはエメラルドグリーンの鮮やかな海が横たわっている。

風がひゅっと抜けた。

涼しい風だったが、頭の上が焼けるほど熱い。強すぎる太陽だった。二人は防風林の茂る場所まで歩いて腰をおろした。日陰は驚くほど涼しかった。

さて、どう切り出したらいいのか。ずっと考えていたが、いい案は何も浮ばなかった。

正直に話すしかなかった。

「ごめん」

燿子は海を真直《まっす》ぐ見つめたままいった。圭がどんな顔をするのか知りたくなかった。

「私は、圭君との約束を果たせなくなっちゃった」

息をのむ気配が伝わった。

「私はどうかしていた。嘉手川さんにすてられて、気持のほうが捻《ねじ》れていたんだと思う。圭君と祐月ちゃんのような、幸せそうな人間を見ると、ぶち壊してやりたくなった。そしてさっさと逃げ出していった、嘉手川さん本人に対しても……なぜ自分だけがこんなに惨めでいなければならないのか、腹が立って仕方がなかった。そんな自分の気持を鎮めるための手段が圭君だった。圭君を誘惑すれば、祐月ちゃんにも嘉手川さんにも仕返しができる。胸がすっとする。何とか気持を収めることができる。だから圭君を誘った

――」

燿子は海を見つめたまま言葉を切った。

エメラルドグリーンが光っていた。目に染みるほど鮮やかだった。どこまでもあっけらかんと美しかった。

「つまりね」

と燿子は前方を真直ぐ見すえたまま、

「私は自分勝手で、わがままで、意地悪な嫌な女だったってことにようやく気がついたの。気がつかなければよかったんだけど、気がついてしまったんだから、もう圭君とセックスはできない。東京のねーねーは約束は破らないって大きなことをいったけど、破ることになっちゃった。圭君には本当に申しわけないと思っているけど……ごめんなさい」

頭を下げたとたん、肩の力がすっと抜けた。目の前の海がいっそう輝きを増した。

綺麗《きれい》だ――。

燿子は沖縄にきて、本当の海を初めて見たような気がした。意識のすべてがエメラルドグリーンにぱっと染まった。

「ねーねー」

初めて圭が口を開いた。燿子は圭の顔を見た。目が合った。圭の目のなかにも海があった。

「ゆうべ、キジムナーを見たんだ」

視線を燿子から外した。

「キジムナー」

と呟くように口に出して圭を見ると、砂糖きび畑の広がる崖《がけ》をじっと見ていた。視線の先に照屋がいた。ひと休みでもしているのか、照屋は首にタオルを巻いた姿で、崖の先端に立って身じろぎもしないで海を見ていた。

「圭君は、なぜ照屋さんがあちこちの土を掘っているのか知ってるの？」

　思いがけない言葉が飛び出した。

「えっ」

　と圭は低い声をあげ、

「戦争で死んだ村人の骨を探してるって聞いたけど。おじいたち二人だけが生き残った罪ほろぼしのために」

　罪ほろぼし。確かにそうなのだが、そんな簡単な言葉ですませられるほど、生やさしいことではないのだ。

「何の罪ほろぼしか、圭君たちは知ってるの」

「何のって。だからさ、二人だけが運よく助かって、あとの人間は死んでしまったからさ」

　やはり、あの洞窟のなかでの出来事は誰も知らないのだ。照屋は自分の胸の奥に封印して誰にも真相を話していないのだ。

「そんな単純な話じゃないわ」

　疳高い声を出して燿子は圭を見つめたものの、照屋が洞窟でしたことを話すわけにはいかない。あれは自分が話すべきことではない。もし話してもいい人間がいたとしたら照屋自身か、それとも——。

「そんな単純な話じゃないけど、私が圭君に喋るわけにはいかないから。照屋さん自身か、祐月ちゃんに教えてもらうといいわ」

「祐月に」

「そう。照屋さんはもちろん、祐月ちゃんも、六十年前のそのことで相当に心に傷を負っているはず。もし、圭君が祐月ちゃんのことを結婚したいほど好きなら、その心の痛手を癒《いや》してあげるのは圭君の役目。二人の心の傷を思えば、圭君の悩みなど、ほんのささいなこと、気になんかしてたら罰《ばち》があたるわ」

「ささいなこと！」

疳高い声で圭がいった。

「祐月ちゃんから本当の話を聞いたら、圭君だってきっとそう思うはず。世の中にはね、圭君の想像もつかないほど辛《つら》いことが実際にはあるの」

燿子は圭の顔から視線をそらして、目の前に広がる海に戻した。

エメラルドグリーンが視野をおおいつくした。途方もなく綺麗な海だった。辛い話にはそぐわない海の色だった。綺麗な色が悲しい事件をひょいと握りつぶしているような気がした。

綺麗すぎる風景は悲しみを拒否する。

そんな思いが胸に湧《わ》いた。これも本物の沖縄の海なのだ。一瞬、燿子はこの美しい海に憎しみを覚えた。

——これほど辛いことがありながら、なぜお前はそんなに綺麗でいられるのか。

燿子は無意識のうちに海に問いかけた。

怒りが沸きあがった。いきなり燿子の耳から波の響きが消え、無音の世界が広がった。目の前の明るい景色が暗く沈みこんでモノトーンの世界に変った。

あの写真と同じだ。

嘉手川の撮る写真……そう気がついたとたんに燿子の耳に音が戻った。規則正しい波の響きとかすかな風のささやき。視線を上にあげると真青な空があった。目に突き刺さるほどの濃い青だった。沖縄の空は海に負けないほど綺麗だった。

「どうしたの、ねーねー」

圭の声がすぐ隣でした。

「何でもないわ、ちょっと感傷的になっただけ」

「…………」

「沖縄の景色って綺麗すぎるのよ。そうは思わない、圭君」

「そんなこと、考えたこともないさ。毎日見慣れているし」

圭は首を傾《かし》げた。

「そうか、毎日だもんね……でも祐月ちゃんのことは見慣れないでよ。大事にしてやってよ。祐月ちゃんの力に本当になれるのは圭君だけなんだから。いつまでも祐月ちゃんに甘えてないで、このあたりで圭君も大人《おとな》にならなきゃね」

ぽかんとした表情を浮べる圭に、

「ところで、さっきキジムナーを見たといってたけど、本当のことなの」

燿子は怪訝な顔を向けた。

「本当さあ。僕は嘘はいわないよ。三年ぶりにあいつが目の前に現れたんだ。びっくりしたさあ」

昨夜の、午前二時頃《ごろ》のことだと圭はいった。

トイレに起きた圭が、縁側から庭のがじゅまるの木を何げなく見ると、中央から伸びた太い枝が動いているような気がした。目をこらした。

ふいに、ばさっという音がして小さな生き物がその太い枝に逆さにぶら下がった。体が赤い色に淡く輝いている。オカッパ風の髪の毛が下にたれ、顔は無邪気な人間の子供そのものだ。

キジムナーだ。圭の咽から小さな悲鳴があがった。小学生のころはよく見たことがあったが、中学になってから見るのは初めてだった。

「おい」

と圭は思い切って声をかけてみた。キジムナーに声をかけるのは初めてだった。

「ほい」

とキジムナーは答えた。無邪気な声だった。

「お前は誰だ」

上ずった圭の問いに、

「俺はお前だ」

とキジムナーは答えた。

「俺がお前ってどういうことさ」

「どういうことってどういうことだ。ただ、そういうことだ」

キジムナーはそういって、逆さにぶら下がった体を前後に揺すり、ひょいと起きあがって今度は器用に腰をかけた。

「なぜずっと出てこなかったんだ。なぜ今頃出てきたんだ」

さらに圭はいった。

「そんなことは知らないよ。お前のほうがよく知ってるんじゃないか」

「僕のほうが？」

「だからいったじゃないか。俺はお前で、お前は俺だって」

くしゃりとキジムナーは顔を崩した。まるで赤ん坊がべそをかいたような顔だった。

枝の上にすっと立ちあがった。帰るような素振りに圭には見えた。

「おい」

声を張りあげた。

「ちらあふぁさん」

ぼそっと呟くようにいって、小さな赤い色の生き物は圭に背中を見せた。ふっと、がじゅまるの木の奥に姿を消した。梢《こずえ》がざわっと鳴ってあたりはしんと静まり返った。

話し終えた圭は肩を幾分落していた。

「夢でも見たんじゃないの」

という言葉を燿子は咽の奥にのみこんだ。沖縄は神と骨の島なのだ。何がおきても不思議はなかった。

「そう、三年ぶりにキジムナーが出たの。でもどうして、今頃になって姿を現したのかしら」

燿子は独り言のようにいい、

「その、キジムナーのいった、ちらあふぁさんってどういう意味なの」

「どうって――」

圭は急に細い声になり、

「恥ずかしいとか、とても見てはいられないとか……そういった意味だけど」

そうか、だから帽子をかぶってきたのかもしれない。圭自身も今日のことはけっこう恥じているのだ。それをキジムナーに指摘されて——。

「そういうことなら私のほうがもっと、ちらあふぁさんよ。圭君よりうんと年上のくせして……でも今日で二人とも卒業。圭君は祐月ちゃんが好き。私はやっぱり、嘉手川さんが好き。そういうことで頑張ろ」

燿子は麦藁帽子をちょんとつついた。

「うん」

という圭のかすれた声を聞きながら、ひょっとしたら、キジムナーの件は圭の作り話では、という考えが燿子の胸の奥底に湧いた。キジムナーの話は、燿子が今日の件を話してすぐに飛び出してきたのだ。圭もきまりが悪かったのではないか。少年の罪悪感とプライドがキジムナーを創造した。そう考えても辻褄《つじつま》は合うような気がした。むろん、あくまでも想像ではあるけれど。

「キジムナー、また出てきてくれるといいね」

ことさら明るい声で燿子はいった。

「うん」

圭の麦藁帽子がこくりと揺れた。

燿子は国道沿いのバス停のそまつな椅子に座ってうなだれている。

もう二時間近く、この状態のままだった。その間、バスが四回、停《と》まり、そのたびに燿子は腰を浮かせかけたが乗ることはできなかった。

三つ向こうのバス停の前にコンビニがあることを聞いて、あの使いきりカメラのフィルムを今度こそは現像に出すつもりで出てきた。圭と別れて、ちゅらうみに帰ってから改めて足を運んできたのだがこの始末だった。

バスが停留所に停まるたびに燿子の胸は早鐘を打つように躍った。体中がぎゅっと縮こまり腹の辺りがすうっと寒くなって気分が悪くなった。

いったいこのフィルムには何が写っているのか。なぜ、嘉手川はわざわざこのカメラを失踪《しっそう》時のメモの上に置いていったのか。そもそもこのカメラにどんな意味があるのか。すべては現像すればわかる気がしたが、どうにも燿子にはその踏ん切りがつかなかった。

写っている写真を見るのが怖かった。

何が写っていると怖いのか曖昧《あいまい》だったが、どんなものが写っているにしろ、見るには相当の覚悟がいった。被写体によっては、燿子と嘉手川の今までの関係が一気に壊れる恐れもあった。

五台目のバスがすうっと停留所に入ってきた。燿子の体が固まった。立とうとしたが足に力が入らなかった。体が自分の思い通りに動かず、他人のもののようだった。

バスが大きな音を立てて停留所を離れた。

耀子はゆっくりと顔をあげて空を見た。眩しいほどの青い空が視野一杯に広がった。青の端に走っているのは真白な筋雲だ。途方もなく綺麗な白に見えた。

耀子の脳裏に白いでいごの花がふわりと浮んだ。照屋が狂い咲きと称した、崖の端にぽつんと立っている、あの変種のちっぽけなでいごの木の花だ。

見たいと思った。体中に力が戻ってきたような気がした。耀子はバス停の木の椅子から勢いよく立ちあがった。

砂糖きび畑を抜けて、崖に行くと、今日も照屋がスコップで穴を掘っていた。皺《しわ》の深い、黒く日焼けした顔からは汗の玉がいくつも滴り落ちて地面を濡《ぬ》らしている。

「あい、耀子さん。今日はこんなところまで、どうかしたのかねえ」

照屋が機嫌よく声をかけてきた。

「何となくあれが見たくなって」

耀子はちっぽけな木を指差した。

「あの変り種のでいごかねえ」

「はい。近くで見たことがないので、今日はじっくり見せてもらおうと思って」

軽く会釈をして崖の突端《とったん》に足を向けると、照屋もスコップを地面に突き刺して後ろからついてきた。

二メートルほどの高さで、燿子のすぐ目の前に白い花は顔を覗《のぞ》かせていた。

「形は赤い花と同じなんですか。違うのは色だけなんですか」

燿子の問いに、

「そうさ、違うのは色だけさあ。形は赤いでいごの花と同じようだねえ」

照屋は軽く首を振って答えた。

ぽってりとした花だった。花は放射線状に枝の先に咲き、花弁が外に弾《はじ》けるように飛び出して勢いがあったが、色が白なのでどことなく沈んで見えた。

燿子は花を凝視していて奇妙なことに気がついた。色は真白ではなく、わずかに赤みをおびて一部には黄色っぽさも混じっている。だから、白い色ではあるけれど、全体的にはくすんだ白なのだ。

「この白って、色が混じってますね」

燿子の頭に嘉手川の端整な顔が唐突に浮んだ。この花は赤と白の混血の花……。

「アメラジアン」

と口から言葉が迸《ほとばし》り出た。

「そうだねえ。確かに色は混ざっているようだねえ。燿子さんにはこの花がそう見えるんだねえ」

照屋は感慨深げにいってから、ふいに白い花を睨みつけるように凝視し、

「そんなふうにいわれると、わんにはこの花が骨の色のように見えてくるさあ。ウチナーの大地に無数に埋まっている骨の色にねえ」

「骨の色！」

低く叫ぶようにいう燿子に、

「赤いでいごは血の色、白いでいごは骨の色。だからときどき、変り種の白いでいごが咲くのかもしれないねえ。悲しい色だけど、ウチナーにはぴったりの色さあ。でいごはやっぱりウチナーの花なんだねえ」

照屋は一語一語をかみしめるようにいい、でいごの木に向かって軽く頭を下げた。

作業を終えた照屋と一緒にちゅらうみに帰ると、中井夫婦《めおと》が食堂でビールを飲んでいた。珍しく今日は絹も飲んでいるようで、ふっくらした頬《ほお》と目許がピンク色に染まっている。

「お帰り、燿子はん」

中井は上機嫌でジョッキを目の高さまであげ、

「祐月ちゃん、ビールもう一杯や。燿子はんの分や。わいの奢《おご》りや」

食堂につづくカウンターから祐月がちらっと顔を覗かせ、燿子を窺《うかが》った。

「いいわ、いただくわ」

燿子が軽くうなずくと祐月は顔をひっこめ、すぐに生ビールをトレイに載せて中井のテーブルにやってきた。燿子は絹の隣に座りこんでいる。

「おじいから聞いたかもしれないけど、明朝は九時に出発ですから。それまでに用意をしてここにおりてきてくださいね」

祐月はテーブルに生ビールの中ジョッキをそっと置いて、はっきりした声でいった。

「九時出発ね。わかったわ」

燿子もはっきりした口調でいい、

「ありがとう、祐月ちゃん」

素直に頭を下げた。

「そんなこと、当たり前のことですから」

珍しく羞《はにか》んだような表情を祐月は浮べた。どうやら素直な燿子の態度にとまどいを覚えたようだ。

「なんや。どっかいいとこ行くんか。どこへ行くんや」

中井が会話に割りこんできた。

「中井さんたちにはちょっと無理です。ヤンバルの原生林を探検しに行くんですから。若い人じゃないと」

「原生林か。面白そうやけど、わいらにはやっぱり荷が重そうやな」

「当たり前です。そのあたりの坂道を上るだけでふうふういっているお父ちゃんに、原生林なんか行けるわけあらしまへん」

絹が優しい目で中井を睨んだ。

「そらそうや。無理なことして、心臓発作でもおこしたらえらいこっちゃ。わいらの趣味は長生きやからな。もちろん二人一緒にな」

「そうです。年寄りは無理したらあきません。細く長くが私らのつとめですさかい。なあ祐月ちゃん」

絹がふわりと笑った。いい顔だった。何もかもが満たされた……と思った瞬間、嘉手川の写真が燿子の脳裏をよぎった。編集長の小谷のいった言葉が蘇《よみがえ》った。小谷は嘉手川の写真を称して、日溜《ひだま》りのなかの静けさと呼び、

「――強烈な太陽の下で動くものはすべて蒸発してしまって、残っているのは無機質な物体だけ。つまり廃墟《はいきょ》だな」

と表現した。燿子はその言葉を、絹の笑いのなかに見たような気がした。

「日溜りのなかの廃墟……」

ぽつんと独り言のように呟く燿子の言葉をつつむように、

「そうさ。年寄り《トゥシユイ》はもっともっと長生きせんと、トゥシユイの意味がなくなるさあ。でも見たところ、中井さんたちはあと三十年は生きられるから大丈夫さあ。だけど、ウチナーではおばあは嫌になるほど長生きにきまってるけど、おじいはそうでもないから

ね」

祐月はそれだけいって、絹と同じようにふわっと笑ってその場を離れた。祐月の笑いは無邪気そのもので、日溜りのなかの廃墟のようなものはまったく感じられなかった。

「私だけが長生きしても困ります。この人と一緒やないと生きてるハリ、あらしませんから。なあ、お父ちゃん」

絹がまた笑った。いい顔だったが、やはり日溜りの廃墟に見えた。

「あの、お二人はいつまでここにおられるんですか」

燿子は思わず口を開いた。

「数日中に発《た》つつもりです。新婚旅行のやり直しもすんだし、もう思い残すことあらへんからな。なあ、お前」

「はい。そうですなあ」

と素直に絹がうなずいた。

「ほら、燿子はん。冷えとるうちにビールあけんと」

中井にうながされ、燿子はジョッキを手に取って、きんきんに冷えたビールを咽の奥に流しこんだ。咽にも沁《し》みたが胸にも染みた。冷えすぎていて味がよくわからなかった。

酒盛りはそれから夕食までつづいた。中井も絹もよく食べ、よく飲んだ。

「こんな楽しい夜は初めてやなあ、お父ちゃん」

「そうや、そうや。新婚のとき以来や。何を食べてもうまいし、どれだけ飲んでもうまい。さすがに新婚旅行のやり直しのことだけはあるなあ。ありがたいこっちゃ」

「ほな、みんなで乾杯しまひょ」

はしゃいだ声で絹がいい、ジョッキを高く持ちあげた。

「みなさん、今夜は本当にありがとうございました。こんな夜はもう二度と訪れんやろうと思うくらい楽しゅうおました。燿子はんも祐月ちゃんも、つきあってくれてほんまにおおきになあ」

夕食の終りごろには祐月もテーブルに呼ばれ、ビールをちびちび飲んでいた。

中井と絹は立ちあがってぺこりと頭を下げた。いつのまにか照屋もテーブルの脇《わき》に立っていた。

「ほな、二、三日中には発たせてもらうさかいに」

中井はそういってから、どういうつもりなのか、右手を顔の横に持っていき敬礼をした。軍隊式の敬礼だった。二人は仲よく手をつないで階段をゆっくり上っていった。

「本物の敬礼だな。肘《ひじ》が下がってなかったから陸軍なわけさあ。若く見えるけど、あの人はさ、ひょっとしたら沖縄戦に参加してた人かもしれんなあ」

照屋が低い声でいった。

9

足が悪くても車の運転にはまったく支障はないようだ。

もっとも照屋の悪いのは左足なので、近頃《ちかごろ》のオートマチック車なら問題はないのも確かだった。照屋はゆったりとハンドルを握り、客の送迎に使うワンボックスカーを、ヤンバルの先端にある与原村《よばるそん》に向かって走らせた。

与原村に向かうのが一時間ほど遅れていた。原因は中井夫婦だった。

二、三日中に出立するといっていたが、今日の朝、八時になっても九時になっても二人は食堂に姿を見せなかった。こんなことは初めてだった。思いあまって祐月が部屋に電話をいれても誰《だれ》も出ず、マスターキーで鍵《かぎ》をあけてなかに入ってみると二人の姿は消えていて、サイドテーブルの上に一通の手紙が残されていた。

『本当に申しわけありません』

手紙はこんな言葉で始まっており、

『今まで精一杯生きてきましたが、こうするより他なくなってしまいました。何もかも壁につきあたり、実をいうと私ら二人、ここに死に場所を求めてやってきたんです。

死ぬなら様々な意味で、思い出のある沖縄の太陽の下でときめていました。毎日毎日、死に場所を探して歩きまわりましたが、情けないことに、どうにもこうにも決心がつかず二の足を踏むばかりで、いざとなると怖《こお》うて怖うて……というよりも強烈な太陽の光が死ぬ気を吸い取ってしまうようで。

情けないです。本当に情けないです。

さんざん飲み食いしながら、その勘定を払うこともできません。まったく情けない話ですが、勘定は必ず払いに参ります。私ら二人、もう一度出直すことにしました。と、いっても先に当てなどあるはずもありませんが、二人一緒にがむしゃらになって進めば何とかやっていけるような気がします。

勝手ないい分ばかりを並べたてて、本当に申しわけありませんが、何とか許していただけますようお願いいたします。

また沖縄に迷惑をかけてしまいました』

テーブルの上には手紙と一緒に千円札が三枚置かれてあった。二人は窓から出ていったらしく、開け放たれたガラス戸から風が吹きこみ、エメラルドグリーンの海を背景にしてレースの白いカーテンが風に揺れていた。

「警察に届けるか、おじい。どうもあの二人は怪しいと、私はチェックインしたときから思ってたのさあ」

と気色《けしき》ばむ祐月に、

「放《ほう》っておこう。死ななかっただけでも、上等だと考えれば腹も立たないさあ」

照屋のこの一言で、中井夫婦の件はうやむやになり、三人はワンボックスカーに乗りこんで与原村を目指したのだ。

「何から何まで怪しい二人だったさあ。大体、あの二人って夫婦なんだろうか。いったい何をやらかして沖縄《ウチナー》までやってきたんだろうね。それに、ウチナーの思い出って書いてあったけど、どんな思い出なんだろうね。新婚旅行のやり直しとはいってたけど」

祐月の言葉にかぶせるように、

「それもひょっとしたら嘘《うそ》かもしれない。最後の文面に、『また沖縄に迷惑をかけてしまいました』というのがあったし……」

燿子は押し殺した声でいった。

「またって……じゃあ、この前の戦争っていうこと？」

「そうかもしれないし、そうでないかもしれないさあ」

照屋が口をさしはさんだ。

「でも、おじいは中井さんの敬礼を見て、本物の陸軍のものだっていってたよね」

「ああ」

照屋は重い声を出し、

「だからといって、戦争に関《かか》わる思い出とは限らんさあ」

それっきり口を閉ざした。

「でも、あの二人幸せそうだったさあ。ここにいる間中いつも二人一緒で……」

「あの二人は本当に幸せだったのよ」

燿子はいって、膝《ひざ》の上の手をぐっと握った。

ほんの短い間に、燿子は二通の生き死にに関わる手紙を見た。

嘉手川は遺書のようなメモだけを残して燿子の前から去り、自殺するつもりだった中井と絹は思い直して燿子の前から消えた。嘉手川はおそらく死に、中井夫婦は生き残った。わけのわからない理不尽な怒りが体中に沸きあがるのを感じた。死ぬのは嫌だったが、誘ってほしかった。相談してほしかった。理屈の通らないことはわかっていたが、そう思った。

ワンボックスカーは国道五八号を海沿いに快調に走った。目指す与原村の入口に着いたのは十一時半頃だった。それ以上は車の乗り入れができない、草の生い茂った山道まで照屋は二人を連れていった。

「これ以上は無理さ」

照屋はそういって車からおり、

「大丈夫か、祐月」

心配そうな表情を向けてきた。

「大丈夫さ。草はぼうぼうだけど、道の跡はまだちゃんと残っているから。道に迷わなければ、多分一時間ぐらいで昔の集落にたどりつけると思う。心配なんていらないさあ」

祐月はリュックを背負った肩を揺すりあげた。

「じゃあ、なるべく明るいうちに探しあてるようにな。探しあてて事がすんだら電話をいれなさいねえ。わんはここまで迎えにくるからさ。電話のないときは、明日の昼にここにくるから。見つからなくても昼にはここで待ってなさい。いったん出直して今度はわんが燿子さんと一緒に村に入るからな」

照屋は祐月に念を押して車に乗りこんだ。

走り去る車の後ろ姿を見送ってから燿子と祐月はゆっくりと歩き出した。今日の二人はジーンズにスニーカー姿だった。こういうこともあるかもしれないと予想して、燿子はジーンズとスニーカーを用意してきていた。

歩き出すとすぐに体中から汗が噴き出した。

周囲には名前も知らない南国の木々が生い茂り、風通しが悪かった。そのくせ太陽《ティーダ》は真上から木々などはものともせず、容赦なく照りつけてきた。

「祐月ちゃん、リュック大丈夫。疲れたらいってね、代るから」

「大丈夫さ。それに、内地《ヤマト》のねーねーにはリュックを背負っての山道は無理だよ。心配しなくていいさ」

祐月は汗の玉が光る顔で笑い声をあげた。

首から下げたタオルで顔の汗をふき、二人は黙々と草の茂った道の跡を歩いた。

「あのね、祐月ちゃん」

ふいに燿子はかすれた声でいった。

「………」

「圭君のこと、ごめんね」

ぼそっという燿子に、

「圭のことって？」

「私どうかしてたんだわ。自分があんな目にあったものだから、幸せな人を見るとむしょうに腹が立って……だからあんな嫌なことばかりして……」

「忘れよ、ねーねー」

祐月は明るすぎるほどの声を出した。

「忘れなければ何も始まらないからさ。ヤマトゥとウチナーの関係も同じことさ……大丈夫だよ、ウチナーの女はけっこうしぶといからさあ」

祐月は立ち止まって顔中で笑った。

「ごめんなさい」

消えいりそうな声で燿子は詫《わ》びた。

「そんなことより、嘉手川さん、見つかるといいね」

さっと現実に引き戻された。そうだ嘉手川なのだ。見つけるために、とうとうここまでやってきたのだ。だがもしそうなったとしても、いったいどんな状態で嘉手川は待っているのか。燿子の背中をぞくりと寒気が走った。この暑さなのだ。無残なことになっている可能性は充分あった。


祐月のいった通り、一時間ほどでかつての集落に到着した。ぱっと山が切れ、目の前に荒れ果てた集落が広がった。苔《こけ》むした家が十数軒、時間から忘れ去られたようにひっそりと立っていた。ほとんどが倒壊寸前だった。

「廃墟《はいきょ》……」

ぽつんと祐月はいい、

「ちょうど時間もいいからお昼にして、それから集中的に探そうか」

すたすたと一軒の家の縁側に近づき、埃《ほこり》を払おうともせず無造作に腰をおろした。燿子もすぐにそれに倣《なら》った。

リュックを開けて握り飯と、さんぴん茶の入った魔法瓶を取り出した。

「この村で、嘉手川さんは育ったんだね」

握り飯を頰張《ほおば》りながら祐月がいった。

そう。この小さな山間《やまあい》の村で嘉手川は育ったのだ。この村のなかを走り回り、この村のなかで生活し、そしてこの村のなかで嘉手川は母親を殺した……。

「嘉手川さんの家、わかるかしら」

辺りを見回しながらいう燿子に、

「それは無理だと思うよ。もし表札が出ていたとしても苗字《みょうじ》はほとんどが同じ嘉手川だろうしね」

そうか。こういうところではほとんどすべての住人が親類縁者なのだ。

「それに、嘉手川さんの家には邪風《ヤナカジ》がたまっているかもしれないしさ」

「ヤナカジ？」

「悪魔みたいなものさ。この前の夜、二人の話をちょっと聞いただけだけど、嘉手川さんはお母さんを自分の家で――」

「そうだったわね、本当にそうね」

燿子は冷たいさんぴん茶を咽《のど》の奥に流しこんだ。

食事を終えてから早速行動に移った。

「じゃあ、祐月ちゃんはそっち、私はこっちのほうを探すから」

と燿子がいうと、

「駄目だよ。ねーねーみたいな都会の人間に、ヤンバルのなかなんて歩けっこないさあ。ふっと気がついたら迷子になってるのが関の山だよ。どっち見たって山と緑の似たような景色ばかりなんだから」

「迷子になっちゃうの？」

「そうだよ。原生林を甘く見たらえらいことになるよ。そういうことがないように、わざわざ私がついてきたんだからさあ。そこんところをちゃんと考えないと。だから、行動はいつも二人一緒。安全第一を考えないとね」

「わかったわ」

と燿子も素直に認め、

「で、どこから始めるの」

「まず、お墓を探そ。そのあたりの可能性も否定できないし。多分、お墓はあの人家の裏山のあたりにあるはずだから簡単に見つかるさあ」

祐月は明言し、民家の裏に向かって歩き出した。燿子もすぐにあとを追う。

祐月のいったように裏山の斜面に、集落の墓はずらりと並んでいた。貧しい集落だったせいか大きな亀甲墓《かめこうばか》は見当たらず、ほとんどが小さなものばかりだった。

祐月と燿子は一時間ほど、そのあたりをうろうろと歩きまわったが、拝所《うがんじゅ》も御嶽《うたき》とおぼしきものも見つからなかった。

「どうするの」

額から首筋をタオルで拭《ぬぐ》いながら燿子が祐月の顔を覗《のぞ》きこむと、

「次は水のある場所。清らかな水は神聖なものと昔からきまってるからさ」

祐月は笑顔を浮べていい、

「ほら、どこからか水の流れる音が聞こえてくるでしょ。あの音を頼りに進めば水場は簡単に見つかるはずさあ」

「もし、それでも御嶽がなかったら」

深刻な表情を顔一杯に燿子は浮べた。

「あとは奇岩怪石のある場所。本当はこういったところが、いちばん御嶽のある可能性が高いんだけどね」

「じゃあ、それを先に探したほうが」

「実をいうとね、私はまず最初に拝所を見つけたいんだ。そこでこの土地の神様にここに勝手に入りこんだことをお詫びして、それから神聖な御嶽にうつりたいの。ものごとはきちんと筋を通さないとね」

やはり祐月はウチナーの娘だと燿子は思った。

ついさっき墓地に入ったときも、入口の大石のあるところで祐月は線香を焚《た》いて真剣な表情でお参りをしていた。むろん、燿子もそれに倣ったが。

集落の東側に渓流があり、岩の間を抜けて飛沫《しぶき》をあげながら、緑色の水をたたえた小さな池につづいていた。

「あった」

と祐月が叫んだ。

池のほとりの木々がかぶさるように茂ったすぐ下に、半分壊れた屋根を残した拝所がぽつんと残されていた。長い切石《きりいし》で囲まれた拝所は夏でも涼しい風が通り抜け、見るからに清浄そうな場所だった。

祐月はリュックのなかから線香を取り出し、火をつけて切石のなかにそっと置き、きちんと跪《ひざまず》いて両手を合わせた。何かを唱えているようだったが、それが何なのか燿子にわかるはずはない。一緒になって手を合わせ、嘉手川が見つかるようにと燿子も一生懸命に念じた。

「どう、このあたりにありそう？」

立ちあがった祐月に声をかける。

「わからない。探してくるからさ、燿子さんはここにいて。ここなら涼しそうだし、日陰にいれば汗をかくこともないだろうし」

祐月ははっきりした口調でいい、

「私の帰るのが遅くなっても、絶対にここを動かないでね、ねーねー」

燿子の前をさっと離れていった。

足手まといという言葉が燿子の胸をよぎった。でも仕方がなかった。その通りなのだ。

祐月一人のほうがはるかに自由に動け、御嶽を探し出す確率も高くなるのは事実だった。

燿子は岩の上に腰をおろし、すぐ目の前の池に目をやった。直径は二十メートルほどで、絶えず渓流が流れこんでいるため水は澄んでいたが、水深がかなりあるのか色は濃い緑色だった。

祐月はなかなか帰ってこなかった。

燿子は池を見つめつづけた。

形はほぼ円形で、拝所のあたりをのぞいて周囲は濃く茂った樹木におおいつくされている。生き物が棲《す》んでいるかどうかはわからなかったが、どことなく清浄な雰囲気をたたえた池だった。

燿子の頭のなかで何かが弾《はじ》けた。

聖なる白い穴とはひょっとして……。

祐月が帰ってきたのは五時近くだった。相当あっちこっち探しまわったらしく、表情に疲労の影がみてとれた。足取りが重そうなのは成果がなかったからだろう。

「ごめんね、ねーねー。遅くなって」

低い声で祐月がいった。

「見つからなかったの、御嶽？」

「うん。相当遠くまで足を延ばしたんだけど、それらしい場所はなかったさあ。あと残っているのはこの拝所の裏の山くらいなものなんだけど、ざっと見たところ、大きな岩は見当たらないようだし」

祐月はすとんと肩を落とし、

「ここはやっぱり、おじいに相談したほうがいいのかなあ。もう二時間もすると暗くなるし、今日はひとまず帰って、おじいと一緒に出直したほうがいいのかもしれないね」

気の強い娘が珍しく弱音を吐いた。

「祐月ちゃんでは無理なの？」

「おじいと私では年季が違うからさあ」

ぐすっとした声でいい、

「とりあえず、携帯でおじいに連絡とってみてくれる。このまま探しつづけるにしても、意見を訊《き》いたほうがいいからさ」

燿子はいわれた通り、ショルダーのなかから携帯電話を取り出し、ちゅらうみの番号をプッシュする。

通じなかった。何度リダイアルボタンを押しても携帯はつながらなかった。

「駄目、迂闊《うかつ》だった。ここ、電波が届かない地域になってる」

「えっ、そうなの。そんな地域があるの。携帯って案外不便なんだね」

祐月は素頓狂《すっとんきょう》な声を出してから、

「ということは、明日の昼まではここに島流しということか。参ったね、ねーねー」

さほど参った様子もない祐月に、

「ねえ、私ちょっと考えたんだけど。嘉手川さんがぽろっと口に出した、聖なる白い穴って、ひょっとしてこの池のことじゃないかしら」

燿子は自分の思いつきをぶつけてみた。

「この池が聖なる白い穴って……でもどう見ても色は白じゃなくて緑色だよ」

「そう。それで困ってるんだけど」

燿子は眉間《みけん》に皺《しわ》をよせ、

「たとえばこういう考え方はどう。夜になって真暗になったとき、月明りを反射してこの池が白っぽく光るっていうのは」

「月明りで――」

祐月は胸の前で腕をくんで唸《うな》った。

「もしそれが事実なら、ロマンチックで聖なる白い穴にぴったりなんだけどさ、これだけの池が月の光で輝くのかなあ。そのあたりがちょっとなあ」

「夜になれば確かめられると思うけど。でもこの雰囲気って、聖なる白い穴にぴったりだと思うんだけど」

「ねーねーはひょっとしてさ、嘉手川さんはこの池の底に眠っていると考えているの？」

核心をついた祐月の言葉に、燿子の胸がざわっと騒ぐ。そうなのだ。そう考えても少しもおかしくはないのだ。燿子は緑色の水をたたえた池を睨《にら》みつけるように見た。

「何にしてもさ、もしこれが聖なる白い穴だとしたら、このすぐ近くに御嶽があるはずなんでしょ。だったら探そ。池の周囲は木が生い茂って探すのは大変だけど、そんなこといってられない状況だからさ。もう少しすると、このあたりは暗くなっちゃうからさあ」

二人は逆方向から、池の周囲にびっしり生い茂った木々のなかに入りこんだ。

「もし、御嶽があるのなら、それにつづく小道があるはずだから、そのあたりをよく見てよ、ねーねー。草におおわれているかもしれないけど、よく見ればくぼんでいるはずだからさ。それから、くれぐれも気をつけて池に落ちないようにね」

祐月は最後の言葉を特に強調した。

燿子は這《は》うようにして池の周囲を進んで、御嶽につづく小道を探した。斜面を横に歩くのがこれほど難しいことだとは初めて知った。それでも探した。岩の上を這い、草のなかを這い進んだ。見つからなかった。燿子の体は汗でぐっしょりと濡《ぬ》れていた。

一時間ほど後、二人は池を一周して拝所の前でぺたりと座りこんだ。結局小道らしきものはいくら探しても見当たらなかった。

「簡単に見つかると思っていたけど、御嶽を探すのがこんなに難しいって思わなかったさあ。私はウチナーの娘をやめたくなったさあ」

疳高《かんだか》い声で祐月は叫ぶようにいった。

燿子の場合はもっと深刻だった。せっかくヤンバルの奥の嘉手川の故里《ふるさと》までたどりついたのに、嘉手川の姿はむろん、御嶽さえも探し出すことができないのだ。両肩の力がすっかり抜けて気力が萎《な》えていた。

「やっぱり、照屋さんに来てもらわなければ無理なのかしら」

「そうだね。それがいちばんかもしれないね。おじいなら、私と違って御嶽の場所なんて簡単に見つけ出すと思うよ。ごめんね、ねーねー。こんなことになって」

ぺこりと頭を下げる祐月に、

「祐月ちゃんのせいじゃないから。それより夕ごはん食べようか。しっかり食べて、この池が白い色に変るかどうか観察しましょ」

空はまだ明るかったが、おおいかぶさる木々のせいで、あたりはすでに薄暗くなっていた。あと一時間もすればすっかり闇《やみ》につつまれるはずだった。

夕食も昼食と同じで、祐月が朝つくった握り飯とさんぴん茶だった。

「明日の朝は、パンと缶コーヒーになるからね、ねーねー」

「いいわよ私は、どんなものでも」

実際どんなものでもよかった。せっかくの祐月の心づくしなので夕食を食べているが、本音をいえば食欲はなかった。さんぴん茶だけでも充分だった。

燿子はちらりと池に目をやる。色に顕著な変化はなかった。緑色が黒っぽくなっただけで白さなどはどこを探してもなかった。

「そうだ。自分たちだけで食べてて、神様にお供え物をしないなんて、どう考えてもいけないんだ」

祐月は一つだけ残っている握り飯を持って拝所の前に行き、供え物としてそっと置いた。跪いて両手を合わせた。

ゆっくりと立ちあがった祐月は、拝所の後ろに目を漂わせてから、あっと声をあげた。すぐに拝所の後ろに回りこんだ。

「どうしたの、祐月ちゃん」

そう燿子が訊くと、

「あった」

と悲鳴のような祐月の声が返ってきた。

あわてて燿子が拝所の後ろに走ると、祐月が地面を指差している。睨みつけるように見ると、周りを草におおわれた石畳の小道が、雑木の生い茂る藪《やぶ》のなかを一直線につづいていた。

「ひょっとしたらと思って拝所の後ろを何げなく見たら、一部分だけ藪の途切れたところがあったから変だと思って回りこんでみたさあ」

「これが、御嶽につづく道なの？」

「まず間違いないと思う。そうでなければこんなちっぽけな道をていねいに石畳なんかにするはずがないさあ。そうかこんなすぐそばにあったんだ」

「行こ」

燿子が叫ぶようにいった。

「うん」

二人は腰をかがめて、わずかに隙間《すきま》のあいた藪のなかの小道に足を踏みいれた。

石畳は三百メートルほどで途切れ、そこからは上りの踏みわけ道になっていた。

左右を藪がおおい、道の表面も草が生い茂っていたが、くぼみのある地面はそこがかつては道であったことをはっきり語っていた。

曲がりくねった坂道を十五分ほど進んだところで、ふいに視界が開けた。山を背にした小さな広場に突き当たった。

「与原の御嶽だ」

祐月が叫んだ。

石が組みあげられ、小さな家のような姿を形造っている。そのすぐ前には黒っぽく変色した香炉が忘れ去られたように置いてあった。そして、長さ二メートルほどの横になった自然石。多分供物台だ。

「これが嘉手川さんのメモにあった、故里の御嶽……」

呟くようにいう燿子に、

「ねーねー。感傷にひたっている余裕なんかないさ。リュック持ってこなかったから、懐中電灯ないんだよ。夕陽《ゆうひ》があるうちに探し出せるものを見つけないと、明日ということになっちゃうよ」

そうだ。嘉手川の遺体だ。自分はそのために沖縄にやってきたのだ。のんびりしている暇などないのだ。たとえ何を見つけることになろうとも。

二人はすぐに動き出した。御嶽のなかのせまい空間や、その周囲、岩陰や御嶽に迫る木々の間。燿子と祐月は御嶽の周りのあらゆる場所を可能な限り探してみたが、求めているものは見つからなかった。星こそまだ出ていなかったが、あたりは完全に夕闇の世界に変りつつあった。東の空に細い月が顔を見せ、かすかな光を放っている。

「あれは」

と祐月が藪のかぶさった山肌を指差した。夕闇のなかに、かすかに穴のようなものが見わけられた。広場の東の端っこだ。ひょっとしたらあれが白い穴……。

二人は走った。

やはり穴だった。自然にできたものなのか人が穿《うが》ったものなのか、山肌にぽかりと二メートルほどの高さの穴があいて奥につづいていた。幅は三メートルほどだ。

「入るわ」

独り言のようにいい、燿子は先に立ってそろそろと穴のなかに足を踏みいれた。

穴のなかは暗かったが、わずかに物の形は識別できた。燿子は目を大きく見開いた。嘉手川の遺体を探した。ゆっくりと進んだ。すぐ後ろから祐月がついてくるのがわかった。二人は五感を研ぎすまし、じれったいほどの動きで慎重に足を運んだ。

ゆるやかに蛇行している洞窟《どうくつ》の壁は十五メートルほどで途切れて前方が急に開けた。崖《がけ》の上だった。その先に道はなく、何もない空間が広がっていた。はるか彼方《かなた》に夕焼けに輝く海が見える。縞《しま》模様のグラデーションがきらきらと光って、かすかに揺れて動いていた。

「海」

ぽつんと口にする燿子に、

「そう。御嶽に通じる洞窟のはるか先は海。そして、さらにその先は天国であるニライカナイにつづいているさあ」

感動した口調で祐月が呟《つぶや》いた。

「でも、洞窟のなかには何もなかった。少なくとも私には見当たらなかった。祐月ちゃんは何かそんなものに気がついた？」

切羽《せっぱ》つまった声を燿子はあげた。

「私も気がつかなかった。いくら薄暗いといっても、人間一人が横たわっているのを見すごすことなんてないはずさあ。それに異臭もしなかったし空気も澄んでいたさあ」

異臭。そうなのだ。もし嘉手川がこの洞窟で命を絶っているなら、そのにおいが充満しているはずだった。

「この穴には、嘉手川さんはいなかった」

低い声でいう祐月に、

「じゃあ、嘉手川さんはどこへ行ってしまったのよ。あのメモには、はっきり御嶽で眠りたいって書いてあったわ。ここしかないはずよ」

祐月ははるか先を指差した。

「御嶽に通じる聖なる海さ。ウチナーの人間にとって、海の彼方は神々の住む天国そのものなんだから」

「海……嘉手川さんは海に帰ったの。私はあの人の骨を洗骨することもできないの。私の手には何にも残らないの？」

　叫ぶようにいってから、

「じゃあ、白い穴って何なの。そんなもの全然見当たらなかったわ」

「それは……」

「やっぱり、あの池がそうじゃないの？」

「違うわ、ねーねー」

　祐月ははっきりいった。

「あれは単なる水の供給源としての池。水不足をしょっちゅう体験しているウチナーの人間は、大切な池に入って死のうなんて決して思わないさあ。まして海に通じる御嶽を持った人間が、池でなんて死ぬことはない。それだけは確信を持っていえるさあ」

　燿子はぺたりとその場に座りこんだ。動く気力がなかった。はるばる東京から沖縄のはずれにまで来て、自分は嘉手川の骨のかけらさえも手にすることができなかった。いったい自分は何のためにこの南の島までやってきたのか。燿子は放心状態で目を宙に漂わせた。

　気がつくとすぐ隣に祐月が同じように座っていた。うなだれていた。肩を落して体から力が抜けきっているように見えた。

「祐月ちゃん」

そっと呼びかけていた。

「ねーねー、かわいそう」

湿った声でいった。

「でも、それが嘉手川さんの本心なら仕方がないわ」

「…………」

「帰ろ、祐月ちゃん。ここはあぶないから。いつ、崖下に落ちるかわからないから」

祐月の肩にそっと手を置き、燿子はふらりと立ちあがった。空には満天の星が輝いていたが、今の燿子にはまるで興味のないことだった。

祐月も立ちあがり、先に立って洞窟のなかに戻った。真暗だった。手さぐりでゆっくりと進んだ。ゆるく曲がった部分に足を踏みいれたとき、祐月があっと叫んだ。

「ねーねー」

洞窟のなかが薄く輝いていた。

歩を速める二人の前に白い穴があった。

「ねーねー」

と祐月がまた上ずった声をあげた。

洞窟の天井と壁の境い目あたりに、直径五十センチほどの丸い穴があいていた。その穴一杯に星が散らばっていた。穴のなかには無数の星がきらめき、まばゆいほどの光を放っていた。

「ベガ」

と祐月が叫んだ。

「えっ！」

「ひときわ明るい星があるでしょ。あれがベガ。日本名は織女星《おりひめ》さあ」

「…………」

「下に広がっている光の束が銀河で天の河。その下にはアルタイルの彦星《ひこぼし》が顔を見せているはずだよ」

よほど星が好きなのか、祐月は夢中で喋《しゃべ》りつづけた。

「ねーねー、これが嘉手川さんのいっていた白い穴に違いないさ。白い穴はここにあったんだ。嘉手川さんはこの場所が大好きだったんだ」

祐月の咽がごくりと動いた。

祐月の目は洞窟のすみを凝視していた。

洞窟に空いた穴からは、淡くはあったが星々の光の束が溢《あふ》れていた。その淡い光の先が洞窟のすみを指していた。そこに何かがあった。くすんだ色の布につつまれた、ちっぽけな塊《かたまり》だった。小さすぎて来るときはまったく気がつかなかったのだ。

「ねーねー、あれ」

祐月の声より早く、燿子はその小さな塊をそっと手に取った。意外に重かった。祐月の顔をちらっと眺め、白い穴に近づいてくすんだ色の布をゆっくりと燿子は開いた。手だった。

ひからびて、無数に皺の入った縮んだ手だった。茶色く変色していたが、手首から切り落された人間の右手に間違いなかった。

祐月が声にならない悲鳴をあげた。

「これって」

「嘉手川さんの手……」

燿子はひからびた手を真直《まっす》ぐ見ていった。

不思議に気持悪さはなかった。ひからびて縮んだ手は、死ぬほど好きだった嘉手川の右手だった。気持悪いはずがなかった。愛《いと》しかった。抱きしめたいほど愛しかった。

嘉手川はこの右手で、あの沈みこんだ廃墟の写真を撮り、燿子の体を優しく愛撫《あいぶ》したのだ。燿子はこの手が大好きだった。何度も口のなかに含み、何度も頬ずりをした手だった。燿子にとって、特別な意味あいを持つ大切な手だったが、実の母親を殺した右手でもあった。

「嘉手川さん、燿子さんがここへ来ることをちゃんと知っていたんだ。だからこの場所にこの手を残していったんだ。嘉手川さん、やっぱり燿子さんに洗骨してほしかったんだ」

祐月の言葉に燿子の胸が騒ぐ。

「もし、俺が死んだら野ざらしでけっこうさ――骨を洗ってもらうほど、価値のある人間じゃないからな」

といっていた嘉手川が、自分の来ることを予想してこの右手を残していった。

胸にこみあげるものがあった。嘉手川は約束を守ったのだ。子供のように、嘉手川の右手を欲しがる自分との約束を。嘉手川はあのときの言葉をちゃんと覚えていたのだ。

燿子はひからびた手をそっと胸に抱いた。

いったい嘉手川はどこでこの手を切ったのか、どんな手段を用いて切ったのか。そして右手を失った嘉手川は、どんな気力をふりしぼってここまでたどりつき、海に向かったのか。

痛かっただろうと思う。想像もつかないほどの痛みが嘉手川を襲ったに違いない。だが、それでも嘉手川は自分で自分の右手を断ち切ることを決心したのだ。たった一人であとに残される燿子と、たった一人で死んでいく自分のために。

燿子の両頬を涙が伝った。涙は次から次へと流れ出て地面にこぼれた。泣いてはいけないと、今まで我慢を重ねてきた涙だった。ぼやけた燿子の目に白い穴が見えた。星々を一面にちりばめた、まばゆいばかりの空間だった。光の束を放射する穴はまさしく白い穴に違いなかった。燿子は全身を震わせて嗚咽《おえつ》をもらした。

「ねーねー。明日の朝になったら、嘉手川さんの手を村の墓地に埋めてやろうよ。ねーねーの手で埋めてやろうよ。それが嘉手川さんの願いなわけさあ。そして、三年たったらきれいに洗ってやろ。納得がいくまできれいに洗ってやろ。それが嘉手川さんの願いでもあり、ねーねーの仕事でもあるからさあ」

祐月の言葉に燿子は夢中でうなずいた。

このとき、嘉手川の子供を産もうとはっきり燿子は決心した。もう迷ったりはしない。自分は嘉手川の子を産み、立派に育ててあげるのだ。誰になんといわれてもいい。お腹のなかの子は、自分と嘉手川の間にできた、かけがえのない宝物なのだ。

そしてあのカメラだ。嘉手川がメモの上に残していった使いきりカメラ。あれを今度こそ現像に出すのだ。何が写っているのか見当もつかないが、今の自分には怖いものなどあるはずがなかった。どんなものが写っていても大丈夫なはずだった。

燿子はひからびた右手を、もう一度そっと抱きしめた。

10

雨が激しかった。

風も徐々に強くなってきているようだ。

二階の部屋にいるせいか、屋根にあたる雨音が直接響いてきて喧《やかま》しいほど耳を打つ。凄《すさ》まじい雨音だった。

燿子はベッドの上に座りこみ、すぐ前に置かれたポリエチレン製の小さな袋をじっと見ている。なかに入っているのは、嘉手川が使いきりカメラで撮った例の写真の束だ。

半透明の小さな袋を通して見える、一番上の写真にはエメラルドグリーンの海が写っていた。沖縄の海だ。燿子の見る限り、写真はやはり日溜《ひだま》りの廃墟《はいきょ》のように沈んでいた。使いきりカメラを用いてもこうした写真を撮ることのできる嘉手川の資質に感心しながらも、燿子は袋から出して二枚目からの写真を見ることができなかった。

もう三十分以上も燿子はこの状態をつづけている。踏ん切りはついていたはずだったが、いざ現実に目の前にすると躊躇《ちゅうちょ》した。手が動かなかった。

あの夜、燿子と祐月は白い穴のある洞窟《どうくつ》で夜を明かした。洞窟の地面は固かったが、一晩中風が通っていて暑さは感じなかった。燿子と祐月は白い穴にちりばめられた星々のきらめきを眺めながら眠りに落ちた。

村の共同墓地の一画に、くすんだ色の布につつまれた嘉手川の右手を埋めるときは指が震えた。重いと感じた嘉手川の右手は、あらためて持ってみると案外軽かった。棒きれで深さ五十センチほどの穴を掘り、そっと右手を横たえた。両手で土をすくい、ていねいにその上にかぶせた。

その日、ちゅらうみに帰った燿子はすぐにバス停に走り、三つ向こうの停留所の前にあるコンビニにかけこんで、写真の現像を頼んだのだ。その写真が今日の午後にできあがってきた。受け取りに行ったまではよかったのだが、やはり見る勇気はなかった。

部屋の扉を誰《だれ》かがノックしている。

「はい」

声をあげると同時に扉が開き、祐月の笑顔が覗《のぞ》いた。

「燿子さん。食事だよ」

「あっ、すぐいきます」

写真の入った袋を慌ててシャツの胸ポケットにいれ、燿子は祐月と一緒に階下の食堂におりた。

食堂には圭がいた。なんとトミまでが、ちょこんとテーブルを前にして椅子《いす》に座ってにこにこしている。

「今晩は、燿子さん。話は全部聞いたさ。よかったねえ。おばあも本当に嬉《うれ》しいさあ」

目を細めていうトミに、

「ありがとうございます。いろいろとご迷惑をおかけいたしまして」

燿子はぺこりと頭を下げてから、あらためてトミと圭の顔を交互に眺め、怪訝《けげん》な視線を二人に向けた。

「緊急避難だよ、ねーねー。今度の台風はかなり大きいっていうから、うちの家なんか吹っとんじゃうかもしれないと思ってさ」

圭が無邪気な調子でいった。

「そういえば、今度の台風はかなり大きいってニュースでいってましたね。暴風雨半径は二百五十キロで最大風速は五十メートルだって。雨も昨日の夜から降りつづいていますし」

納得した顔を見せる燿子に、トミがくすっと笑った。

「圭のいったことは、半分本当で半分は嘘《うそ》さあ。大きな台風ってことは間違いないけど、ここに集まったのはそれだけじゃないんだねえ。なんといったらいいのか、一種のお祭りさあ」

「お祭り！」

驚いた声をあげる燿子に、後ろに立っていた照屋が口を開いた。

「燿子さんも知ってるだろうけど、沖縄は珊瑚礁《さんごしょう》でできた島なわけさあ。水はけがよすぎるうえに大きな川も大きな山もないし、水をためるためのダムも満足なものはできない。だから沖縄はいつの時代も水不足の状態なわけさあ。台風も、そういう状態だからきてもらわないと困るといった一面もあるわけで、それで何といったらいいのかねえ……血が騒ぐといったらいいのか、だから台風の日は気の合う者が集まって宴会をやるわけさあ」

「宴会ですか、台風の日は」

「だからさ、地元系の会社は、台風の日は休日というところも多いんだよ。内地系の会社はそんなことないけどさ」

祐月がおかしそうにいった。

「で、これから宴会ですか」

「そうそう。一晩中、飲みあかしましょうね。おばあの踊りも見せましょうね」

トミは思いきり目を細めた。

ビールで始まった夕食は泡盛《あわもり》になった。

テーブルの上には照屋と祐月の手になる様々な料理が並んでいる。

チャンプルーはもちろん、テビチ汁や角煮《ラフテー》、固める前の豆腐を出し汁で煮た、ゆし豆腐や島ラッキョウ。それにヤギの刺身や豆腐ようまであった。

「あっ、これうまい」

新しくテーブルに並べられた炊きこみご飯《クファジューシー》を口にした圭が、思わず歓声をあげた。入っているのは蓬《よもぎ》と豚肉と干ししいたけ、それに人参《にんじん》などの野菜類だ。

「それつくったの、私」

すかさず祐月が得意げな顔をする。

「へえっ。お前ってけっこう、料理うまかったんだ」

「何よ、今さら。莫迦《ばか》みたい」

「あっ、悪い」

といいつつ、驚いたことに圭は泡盛をちびちび飲んでいる。

照屋はもちろん、トミも酒には強いらしく、かなり飲んでいるはずだが、いっこうに乱れた様子はない。

祐月の顔もほんのりと赤い。料理専門かと思っていたら、祐月もちゃんと飲んでいるのだ。

燿子はビールだった。お腹《なか》のなかの子供に強い酒は悪いにきまっている。燿子はちびちびと冷えたビールを口のなかに流しこんだ。

食卓は賑《にぎ》やかで笑い声が絶えなかった。

みんな家族――燿子の胸にこんな言葉が浮びあがった。思わず意識が自分の下腹部に集中した。赤ん坊だ。来年には自分と嘉手川の子供が生まれるのだ。名前は幸子。幸せの幸だ。

燿子は中井夫婦を思い出した。つい先日まで、このテーブルについて、二人で楽しげに食事をしていたのに今はもういない。

本当に夫婦であったかどうかは不明だったし、何が二人の間におこったのかもわからなかった。ただ二人は死に場所に沖縄を選んだ。それはひょっとしたら戦時中に関《かか》わることだったかもしれないし、そうではなかったかもしれない。わからないことだらけの二人だったが、ひとつだけ確実にいえるのは、二人の生き死にの瀬戸際に燿子が立ち合ったということだ。

偶然なのだろうが、燿子にはそうは思えない。縁だった。それがどんな縁で、どんな意味合いを持っているかは見当もつかなかったが、そんな気がした。人と知りあうということはそういうことなのだ。照屋にしても祐月にしても、トミにしても圭にしても――そしてもちろん、嘉手川にしてもだ。みんな一つの環《わ》でつながっているように思えた。

「なんでねえ、燿子さん。ぼうっとした顔をして」

トミの声だ。

「あっ、いえ。みなさん、いかにも楽しそうで、お酒も強いし、圧倒されてしまって」

「楽しいさあ。いくら辛《つら》いことや悲しいことがあっても、人生なんてのは楽しいものさ。なあ、おじい」

機嫌よく酒を飲んでいた照屋はぎくりとしたような顔をして、

「そうだそうだ、当たり前さあ」

慌てて大声をあげた。

「さあ。それじゃあ、そろそろおばあの踊りでも見せましょうねえ」

トミはふらりと立ちあがり、両手を上に振りあげてカチャーシーのリズムを取り始めた。すぐに祐月が席を立って厨房《ちゅうぼう》の脇《わき》に向かった。ラジカセだ。室内にトミの手の動きにあった曲が流れ出した。沖縄民謡《しまうた》だ。

すると、祐月も圭も、そして照屋までが体を左右に動かした。

祐月が踊りに加わった。

「おじい、圭っ」

と二人を誘った。

照屋が立ちあがり、圭も踊りの輪に加わって両手を器用に揺らし始めた。四人はぴたりと息が合っていた。

「さあ、燿子さんも」

トミが嗄《しわが》れ声で叫んで燿子の手を引いた。見様見真似《みようみまね》で燿子は両手を揺らした。単純な踊りだったが、なかなかトミたちのように単純なだけに年季が必要な踊りだった。調子外れを承知で体を動かしているうちに、心が昂揚《こうよう》してくるのがわかった。嘉手川もこうして踊っていたのだろうか、とふと思った。

和やかな場が崩れたのは十時を回ったころだ。

どんという高い音とともに建物がぎしっと揺れるのがわかった。二階でガラスの割れる音が聞こえた。

「おじいっ」

「今度の台風はかなり強そうだな」

照屋は低い声でいってから、

「圭、上へ行って様子を見てこい。懐中電灯とローソクの用意は大丈夫だな、祐月。すぐに取り出せるな」

「もちろんさ」

「沖縄は台風がくると必ず停電するわけさあ。だから懐中電灯とローソクは必需品さあ、田舎《いなか》だと、その停電が三日ぐらいつづくこともあるんだよ」

「三日もですか。本土でそんなことになれば苦情殺到ですけれど」

燿子が驚いていうと、

「そのあたりが違うんだねえ。いいんだか悪いんだかよくわからないけどねえ」

吐息をもらすようにトミがいったところへ、二階へ行った圭が戻ってきた。

「客室のガラスが三枚割れてる。何か飛んできたというより風で割れたみたいさ。かなりの雨風が吹き込んでいるさあ」

また建物がメリッと音を立てて全体がぐらっと揺れた。

「ひどいなこれは。一階でこの調子だと二階は相当荒れているはずさあ」

照屋は眉間《みけん》に皺《しわ》をよせ、

「圭。二階の窓はみんな釘《くぎ》づけにする。割れてるところは板を打ちつける。一緒にこい。祐月、お前は外を見回ってこい。ヘルメットを忘れんようにな」

風がどんとぶつかってきた。

建物が疳高《かんだか》い音をたてて軋《きし》んだ。

「わんは道具箱と板を取ってくる。圭、お前は先に二階に行っとけ」

照屋は体を傾けながら奥に小走りに駆けた。

「私たちは、どうしたらいいんでしょうか」

燿子がトミに心配げな口調で訊《き》いた。

「女はこういうときは、どんと構えていればいいさあ。普通ならソーミンタシャーやヒラヤーチーなんかつくるんだけど、ここの家は食べ物だけは売るほどあるからねえ」

突然電灯が点滅をはじめた。

「いよいよだねえ。停電だねえ」

トミの言葉が終らないうちに建物全部が真暗になった。とたんに吹きあれる風の音が耳を打った。そういえば今まではラジカセから沖縄民謡が流れていたのだ。すぐにテーブルの上に淡い光がついた。気がつかないうちにトミは立ちあがって、ちゃんとローソクの用意をしていたのだ。

感心した面持《おもも》ちでトミを見ると、皺だらけの顔を崩してにまっと笑い、

「そろそろ私たちの出番かもしれないねえ」

「…………」

「雨漏りさあ。これだけの雨だからね、そろそろ出番かもしれないねえ」

外を見回っていた祐月が、雨合羽《あまがっぱ》から水を滴《したた》らせながら帰ってきた。

「どんなだったかねえ、外の様子は」

雨合羽を床のすみに置き、

「ひどいよ外は。這《は》って歩かないととても前には進めないさあ。家の周囲をひとまわりするだけでも相当な体力がいるよ。砂糖《ウージ》きびは全滅状態でみんな倒れてたさあ」

「砂糖きびは全滅かねえ……で、この家はどんな状態かねえ」

トミは嗄れた声を出した。

「裏の物置がつぶれてた。屋根はどっかに吹き飛ばされてなくなってた」

「屋根が飛ばされて、なくなってたの？」

「うん。いちおう、漆喰《しっくい》で固めた瓦《かわら》屋根だったんだけど建物が小さいから、もたなかったみたい。今までは何とか耐えてきたんだけどさあ」

「大きいみたいだねえ今夜のは、宴会どころじゃないみたいだねえ」

風がまたぶつかった。塊《かたまり》になってぶつかってきた。家が悲鳴をあげた。

「おばあ、この家は大丈夫かねえ」

いつもは冷静な祐月が甲高い声をあげた。

「大丈夫さあ。この家はもつさあ。おじいが五十年以上、守りつづけてきた家だからさあ。そんじょそこらの台風なんかに負けるわけないよう」

トミが叫ぶようにいったとき、二階から照屋と圭がおりてきた。

「祐月、外の様子はどうだ」

体を左右に傾けながら近づいて照屋は怒鳴るような声をあげた。すぐに祐月は周囲の様子を説明する。

「そうか」

と独り言のようにいう照屋に、

「おじい。二階はどうねえ。雨漏りはしてないかねえ」

トミも怒鳴るようにいった。

「雨漏りはしとる」

「じゃあ、私たちの出番さあ。燿子さん、ありったけのバケツや鍋釜《なべかま》を持って上にあがろうかねえ」

「おばあ、あがっても無理さあ」

首を左右に振る照屋に、

「無理か。そうかもしれんねえ。凄まじいほどの雨だねえ」

トミの言葉に燿子が怪訝な目を向けると、

「つまり、そんなもんでは間にあわんっていうことさ。滝のように雨漏りがしてるからねえ」

「そういうことさあ」

と照屋は低い声でいい、

「圭、今度は一階の窓を釘づけにするよお」

体を左右に傾けてその場を離れた。

あとに残された三人は、すとんと椅子に腰をおろして黙りこんだ。風の息吹が耳を打つ。すぐ耳許《みみもと》で聞こえるような疳高い音だ。

　ふいに家が左右に揺れた。大きな音が二階からした。すぐに懐中電灯をつかんで祐月が二階にかけあがった。

「おじい、窓枠が吹きとんだ」

　悲鳴のような声が響いた。

「反対側の窓を開け放て。窓がなかったらドア開けれ。次の部屋の窓を開け放て。風の通り道をつくれ」

　怒鳴りながら照屋は階段を懸命にあがった。体が大きく傾いた。圭が照屋を抜いて階段をかけあがった。燿子も腰を浮かしてつづこうとした。

「燿子さん、落ちついて」

　トミが叫んだ。

「私《ワッター》らが行っても足手まといになるだけさあ。ワッターでもできるようなことがあれば、向こうから呼ぶからね。それまではでんと構えていましょうね。男たちの邪魔にならないように、でんと構えていましょうね。大丈夫さあ、ご先祖様がきっと守ってくれるからねえ」

　しばらくして三人は上からおりてきた。肩で大きく息をしている。

「風の通り道はつくった。あとは運を天にまかせるより仕方がない」

照屋は椅子にゆっくりと座りこんだ。圭と祐月もそれに倣《なら》って腰をおろした。

二階を風が通り抜けていた。家全体が小刻みにぶるぶると震えた。絶え間なく震えた。風が家を蹂躙《じゅうりん》していた。ちゅらうみは海に浮んだ小舟のように揺れた。

燿子はこんな凄まじい台風の体験は初めてだった。

耳をおおいたかったが我慢した。照屋もトミも祐月も圭も、口を一文字に結んで身じろぎもしなかった。じっと待っていた。台風が通り過ぎるのをじっと待っていた。

異様な音が聞こえた。

地響きだ。家が左右にではなく上下に揺れた。テーブルの上のローソクがふっと消えた。暗闇《くらやみ》はすぐに元に戻った。トミが片手に使いすてライターを握っていた。

「崖《がけ》かねえ」

「そうだな。崖が崩れたな」

照屋がぽつんと答えた。

「崖って、照屋さんが毎日掘っていた――」

燿子が思わず声をあげると、

「そうだ。もともとあの辺りは米軍の集中砲火で地形が変って地盤がゆるんでいたし、今年はすでに三度も台風がきてかなりの水を含んでいたからねえ」

燿子の脳裏に変り種の白いでいごの花が浮んだ。あのちっぽけな木も今の崖崩れで……。

また地響きが伝わった。家が上下に震えた。厨房のなかから物の割れる音が聞こえた。けたたましい音だった。

暴風雨は明け方近くまでつづいた。

耀子たちは一睡もせずに夜の明けるのを待った。夜明けと同時に太陽《ティーダ》が顔を出し、辺り一帯に柔らかな光を降りそそいだ。ちゅらうみはなんとかもちこたえた。傷だらけになりながらも、しっかりと大地に立っていた。凄まじい一夜だった。

二階は惨憺《さんたん》たる有様だった。

床は水浸しの状態で、窓枠もほとんど吹っとび、割れたガラスや調度品の類《たぐ》いがいたるところに散乱していた。耀子は二階を見て歩きながら深い溜息《ためいき》をもらした。

「大丈夫だよ、ねーねー。床はみがけばきれいになるし、窓は直せばまた元のようになるから。建物さえ残っていればあとは何とかなるもんだよお」

「それはそうかもしれないけど」

「半月ほど休業にして、後片づけすればまたちゃんと商売はできるようになるからさ」

「そうだよ耀子さん。沖縄はあの戦争からでも何とか立ち直ったんだから、こんなことは何でもないさあ」

トミは皺だらけの顔に微笑を浮べた。

「それより、ねーねー。荷物なんかは大丈夫だったねえ。吹き飛ばされてなくなったりしてなかったねえ？」

「大丈夫よ。さっき、ちらっと覗いたら洋服簞笥《だんす》はきちんと閉まってたから。私の荷物はあのなかにほとんどいれてあったから」

「それはよかったね」

「それより、おばあさんの家は大丈夫なの。壊れたりなんかしてない？」

「そうだねえ。壊れてなくなってるかもしれないねえ。けっこう古い家だからねえ。あとで見にいってこようかね」

トミはのんびりした口調でいい、

「命さえあれば大丈夫さあ。やり直しは何度でもきくからねえ。なあ、圭」

「うん」

圭も元気よく答える。

「うんじゃないさ。やり直しをするのは圭の役目なんだから。もう少し深刻そうな顔をして返事をしろよな」

祐月が文句をいった。

「やり直しはいいが、とにかくどんな状態になっているか見てみないとね。話はそれからさあ。あとでっていわないで、今見にいこうかねえ」

　照屋の言葉に、五人は連れ立って外に出た。

　台風一過の青空だった。眩《まぶ》しいほどの太陽が照りつけていた。燿子は思わず両目を細めた。

　ちゅらうみは傷だらけだった。

　玄関ポーチの屋根はめくれあがり、一階も二階も雨樋《あまどい》はほとんど吹っとんでなくなって、屋根の一角の瓦もごっそりとはぎとられていた。もちろん窓枠などは、どこに飛んでいったのか見当もつかない有様だ。

「なんとかなるはずさあ」

　照屋はぽつんといって、トミの家の方角に向かって歩き出した。

　二メートル近くになっていた砂糖きびはすべてなぎ倒され、あれほど生い茂っていた畑が平たくなってあっけらかんとした空間が広がっていた。

　照屋が掘り返していた崖の様相が変っているのが畑の中の道からも確認できた。おそらく半分以上が地すべりで崩落しているだろう。詳しい状況は海側から見てみないとわからないが。

「こっちからは危ないから、あとで海岸におりて見てみよう」

　照屋は呟《つぶや》くようにいった。

トミの家はちゃんと残っていた。

照屋のペンション同様、軒先が吹きとんだり、屋根がえぐられて瓦の下の土が見えている部分もあったが、それでもちゃんと残っていた。

「うちは平屋だからねえ。風の当たりが少ない分だけ助かったんだねえ」

ぽつりと声をもらすトミに、

「それに、風除《かぜよ》けのがじゅまるさあ。この木が家を守ってくれたさあ。こいつが風を通せんぼして勢いを弱めてくれたんだ。この木をすみかにしているキジムナーが助けてくれたのかもしれないね」

圭が無邪気な声を張りあげた。

「そろそろ、キジムナーから卒業したらどうなのさ、圭。いつまでもキジムナーに頼ってないで、ちゃんとした一人前の男にならないと駄目じゃないねえ」

すぐに祐月がかみついた。

「わかってるよ。僕だってこれから段々変ろうと心にきめてるんだから。一人前の大人《おとな》になるつもりなんだから」

「へえっ、そうなんだ。じゃあ、楽しみにして待ってるからな、圭。絶対今いったことを忘れるんじゃないぞ」

祐月が男の子のようないい方をして、圭を睨《にら》みつけた。

「忘れないさあ、絶対に」

圭はいい切った。

快晴だった空に雲が出てきて陽《ひ》の光が遮られた。

砂浜におりてみると崖の変容がはっきりわかった。

半分ほどが崩れ落ち、大きくえぐり取られて海に落ちこんでいる。広い範囲で黒っぽい土がむき出しになり、見ていて痛々しさを誘った。むろん、あのでいごの木も消えうせて影も形もなかった。

「変りはてたな」

照屋が嗄れ声を咽《のど》の奥からしぼり出した。

「景色が違って見えるさあ。しっかりした崖のように見えたんだけど、今年はもうこれで四つめの台風だからねえ」

相槌《あいづち》を打つトミの声も湿っていた。

祐月が小さな吐息をもらし、それが合図のように五人は沈黙した。黙って崩れ落ちた崖を見つめつづけた。

燿子の胸に違和感が湧《わ》いた。

何かが変だった。

どこがどう変なのかわからないまま、燿子は崩れ落ちた崖を見つめつづけた。

色だ。あの白いでいごの花が崖から消えうせ、その代りに別の色が目の前に現れたような。ふいに何かが閃《ひらめ》いた。あれは……白い穴だ。燿子の脳裏に、まばゆいばかりの星々をちりばめた白い穴が鮮やかに浮びあがった。間違いなかった。あれは白い穴なのだ。

「ああっ」

悲鳴をあげて燿子は砂浜を走り出した。もっと近くで見たかった。確かめたかった。

燿子は懸命に崖に向かって走った。

やはり間違いない。

「照屋さんっ」

呆気《あっけ》にとられた表情で燿子を見ていた四人に向かって叫んだ。

照屋の体が左右に揺れた。ゆっくりと四人がこちらに向かって歩き始めた。じれったかった。燿子は四人に向かって走り出した。

「どうかしたのかね、燿子さん」

照屋の落ちついた声に、

「骨っ」

と燿子は怒鳴るような声をあげた。

「骨？」

同じ言葉を返す照屋に、

「あの土をよく見てください。何かが混ざって表面に飛び出しています。黄色っぽくて決して白くはないけど、あれは骨です。間違いありません。あれは骨です」

照屋の体がびくっと震えた。

目をこらした。食いつくような目つきで崩れ落ちた崖を凝視した。

「骨だよ。おじい、あれは骨だよ。わかりにくいけど、あれは骨に間違いないよ」

祐月が叫んだ。

そのとき、雲に隠れていた太陽が姿を現した。陽の光がさっと崖を照らした。一瞬、黄色っぽい骨が真白な輝きを放ったような気がした。そしてすぐに元のくすんだ色に戻った。一瞬だった。だが確かにそのとき黒っぽい崖は白い穴に変ったのだ。

「おおっ」

と照屋が吼《ほ》えた。

駆け出した。体を左右に大きく傾け、照屋は懸命に砂浜を走った。素早かった。すぐに四人はあとを追った。

目の前に骨があった。

小さなものから大きなものまで、崩れ落ちた崖の上には無数の人骨がちらばっていた。

強い雨に洗い流されたのか、ほとんど土のついていない骨も沢山あった。

照屋は放心状態で骨を見ていた。

六十年間、探し求めていた大切な骨だった。スコップを手にして、毎日大地を掘り返して探し求めていた骨がすぐ目の前にあった。手の届くところにあった。

涙がとめどもなく流れ落ちた。皺だらけで陽に焼けた照屋の顔は涙でぐしょぐしょだった。

「おじい」

とトミが鼻をすすりながら優しい声を照屋にかけた。とたんに照屋はその場に崩れ落ちるように膝《ひざ》をついた。肩を震わせた。両肩を震わせて照屋は泣いた。

「おじい、あれっ」

祐月が獣《けもの》じみた声をあげて、崖の一点を指差した。

土のなかから何かが覗いている。丸いものだ。あれは、甕《かめ》の一部だ。茶色の甕だ。

ものもいわずに照屋は崩れ落ちた土の上へ突進した。いつまた崩れてくるかわからない土の上に照屋はとりついた。夢中で甕の周りを素手で掘った。徐々に甕はすべての姿を見せ始めた。照屋は掘りつづけた。

甕が姿を現した。

両手で抱きかかえてよろよろと四人のいるところに戻った。そっと甕を砂地に置いた。

甕のなかにはびっしりと土がつまっていた。照屋の手の爪《つめ》は剝《は》がれて血にまみれていた。

「照屋さん、この甕が……」

燿子の疳高い声に、

「わからん、甕は何個もあった」

照屋はしぼり出すようにいった。

「掘ってみてみ、おじい」

祐月が上ずった声をあげた。

照屋は甕のなかに、そっと血の滲《にじ》んだ手をいれた。水を含んでいるためか、土は案外柔らかいようだった。ゆっくりとした動作で土をすくった。何度も何度もすくった。何かが見えた。黄色っぽいものだ。照屋の土をすくう指の動きが速くなった。夢中ですくった。骨が見えた。

小さな小さな骨だった。

赤ん坊の骨だった。赤ん坊の骨格を完全に残していた。

照屋が号泣した。砂浜に両手をついて号泣した。祐月がその場にしゃがみこんで鼻をすすりあげた。顔を左右に何度も振った。

「祐月、大丈夫か」

圭が声をかけた。わけがわからないまま、圭も両目に涙をためていた。そんな様子を見ながら、トミが何度もうなずいた。

燿子もその場に跪《ひざまず》いた。そのとき胸のポケットでかさっと音がした。写真だ。嘉手川が使いきりカメラで撮った写真が胸のポケットにいれたままだった。

燿子はゆっくりと写真をいれた袋を抜き取った。すっと深呼吸をして、袋のなかから全部の写真を取り出した。一枚目は沖縄の海の写真だ。二枚目も三枚目も……海と砂浜が写っていた。すべて日溜りのなかの廃墟の写真だった。十枚目からふいに被写体が変った。砂浜で遊ぶ小さな子供たちの写真だ。

燿子の胸がどきんと鳴った。

十一枚目も十二枚目も……それからあとはすべて子供を撮った写真だった。男の子も女の子も、様々な表情の子供たちがそこにはいたが、写真は沈んではいなかった。ごく普通の明るい写真だった。日溜りのなかの廃墟は、まったくそこには感じられなかった。

「あの人は、子供を欲しがっていた……」

燿子は声をあげて泣いた。こんなに声を出して泣くのは初めてだった。涙が砂の上にこぼれて落ちた。お腹のなかの子供がかすかに動いたような気がした。

両手をそえてそっと抱きしめた。

参考文献

『沖縄チャンプルー事典』 嘉手川学 山と溪谷社

『琉球文化の精神分析① 霊魂《マブイ》とユタの世界』 又吉正治 月刊沖縄社

『沖縄を知る事典』「沖縄を知る事典」編集委員会編 日外アソシエーツ

『沖縄風物誌』 中本正智・比嘉実 大修館書店

『日本の食生活全集㊼ 聞き書 沖縄の食事』 社団法人農山漁村文化協会

『沖縄 旅の雑学ノート――路地の奥の物語』
岩戸佐智夫 ダイヤモンド社

『アメラジアンスクール 共生の地平を沖縄から』
照本祥敬・セイヤーミドリ・与那嶺政江・野入直美 蕗薹書房

『アメラジアンの子供たち――知られざるマイノリティ問題』
S・マーフィ重松／坂井純子訳 集英社新書

『沖縄における米軍の犯罪』 福地曠昭 同時代社

『証言・沖縄戦 戦場の光景』 石原昌家 青木書店

『沖縄戦――国土が戦場になったとき』 藤原彰 青木書店

『太平洋戦記⑬ 沖縄の最後』 古川成美 河出書房新社

また、沖縄全般の事柄については『沖縄チャンプルー事典』の著者、嘉手川学氏に、カメラ・写真についてはフォトグラファーの大塚雄士氏に、それぞれお世話になりました。つつしんでお礼申しあげます。

著者

解　説

吉田伸子

濃密な物語だ。まるで、長い年月を経た古酒のような。

物語は、遺書めいた置き手紙を残し、行き先も告げずに姿を消してしまった恋人の消息を求めて、沖縄にやって来たヒロイン燿子《ようこ》が迷路のような公設市場を彷徨《さまよ》う場面から幕を開ける。さながら異国のようなその市場に佇《たたず》んでいる時に、ふと目が合った老婆は、揚げていたサーターアンダギーを燿子に手渡し、告げる。「マブイを落したんじゃないかねえ」と。

マブイとは、魂を意味する沖縄の言葉、ウチナーの言葉だ。突然の言葉にぽかんとする燿子に、老婆はおまじないのような言葉を唱え、地面から何かをひろう仕草をし、「これでもう大丈夫さあ。落したマブイはちゃんと戻ったからねえ。心配ないからねえ」と笑いかける。

この冒頭の場面が印象的なのは、燿子にとって、失踪《しっそう》した恋人を探すことは、「落したマブイをひろう」ことと同義であるからだ。マブイと同様の大切な相手を求めて、彼女は沖縄にやって来たのだ。

燿子は、市場のおばあに描いてもらった地図を頼りに、恋人だった嘉手川《かでかわ》が在籍していた編集プロダクションを訪ねるが、嘉手川は二週間ほど前に、急に仕事をやめ、「さっと消え」てしまっていた。嘉手川はプライベートのことを殆《ほとん》ど語らなかった、と編プロの面々は言い、燿子が嘉手川の手紙にあった「御嶽《うたき》に戻る」という言葉を尋ねても、「御嶽といってもウチナーには無数にありますから」と、手がかりは得られない。嘉手川が酔った時に口にした「俺が育ったのはヤンバルだ」という言葉を思い出した女性がいたが、一口にヤンバルといっても、「山原《ヤンバル》というのはウチナーの北部地域の広大な森」で、「一言でいえば照葉樹林のジャングル」のような場所で、そこからたった一つの御嶽を探すのは……と口を濁す編プロの人間に、燿子はきっぱりと言う。絶対に探し出します、と。

ヤンバルと聞いた燿子の心に浮かんだのは『ちゅらうみ』というペンションの名前だった。ヤンバルの近くにあるそのペンションは、嘉手川が若い頃《ころ》からよく訪れる所であり、嘉手川の口から語られるその場所は、嘉手川にとって大切な場所であることを燿子は知っていたからだ。燿子はそこに宿泊の予約を入れていた。編プロを辞した燿子は、『ちゅらうみ』に向かう。

実質的に物語が転がっていくのはここからだ。嘉手川失踪の鍵《かぎ》を握ると思われる、ペンションの経営者である照屋昌賢《てるやしょうけん》は、中学生の孫の祐月《ゆづき》が「おじいは、けっこう頑固者《グァンクー》だから」と評する通りに、いくら燿子が嘉手川について尋ねても「嘉手川さんと約束したんだから、行き先を教えるわけにはいかんよお」と、首を縦に振らない。「死んでるものなら、せめて遺体を見つけます」と燿子は食い下がるが、昌賢は「誰《だれ》がきても絶対に教えないでくれとわんにいった……」と、口を閉ざしたままだ。ヤマトに帰るのが燿子にとっても嘉手川にとっても一番いいことなのだ、と。

それでも燿子は諦《あきら》めない。彼女には、「嘉手川は必ず故里《ふるさと》にいるはずだ」という確信があるからだ。とはいえ、嘉手川の故里のヤンバルはあまりに広大で、昌賢の協力なしでは、燿子はあまりに無力だ。それでも、止められれば止められるほど、愛《いと》しい男への想いは募る。たとえ男が骸《むくろ》となっていたとしても、もう一度男に逢《あ》いたい。そんな燿子の一途《いちず》な想いは、読んでいて息が詰まるほどだ。けれど、燿子の想いは報われない。頑固者のおじいは、頑《かたく》なまでに口を割らないのだ。

報われない想いの深さは、やがて、燿子の中で捻《ね》じれた感情になっていく。そして、それは、祐月がつき合っている圭《けい》を色じかけで誘惑する、という鬱屈《うっくつ》した行動になって現れる。自分がどんなに醜いことをしているのか、十分自覚しながらも、燿子は愚かな行為を自分で止められない。正直に書くと、私は一番最初に本書を読んだ時に、この燿子の行動には生理的な嫌悪感を覚えてしまった。嘉手川と圭には、共にアメリカ人の父と日本人の母を持つ、いわゆる〝アメラジアン〟という共通項があり、しかも、どこか嘉手川の面影を感じさせる圭だとしても、圭はまだほんの少年である。なのに燿子は、自身の暗い想い――自分はこんなに嘉手川を求めて苦しみぬいているのに、それに比べてお気楽に幼い恋を〝見せつけられている〟とでも言うような、祐月と圭に対するいらだち――を向けていくのだが、その描写が、読んでいてたまらなく嫌な気がしたのだ。

けれど、この原稿を書くために読み直し、その嫌悪感の根本にあるものが分かった時、燿子の行動がすっと胸に落ちてきた。要するに、燿子の行動は、彼女固有のものであるというよりも、女という性に共通する、意地の悪さというか、（こと恋愛における）どうしようもなさ、なのだ。女という性の持つぞっとするような嫌らしさ、なのだ。そして、そのことに対する描写がリアルすぎるほどにリアルだからこそ、反射的に嫌悪感を覚えてしまったのだ、と思う。

では、何故《なぜ》、池永さんは、そこまで燿子の嫌らしさを描いたのか。恐らくは、燿子の嫌らしさ、弱さを全てさらけ出すことで、人を愛するということが、いかに〝覚悟〟のいることなのか、人を恋うということが、どれだけ危ういものなのかを浮かび上がらせると同時に、それでも尚《なお》、誰かを心の底から想い、全身全霊を傾けて愛するということが、いかに強いものなのか、いかに貴いことなのかを、読者の胸に楔《くさび》を打ち込むようにして、届けたかったからなのだと思う。

そして、燿子がそこまでさらけ出すことが出来たのは、まぎれもなく「沖縄」という土地が背景にあってこそ、なのだと思う。そのことは、物語の後半に、照屋昌賢が語る、太平洋戦争の終戦間際、沖縄で繰り広げられた「地獄」で、より際立ってくる。そう、それは「地獄」としか言い様のない、悲惨な現場であったのだ。沖縄の人々にとってのあの戦争は、私たちが記憶している〝戦争〟とは、比べものにならないほど、ある意味では、全く別ものといっていいほどの、血塗られた過去、なのだ。そういう土地だからこそ、池永さんは燿子に全てをさらけ出させたのだと思う。

物語は、燿子が嘉手川の子を宿していることを知った圭の祖母が、それならばその子のために、と自分が知っていること——嘉手川の別れた妻、恵子《けいこ》の居場所——を燿子に告げるあたりから、嘉手川という男の謎《なぞ》を徐々に明らかにしていく。『ちゅらうみ』の部屋はそのままにして、一旦《いったん》東京に戻った燿子は、恵子を探し出し、嘉手川の過去を問いつめる。最初は燿子の問いを拒んでいた恵子だが、圭の祖母同様、燿子の妊娠を知り、重い口を開く。嘉手川の行方を探るヒントを得ようと、恵子を問いつめた燿子は、そこで、想像していた以上に壮絶な嘉手川の過去を知る。それはあまりに昏《くら》く、重い、嘉手川が犯した〝罪〟だった。

その後、再び沖縄に戻った燿子は、自分が嘉手川の〝罪〟を知ったこと、妊娠していることを照屋に明かす。照屋は遂に燿子に嘉手川が向かったであろうその地に、自分が連れて行く、と約束する……。

照屋と祐月とともに訪れた嘉手川の故里の村で、燿子が何を見つけたのか、それは本書を読んでみて欲しい。求めて求めて、ようやく捜し当てた愛しい男の〝真実〟。それは、あまりにも悲しく、けれど、一人の男が一人の女と真剣に向かい合った愛の結果、なのだ。むせ返るほどに濃密であると同時に、その濃度の分だけ哀切でもある。こんな物語は、池永さんにしか書けない、と思う。

物語のラストで、燿子は、嘉手川が手紙と共に残していった、使いきりカメラに収められていた写真を目にする。嘉手川を見つけるまで、怖くて見ることができなかった写真、である。その写真こそが、この物語の終わりに差す一条の光だ。まばゆい光だ。全体にアンダーなトーンで綴《つづ》られていた物語が、ここで初めて、きらきらと輝きを帯びる。この輝き、このシーンを描きたいがために、池永さんはこの物語を書いたのだと思う。そしてそれは、沖縄という土地が持つ闇《やみ》に、池永さんが投げかけた光であり、生きて行くその途上で、私たちが犯してしまうかもしれない〝罪〟に投げかけた光、でもある。

沖縄の陽《ひ》の光は強い。光が強ければ強いほど、その光が生み出す闇は深い。その闇には、あの戦争によって刻み込まれたものも含まれているはずで、その闇にからめ捕られているのは、本書の嘉手川や照屋だけではないだろう。けれど、そう、けれど。いつかはその闇の深さが、ゆっくりでもいいから、埋まっていって欲しい。そのためには、命を繋《つな》いでいくこと。新しい命たちが、悲しい記憶は記憶として受け継ぎながら、少しずつその闇を薄めていくことを、祈りのような気持ちで信じること。そしてそれは、沖縄に対してだけではなく、生きて行く私たち全てに対する、池永さんの静かな願いなのだと思う。

この作品は二〇〇五年八月、書き下ろし作品として集英社より刊行されました。

集英社文庫

でいごの花《はな》の下《した》に

2009年6月30日　第1刷
2010年6月6日　第2刷

定価はカバーに表示してあります。

著　者　池永《いけなが》　陽《よう》
発行者　加藤　潤
発行所　株式会社　集英社
東京都千代田区一ツ橋2-5-10　〒101-8050
電話　03-3230-6095（編集）
03-3230-6393（販売）
03-3230-6080（読者係）
印　刷　凸版印刷株式会社
製　本　加藤製本株式会社

フォーマットデザイン　アリヤマデザインストア　　マークデザイン　居山浩二

ISBN978-4-08-746448-1 C0193